WILD CHILD

Illustration de couverture : © Studio Bayard Éditions/
memorystockphoto – stock.adobe.com/alexkich.

Cet ouvrage a été proposé à l'éditeur français par l'agence EDITIO DIALOG, Lille.
Ouvrage initialement publié par Arthur A. Levine Books,
une marque de Scholastic Inc., 557 Broadway, New York, NY 10012, USA,
sous le titre : *Brawler*

18, rue Barbès – 92120 Montrouge
ISBN : 979-1-0363-1692-0
Dépôt légal : avril 2021

Loi n° 49-956 du 16 juillet 1949 sur les publications destinées à la jeunesse.

Neil Connelly

WILD CHILD

Traduit de l'anglais (États-Unis)
par Dominique Kugler

bayard

Je dédie ce livre à mes frères et sœurs
tous également formidables.
À mes huit sœurs aînées qui, par leur existence même,
apportent une réponse simple à la question :
« Neil, pourquoi tes personnages féminins sont-ils
si ingénieux et si forts ? »

À mon frère John, dont l'influence a beaucoup contribué
à donner corps à mes personnages masculins.

1

À une époque, j'avais le don de voir l'avenir, mais ça ne me réussissait pas vraiment. Mes visions venaient quand elles en avaient envie et elles nc m'offraient qu'un aperçu fugace de ce qui allait arriver. Je n'y trouvais jamais assez de détails ou de mises en garde pour gagner des fortunes ou éviter des catastrophes. Prenons par exemple la toute première vision que j'ai eue, en fin de primaire, du temps où on habitait dans la maison jaune de Seventeenth Street. C'était le mardi soir où ma mère a posé à mon père cette fameuse question sur la guerre de Sécession, la question de trop qui a foutu nos vies en l'air. Cette vision-là était un cadeau empoisonné : elle m'annonçait que les gens que j'aimais le plus au monde allaient avoir de gros problèmes, mais sans pour autant me donner la moindre chance de les sauver.

Les années passant, il m'arrivait d'avoir des accès de clairvoyance, mais c'était surtout pendant les matchs de lutte libre au lycée que j'avais de véritables visions.

Si mon adversaire se penchait en avant, s'il changeait de pied d'appui, ou s'il haussait légèrement un sourcil. Pendant la fraction de seconde qui précédait l'action suivante, je savais exactement ce qui allait se passer au moment où je lui ferais un coup de pied de *balayage**[1], un *enfourchement* ou une clef de tête tellement puissante que le bruit de ses épaules contre le tapis ferait trembler toute la salle de gym. M. Gallaher, notre coach, disait que c'était juste de l'intuition, que je visualisais mon prochain mouvement. Mais moi, je sentais que c'était plus que ça.

Une de ces mini-prophéties me vint à Hershey pendant les demi-finales de l'État de Pennsylvanie, où j'habite. Ce combat contre Tony Dunkirk devait me permettre de me qualifier pour les championnats, pour la deuxième année consécutive. Cinq minutes avant le match je me dirigeai vers ma zone d'entraînement, la capuche de mon sweat noir rabattue sur la tête, les écouteurs vissés dans les oreilles. Plutôt que de m'étirer, comme les autres lutteurs, pour m'échauffer, je restai là, seul, à faire les cent pas comme un lion en cage, quoique le long d'un mur. Dans un poing je serrais mon lecteur MP3 d'occasion avec son écran plein de fêlures en forme d'éclair. La musique est un des trucs qui m'aident à garder mon calme. Ce qui marche le mieux, c'est le rock vintage : Led Zeppelin, Black Sabbath, et même Van Halen (mais juste avant le départ de David Lee. Ne me parlez pas de Sammy Hagar.)

---

1. * Les termes en italique sont précisés dans le glossaire en fin d'ouvrage.

Des groupes que ma mère adorait au lycée. Et d'ailleurs c'était ce genre de heavy metal qu'elle mettait, quand j'étais petit, à chaque fois qu'on allait faire le tour du périph de Harrisburg dans sa Subaru bleue. En attendant le début du match, seul dans l'ombre, appuyé au mur, j'écoutais Bon Scott, le chanteur de AC/DC, hurler qu'il était sur l'autoroute de l'enfer, vers la Terre promise.

Entre deux morceaux, je levais les yeux de mon MP3 fêlé. À un moment, j'aperçus Shrimp qui se frayait un chemin entre tous les autres lutteurs occupés à sauter à la corde ou à sautiller sur place. Avec ses cheveux blonds décolorés, son gabarit de crevette et sa peau toute rose, Shrimp se voit de loin. Quand il fut près de moi, j'arrachai un de mes écouteurs juste à temps pour l'entendre dire :

– Gallaher et tout le monde, on est là-bas, près du tapis numéro trois. Je crois que tu passes le deuxième.

– Je sais quand je passe.

– Tu t'échauffes pas ?

– Je suis assez chaud pour affronter Dunkirk.

Shrimp secoua la tête, croisa ses bras maigres et détourna le regard. C'est un élève de seconde arrogant mais pas spécialement brillant. Il pèse à peine quarante-six kilos malgré son addiction aux Happy Meal. Moi, je suis dans la catégorie de poids lourds, je pèse cent dix-sept kilos. Ça fait deux Shrimp et demi, ce que je lui rappelle de temps à autre. Il se retourna.

– Allez, mec. Tu vas pas faire la même erreur qu'à Bethlehem.

Au tournoi de Noël organisé par la ville, c'est vrai, j'avais été un peu mollasson pendant la deuxième *période*. Je tenais Dunkirk en *coquille* et il avait réussi à reprendre appui sur un pied et à ramener vers moi pour nous faire basculer, si bien qu'une de mes épaules avait effleuré le tapis. Tout le monde commençait à s'exciter croyant que j'allais être plaqué au sol. Je m'étais vite repris, et quinze secondes plus tard ma série de victoires en comptait une de plus. Dunkirk s'était mis à faire des histoires en disant que si l'arbitre n'avait pas constaté le *tombé* c'était parce qu'il était de mèche avec moi. Plus tard, j'avais entendu dire qu'il criait sur les toits que j'étais un tricheur. Mais c'était des paroles en l'air, pas une menace.

Shrimp a avalé sa salive :

– T'as vu ta mère ? Elle a pas mal l'air de s'inquiéter.

J'ai coupé court :

– Bon, on y va.

Ma mère, je lui en avais fait assez voir comme ça.

Je suivis Shrimp au centre de l'arène. La disposition des trois tapis me rappelait celle d'un cirque à trois pistes. Les stands n'étaient pas bondés comme ils le seraient certainement le lendemain, jour des combats décisifs pour le championnat, mais il y avait quand même un paquet de gens, au moins quatre mille personnes. La lutte c'est du sérieux, en Pennsylvanie. C'est une région de mineurs, d'agriculteurs, d'ouvriers de la métallurgie, avec de vieilles traditions, et les pères tiennent à ce que leurs fils soient capables de mettre une branlée à quelqu'un.

Pendant qu'on longeait les gradins du bas pour aller jusqu'au dernier tapis, j'entendais les gens chuchoter. « C'est MacIntyre. » « Quel gâchis. » « J'aimerais pas me retrouver en face de ce mec. » « Avec son talent, il mérite mieux que ça ! »

Je sais pourquoi les gens pensent ça, ils croient me connaître. Ils ont lu les mêmes articles que moi, sur le web. Faut voir les titres : « Invaincu, grossier et insupportable ». Ou « Pourquoi la lutte en Pennsylvanie peut se passer d'Eddie MacIntyre » ou encore mon préféré : « MacIntyre – Le Brute Boy, une brute dans la peau d'un gosse ». (Un gosse ! Maman disait que c'était à cause de mon visage de gamin, et surtout de mes grands yeux bleus de bébé qui lui rappelaient ceux de son père.)

Les auteurs de ces articles – tous des athlètes ratés, sûrement – citent occasionnellement mon record, 54-0. Ils soulignent aussi que j'ai réussi haut la main tous les championnats inter-États l'an dernier et que j'étais favori pour gagner le prochain. Ils mentionnent tous le fait que, en seconde, j'ai été viré de l'équipe du lycée Bishop McDevitt pour mes accès de violence. Ils disent que je suis ingérable.

Peut-être que ma mère a raison et que je joue un peu trop sur cette image. Je ne suis pas un monstre. Mais ça ne me dérange pas que les gens se méfient de moi et que certains pensent que je suis un peu fêlé. Les gens n'aiment pas traîner avec un type qui peut péter les plombs à tout moment. Vraies ou pas, ces histoires me protègent. Sur le tapis, quand je suis face à un mec qui veut m'arracher la tête, ma vie a vraiment un sens. Dans les hauts et les bas d'un combat, je garde le contrôle. Et ce n'est pas parce qu'il m'arrive parfois d'avoir une vision de ce qui va se passer. Quoique ça aide. Ça me permet d'anticiper en cas d'action inattendue de mon adversaire. Et là, je ne suis pas dans le noir. Et ça ne sent pas la naphtaline.

Au moment où je montais avec Shrimp sur le tapis où j'allais bientôt lutter, j'ai aperçu la silhouette familière de Dunkirk. Il me tournait le dos et écoutait les derniers conseils de son coach. Moi, je réfléchissais à ce que je pourrais lui sortir pour le chauffer, mais au moment où on s'approchait, je l'ai entendu dire à son coach :

– Vous avez jamais entendu parler du père de ce taré ? Pas étonnant qu'il soit complètement détraqué.

J'étais scié. Je ne m'y attendais tellement pas que ça m'a coupé l'envie de lui lancer une méchante petite vanne. J'ai préféré lui foncer dedans et tellement fort qu'il a percuté son coach, qui m'a lancé un regard assassin. Je le lui ai rendu, mais sans m'arrêter. Dans le public, des gens ont remarqué ce bref échange et certains se sont levés pour hurler des conneries du genre « Trop facile ! » et « Espèce d'enragé ! ».

Je me suis arrêté net, prêt à rentrer dans le lard de Dunkirk, d'un fan teigneux ou du premier à vouloir me provoquer. Mais une main m'a agrippé par l'épaule. Je me suis retourné : c'était Gallaher, notre coach sportif.

– Réserve-toi pour le combat, me dit-il.

Shrimp et lui m'emmenèrent plus loin en passant devant la table de pointage où étaient réunis un petit groupe de lutteurs de Camp Hill, les Lions. Ceux que je connaissais – LeQuan, Carson, Tyler – se levèrent. Derrière eux, ma mère, debout elle aussi, passa nerveusement la main dans sa longue chevelure brune parsemée de quelques cheveux blancs. Ses fins sourcils étaient arqués et elle semblait stressée, comme si ma victoire n'était pas jouée d'avance. La vie lui avait appris à s'attendre au pire.

– Te fais pas de souci, lui dis-je.

Derrière nous, le gong sonna la fin du premier match. Les lutteurs se serrèrent la main et l'arbitre leva celle du vainqueur. Le perdant, à bout de souffle, s'éloigna en titubant. Peu après, deux nouveaux lutteurs se hâtèrent vers le milieu du cercle et se mirent en position de départ, genoux pliés, en attendant le coup de sifflet. J'étais sur le pont, maintenant, prêt à l'action. Mon tour venait juste après.

– Tu veux boire ? me demanda maman en me tendant une bouteille d'eau.

Je n'avais pas soif mais j'en pris quand même une gorgée.

– Tu ferais bien de t'échauffer et de te détendre, me conseilla Gallaher. Un peu de corde à sauter ?

Suggestion que je balayai d'un revers de main.

– Tout va bien. Je gère.

En faisant les cent pas le long du mur, j'avais réfléchi au déroulement du match. Je ne voulais pas seulement gagner. Je voulais faire mon show.

Et je ne pensais pas qu'aux fans. Je savais pertinemment qu'il y avait dans le public une demi-douzaine de recruteurs qui attendaient, téléphone en main, de pouvoir filmer le fameux Eddie MacIntyre, de se payer un scoop du Brute Boy en pleine action. Des lycées de Caroline du Nord et d'Oklahoma m'avaient déjà contacté. Mais j'avais mes raisons de ne pas vouloir m'exporter et j'étais davantage intéressé par les offres qui me viendraient éventuellement d'universités comme Lehigh ou Penn State. Elles hébergeaient les deux meilleures écoles de lutte de Pennsylvanie et elles proposaient en plus de bonnes formations en justice pénale. Quelque part au fond de moi et en dehors de tout ce cirque, je caressais l'idée de devenir flic.

Je montai sur le premier gradin près de ma mère pour essayer de repérer dans la foule un de ces recruteurs, mais je n'en vis aucun. Le type brun, pas très grand, assis six rangs au-dessus en était peut-être un, de Pitt ou de Scranton. Il me fit un sourire en coin, comme si on se connaissait. Je le regardai fixement, à travers ses lunettes épaisses comme des culs de bouteille qui, en plus de ses cheveux tout gras, lui donnaient un air pervers et un peu débile. Je n'aimais pas du tout sa façon de me transpercer de ses yeux globuleux.

Ma mère me prit la main.

– Tu fais attention à toi, d'accord ?

Je baissai les yeux vers elle, j'observai son visage fin et ses joues creuses. Elle me fixait de son œil droit, tandis que le gauche restait bloqué d'un côté. Cet œil paresseux lui donnait l'air de quelqu'un qui vérifie constamment que personne n'arrive derrière, comme si elle ne se sentait jamais vraiment en sécurité. J'ai du mal à le regarder, cet œil. Et je ne pourrai jamais le réparer, comme tant d'autres choses.

– Tu ferais mieux de dire ça à Dunkirk, maman. C'est lui qui a du souci à se faire.

Là-dessus un bruit sourd retentit derrière moi. En me retournant, je vis un gamin en maillot bleu couché sur le dos, en train de se tortiller pour se dégager de son adversaire qui venait de le bloquer en position montée. L'arbitre frappa sur le tapis pour signaler un *tombé*. J'ouvris le zip de mon blouson.

– C'est l'heure ! s'écria Shrimp en me tapant dans le dos.

J'avançai vers le tapis. Gallaher se retourna et me donna quelques claques sur les joues pour faire circuler le sang.

– De la simplicité avant tout. N'oublie pas que ton objectif est d'aller en finale.

J'étais absolument certain de gagner, mais en montant sur le tapis pour me mettre en position au centre, je me concentrai sur mon autre objectif : humilier Dunkirk et lui faire payer ses insultes. J'allais donner une démonstration de mes talents assez bluffante pour faire taire toutes les critiques. Tel était le plan que j'avais soigneusement concocté.

Pendant un certain temps, il s'avéra parfait.

Au coup de sifflet, j'attaquai en bas au lieu de faire une prise de garde comme on en a l'habitude, nous les grands garçons des catégories poids lourds. Ça surprit tout le monde, y compris Dunkirk. J'enchaînai avec un *single leg*, je le plaquai sans difficulté et lui montai aussitôt dessus : amené au sol. Deux points pour moi. Il était toujours à quatre pattes et tellement sidéré que je n'eus aucun mal à le forcer à s'écrouler à plat ventre. Tout en pressant ma poitrine contre ses omoplates, je repartis rapidement sur une clef de tête, un *Nelson*, en glissant une main sous son aisselle pour appuyer ensuite sur l'arrière de son crâne. À partir de là, la mécanique est simple : il suffit de faire levier. Je basculai sur le côté et Dunkirk roula lentement sur le dos. Pendant tout ce temps, j'étais calme, patient, méthodique. Je le contrôlais totalement.

Dunkirk ayant presque les deux épaules au tapis, l'arbitre fit un geste de la main pour signifier que je gagnais deux points. Ça faisait quatre. Calant de nouveau ma poitrine contre la sienne, je renforçai un peu ma clef de tête puis je poussai comme un bulldozer. Dunkirk avait une omoplate au sol et l'autre qui se rapprochait du tapis centimètre par centimètre. Il soufflait, il souffrait, mais je l'ignorai. L'arbitre, genre grand-père, avec une couronne de cheveux blancs autour d'un crâne tout lisse, était à plat ventre, tout près, la joue écrasée au sol, le sifflet mollement coincé entre les lèvres. Il leva même la main droite, prêt à frapper le tapis, ce qui m'aurait ouvert la voie vers la finale. J'étais à deux centimètres d'un *tombé* de première *période* et je devais garder des forces.

C'est là que j'ai relâché ma prise.

Parfois, dans un match, un as du *tombé* laissera son adversaire se relever s'il est persuadé qu'il n'arrivera pas à le retourner pour le plaquer au tapis et remporter deux points. Mais dans ce cas de figure, très fréquent, l'autre n'est pas à deux doigts de toucher, comme l'était Dunkirk. J'ai la quasi-certitude qu'aucun des quatre mille fans qui assistaient à ce match – et vous pouvez être sûr qu'ils me regardaient à ce moment précis – n'avait jamais vu un lutteur dans une position aussi dominante (clef de tête simple serrée à mort, l'autre pratiquement à terre) libérer brusquement son adversaire et retourner au centre du tapis.

Dunkirk roula aussitôt sur le ventre et se releva en vacillant. Apparemment, il pensait avoir manqué le coup de sifflet. L'arbitre mit longtemps à m'octroyer mon point pour fuite de prise, mais là, tout le monde se regardait, perplexe. Dunkirk jeta un coup d'œil vers ses entraîneurs. L'arbitre tourna la tête vers la table de pointage. Et moi, je glissai un œil vers le public : les gens ouvraient de grands yeux. Je me remis au boulot.

J'amorçai un *single leg*, mais c'était une feinte. Dunkirk surréagit en reculant d'un coup de bassin tellement brutal qu'il faillit tomber. Pour se rétablir il dut s'incliner exagérément en avant : il était maintenant dans la position parfaite pour que je l'attaque avec un *ankle pick*. La main droite sur sa nuque, je me penchai pour saisir sa cheville droite et le faire basculer sur le côté : encore deux points. Cette fois je le laissai se relever aussitôt et dès qu'il fut debout, je lui sautai dessus et le ceinturai : troisième *tombé*. Ce n'était même pas une action. La moitié du stade applaudit. Mais j'entendis aussi autre chose : des huées.

Moi, le Brute Boy, j'avais l'habitude d'avoir quelques détracteurs dans le public, pas de quoi péter un câble. Je restai donc concentré et je contrôlai Dunkirk avec une ceinture de côté, en lui sanglant le ventre d'un bras. Il n'avait plus d'énergie, il roula sans résister. Mais je lâchai prise une fois encore au bout de quelques secondes, en lui disant :

– Je ne prends que deux points cette fois.

La première *période* s'acheva sur un score de douze-trois. Je devais ménager mes forces, parce que si j'arrivais à quinze, ils siffleraient la fin du match, selon la règle de clémence. Je ne voulais pas finir trop vite. Tandis que Dunkirk, à genoux, essayait de se ressaisir et de réfléchir au moyen de sortir de ce cauchemar, je me mis à lui tourner autour, les mains sur les hanches, en le regardant. Dans mon coin, j'aperçus Shrimp qui ne tenait plus en place et Gallaher, le coach, l'air soucieux. Il fit des petits mouvements de main, paumes vers le sol, en me disant :

– Vas-y mollo. Mollo.

Pour entamer la deuxième *période*, Dunkirk avait le choix : il opta pour la position à terre, les deux mains et les deux genoux au sol. Obéissant aux ordres du vieil arbitre, je m'agenouillai près de Dunkirk, le bras droit ceinturant sa taille, la main gauche légèrement posée sur son coude. Devant nous, l'arbitre se pencha, me regarda droit dans les yeux et dit calmement :

– Maintenant, tu te contentes de lutter, fiston, d'accord ?

– Vous n'êtes pas mon père, rétorquai-je.

Au lieu de siffler, l'arbitre se redressa et leva une main en dessinant un C avec ses doigts et annonça :

– Avertissement ! Conduite antisportive.

– Qu'est-ce qu'il a fait ? cria Gallaher.

Personne d'autre ne m'avait entendu. Dans un match de lutte, on ne doit pas adresser la parole au type en T-shirt rayé.

L'arbitre se pencha de nouveau et leva un sourcil pour voir si j'étais décidé à le défier. Je posai la joue sur le dos de Dunkirk.

Après le coup de sifflet, je le laissai se relever et esquiver, et là j'attaquai pour le ceinturer, comme le font normalement les poids lourds. Debout, les bras emmêlés, on se frappa mutuellement la poitrine à coups de poing, comme des béliers se défonçant à coups de cornes. J'obtins finalement ce que je voulais : mes deux bras étaient à l'intérieur des siens. Je croisai les mains et serrai pour lui faire la très classique prise de l'ours. Dunkirk émit un petit « humpf » qui m'incita à renforcer encore ma prise. Je sentais ses côtes grincer sous mes doigts. Au prix d'un certain effort, je hissai son corps hors du tapis. Il ne pouvait plus rien faire.

À chaque fois que l'adversaire se trouve dans une position vulnérable, l'arbitre vous lance un truc du genre

«Attention, maintenant». Et le papi en T-shirt rayé n'était pas différent des autres. C'était à moi de ramener mon adversaire sur le tapis sain et sauf. Vu que j'étais dans une position dominante, je pouvais aisément d'un seul coup de pied nous faire basculer tous les deux sur le côté, nous ramener sur le tapis ou, plus sophistiqué, me renverser en arrière et exécuter un mouvement très méchant appris dans un camp de vacances à Kutztown et qui s'appelle une souplesse. J'avais choisi cette deuxième option. Je voulais une fin de match spectaculaire. J'allais le soulever à bout de bras et me cambrer en tournant, faire pivoter nos deux corps en l'air et le flanquer à terre, sur le dos, les deux épaules au tapis. Un *tombé* instantané.

Mais quand Dunkirk a émis ce petit «humpf», j'ai compris que je lui faisais mal et qu'il était à ma merci. Je ne voyais pas de raison de changer mon plan. Au bout de quelques secondes, l'arbitre m'a dit :

– Faut que tu fasses quelque chose, là.

Sans l'écouter, je serrai encore un peu. Dunkirk était un faible et je le méprisais pour ça.

Cinq secondes plus tard, coup de sifflet. Je lâchai Dunkirk et me tournai vers l'arbitre qui levait l'index : «Un point. Carton rouge. Carton vert : conduite antisportive.»

– Pourquoi ? demandai-je, tandis que le public applaudissait la sanction.

Éludant ma question l'arbitre nous ramena au centre du tapis. Dunkirk, blême, semblait dans le cirage. Il avait les jambes en coton mais au lieu de me mettre en position pour l'attaquer, je me tournai vers l'arbitre.

– Expliquez-moi cet avertissement.

– Tourne-toi vers ton adversaire. En place pour le combat.

Je restai planté là, les mains sur les hanches. J'entendis Gallaher et Shrimp crier. Ma mère aussi me hurlait dessus, mais l'attitude de cet arbitre me gonflait.

– Je suis sérieux, insistai-je, dites-moi ce que j'ai fait.

Mais au lieu de ça, il donna un coup de sifflet pour lancer la reprise. Dunkirk était peut-être groggy mais pas idiot. Il n'allait pas laisser passer une aussi belle occasion. Je lui tournais toujours le dos. Il me sauta dessus, me ceintura le ventre et essaya de me soulever. Tout le monde applaudit, sur quoi je glissai mon pied droit à l'intérieur du sien, et j'engageai un crochet de cheville pour bloquer son arraché.

– Lâche-moi un peu, lui lançai-je.

Je me penchai pour nous amener vers l'avant et il se retrouva méchamment courbé. J'essayai de desserrer sa prise avec les doigts, mais il serrait comme une bête et ses mains étaient toutes moites. Je pensais, en m'aidant d'un bras, exécuter un retournement en me laissant brutalement tomber sur le côté droit : mon propre poids pourrait me faire pivoter jusqu'à ce que je me retrouve derrière lui. Mais à ce moment-là, Dunkirk bougea la tête et colla son visage contre ma cage thoracique. C'est alors que j'eus une de mes visions prémonitoires. Je vis avec une parfaite clarté ce qui allait se passer, un rêve d'une incroyable limpidité.

Presque par magie, mon bras droit se leva. Je le pliai légèrement et assénai un grand coup de coude sur la bouche de Dunkirk. Je sentis quelque chose se fracturer au moment de l'impact. Il recula brusquement, me lâcha et s'effondra par terre.

L'arbitre siffla un arrêt de combat. Sur le tapis, Dunkirk se tordait de douleur en se tenant le visage à deux mains. Quand son entraîneur se précipita et s'agenouilla à côté de lui, ce ringard d'arbitre me lança un regard sévère, leva la main et octroya encore un point à mon adversaire pour sanctionner ma conduite antisportive. Mais je me foutais des points. On était à seize-cinq, maintenant. Je jouais sur du velours. Je maîtrisais la situation.

Je balayai la foule du regard. La plupart des spectateurs me huaient ou baissaient les pouces. Gallaher était debout, les bras croisés, visiblement mécontent. Shrimp et les autres gars de l'équipe applaudissaient, mais ils avaient quand même l'air un peu choqués. Derrière eux, ma mère regardait dans ma direction, un œil rivé sur moi, l'autre bloqué dans le coin, et je ne savais pas trop comment interpréter son expression. Lassitude ou déception. Ou les deux. Je tournai la tête.

Mes yeux tombèrent sur le tapis, attirés par ce que je pris d'abord pour un petit caillou blanc. Je me baissai pour le ramasser : il avait un côté tranchant et l'autre sanguinolent. Une des dents de Dunkirk. Ça me fit kiffer.

J'enfermai ce butin dans ma paume, puis, sous le regard de tous, j'avançai d'un pas martial vers l'attroupement qui s'était formé autour de Dunkirk toujours recroquevillé sur lui-même : son entraîneur, l'arbitre à genoux, une coach munie d'une trousse de secours. Ils faisaient maintenant asseoir Dunkirk qui entoura ses genoux de ses bras. La coach lui tamponna la bouche avec un mouchoir en papier. Quand elle l'enleva, sa bouche sanguinolente n'était pas belle à voir. Il avait la lèvre supérieure fendue et un trou à la place de l'incisive tombée. Je lui lançai sa dent en disant :

– Prix de consolation.

Pour ajouter encore à l'effet dramatique, je dis cela en me détournant, si bien que je ne me retrouvai pas face à l'arbitre quand il siffla. Cela m'étonna quand même, puisqu'il avait déjà sifflé l'arrêt du combat. Quand je me retournai, je le vis croiser les poings au-dessus de sa tête et avancer calmement vers la table de pointage. Il se pencha pour parler à un officiel en cravate. Ils acquiescèrent en même temps, puis l'arbitre revint vers le centre du tapis. Il leva la main pour signaler une troisième conduite antisportive de ma part, avant d'avancer jusqu'à Dunkirk qui était toujours recroquevillé et continuait à saigner. Il se baissa, prit la main de Dunkirk et la leva, le désignant vainqueur. L'auditoire applaudit à tout rompre.

Debout sur le tapis, j'étais abasourdi et comme paralysé. Gallaher posa les deux mains sur mes épaules.

– Viens, on va s'asseoir.

Je me dégageai brusquement pour foncer droit vers l'arbitre.

– J'hallucine ! Qu'est-ce que c'est que cette connerie ? (Il se contenta de secouer la tête et j'ajoutai :) Vous avez fait quoi, là ?

Cette fois il me regarda.

– Je n'ai rien fait. Tu t'es disqualifié tout seul, fiston.

C'est peut-être à cause de ce mot. Je ne suis pas sûr. Ou alors c'était l'adrénaline, ou les huées, ou la façon dont cet arbitre me regardait, comme si j'étais un raté. En tout cas, à cet instant, je perdis le contrôle. Je n'avais pas de pensée consciente, ni la moindre vision. Je ne sentis même pas les doigts de ma main droite se crisper. Je vis juste les yeux de l'arbitre s'écarquiller de stupeur et mon poing serré se lever pour lui claquer un uppercut sous le menton. Sa tête fut projetée en arrière, il recula de trois pas en titubant et s'effondra.

Un grand silence tomba dans le stade. Les autres combats s'arrêtèrent. Pendant quelques fractions de seconde, personne ne bougea. L'arbitre gisait sur le dos, immobile. La coach qui avait soigné Dunkirk vint précipitamment se pencher sur lui. Elle prit sa tête entre ses mains. Je me retournai vers la foule : quatre mille paires d'yeux accusateurs me fixaient. On aurait entendu une mouche voler. J'étais parfaitement conscient de ce que je venais de faire, j'en connaissais les conséquences. En un éclair, tous mes rêves s'étaient évanouis.

Ce qui se passa tout de suite après est assez cinglé mais, en même temps, tout à fait à propos : j'entendis quelqu'un applaudir. Un seul individu. Il était là-bas, devant moi, une dizaine de rangs au-dessus de ma mère. Mon père, la seule personne debout dans le public, frappait l'une contre l'autre ses grandes mains rugueuses et poussait des acclamations. Il portait le même uniforme que la dernière fois que je l'avais vu, sept ans plus tôt, la fois où maman m'avait persuadé d'y aller : la combinaison orange du centre pénitentiaire de Fort Indiantown Gap. Ce n'était pas une de mes vision, je le savais, c'était simplement un tour que me jouait mon imagination tordue. Il n'empêche que je le voyais vraiment, et j'étais persuadé que si mon père avait été témoin de ce que je venais de faire sur ce tapis, il aurait été fier de moi. Il aurait vu dans cet acte ce que j'y voyais moi-même avec une certitude absolue : la preuve irréfutable que son fils était exactement comme lui.

2

Je retins mon souffle pendant tout le week-end, en attendant que le couperet tombe. Le samedi soir, alors que le stade, Giant Center, se remplissait de fans qui auraient dû me voir lever les deux poings en signe de victoire, moi, j'étais scotché sur le canapé. J'ai explosé les scores sur *Call of Duty*, je n'ai pas répondu au téléphone et j'ai évité Internet, comme je l'avais d'ailleurs fait toute la journée. Je me suis réchauffé une pizza surgelée et j'ai fini de lire *Sa Majesté des mouches* pour le cours de littérature de Mme DJ, même si je doutais fort d'être revenu pour le contrôle. Une seule fois, avant d'aller me coucher, je cédai à la tentation d'aller en ligne. Je vis que Dunkirk avait gagné deux à zéro en prolongation. Ce dégonflé était champion de l'État de Pennsylvanie.

Maman ne travaillait pas ce week-end-là, mais elle respecta mon silence et me laissa mon espace. Le dimanche matin, par contre, elle me traîna à la messe, à l'église de St. Sebastian, comme d'habitude. Après l'incarcération de mon père, quand on habitait à la maison d'accueil de New Hope, ma mère avait arrêté de boire. Elle avait troqué sa bouteille de bourbon contre une Bible. Pendant la messe, ce dimanche-là, je feignis de ne pas voir les regards froids des autres paroissiens, je m'agenouillai au moment opportun, je me levai en même temps que tout le monde, mais il n'était pas question que je demande pardon, même si je savais que maman n'attendait que ça. Un beau jour, j'avais décrété que, de toute façon, Dieu n'en faisait qu'à Sa tête.

Le pasteur Singh lut le chapitre du Nouveau Testament dans lequel Jésus, furieux, renverse les étals des marchands et les chasse de la cour du Temple. J'aurais volontiers prêté main-forte à ce Christ-là. Mais évidemment, le sermon qui suivit parlait de la bonté et des bienfaits du pardon. Pendant le geste de paix, ravalant ses larmes, maman me prit dans ses bras et murmura « pour la paix » en resserrant son étreinte, comme pour imprimer ces paroles en moi.

Après le dernier cantique, nous sortîmes avec la foule, et le diacre proposa de nous ramener en voiture. Ma mère déclina et il ne cacha pas sa déception. Il avait certainement des paroles de sagesse à partager avec elle.

Sans voiture, on était bons pour parcourir à pied, dans nos habits du dimanche, les trois kilomètres qui séparent l'église du studio où on habite. Notre trajet traversait les beaux quartiers de Camp Hill, avec leurs grandes demeures à colonnes et leurs jardins impeccablement entretenus. À un croisement ma mère me prit la main, comme si j'avais deux ans. De l'autre côté de la rue, elle la garda dans la sienne. Je ne la retirai pas, surtout pour lui faire plaisir.

On continua à marcher en silence, mais soudain elle remarqua, devant une maison, un panneau « Portes ouvertes[1] ».

– On y va, Eddie ? Comme au bon vieux temps ?

On n'avait pas joué à ce jeu depuis des années. Je n'étais pas vraiment d'humeur, mais elle avait l'air d'y tenir. J'acquiesçai donc et nous montâmes les marches du perron.

Une femme en robe bleue, l'agente immobilière, nous accueillit avec un grand sourire, dans le séjour inondé de lumière. Il y avait là deux canapés, une énorme télé et une cheminée en briques roses qui montait jusqu'au plafond. Maman et moi faisions des signes de tête approbateurs. L'agente nous tendit une feuille d'information en couleur et passa en revue les points forts de la demeure : deux étages, quatre chambres, chauffage/ventilation/climatisation mis aux normes. Le sous-sol avait fait l'objet d'une remédiation au radon.

– Parfait, dit ma mère qui n'avait probablement pas la moindre idée de ce que cela voulait dire.

Toujours aussi souriante, la femme nous précéda dans la salle à manger (table en chêne entourée de douze chaises, au-dessus de laquelle pendait un lustre en argent)

---

1. *Open House* : aux États-Unis, pour vendre sa maison on organise parfois une journée portes ouvertes qui permet aux éventuels acheteurs, mais aussi aux curieux, de la visiter.

et nous offrit des cookies au chocolat disposés sur une assiette. Maman déclina. J'en pris deux.

Arriva alors une famille avec des enfants en bas âge. L'agente immobilière s'excusa, nous invitant à continuer la visite sans elle. Au lieu d'aller voir la cuisine, on prit l'escalier qui conduisait aux chambres. Les murs étaient fraîchement repeints dans des tons jaunes et bleus et tout était incroyablement propre. Seuls de minuscules détails révélaient que des vrais gens vivaient là : quelques Lego par terre dans une chambre, de vieux livres de poche sur une étagère. Je perdis ma mère de vue en allant explorer le Jacuzzi de la grande salle de bains et je la retrouvai près du lit, un cadre dans les mains. Je jetai un coup d'œil par-dessus son épaule : c'était la photo du couple de propriétaires souriant d'un air radieux. Au bout de dix secondes, je lui pris le cadre des mains et le reposai sur la table de nuit.

– Viens, on va voir la cuisine, lui dis-je. Je parie pour des appareils ménagers en inox et des plans de travail en granite.

Elle contempla par la fenêtre le jardin de derrière, avec sa pelouse, ses arbres prodiguant une belle ombre et un ensemble de jeux pour enfants qui avait dû coûter les yeux de la tête. Les enfants de l'autre famille en visite grimpèrent sur la balançoire, tandis que le père et la mère se laissaient tomber dans un hamac blanc.

– Non, dit ma mère sans se retourner. Finalement, ce n'était pas… On rentre à la maison. D'accord ?

– Pas de souci.

Elle me tendit la brochure en couleur et tourna les talons.

Bizarrement, il fallait redescendre par un autre escalier qui nous amena à la cuisine. Je m'étais trompé à propos de l'inox, mais j'avais raison pour le granite. Ma mère passa tout de suite dans la salle à manger, tandis que je m'attardai devant le frigo couvert de magnets qu'ils avaient dû acheter dans une dizaine d'aéroports. Hawaii. Porto Rico. Les Rocheuses canadiennes. J'en pris un – un trèfle vert qui proclamait « Irlande » – que je glissai dans la poche arrière de mon pantalon. Péché véniel que je pourrais confesser le dimanche d'après.

Devant la porte d'entrée, la femme de l'agence ne souriait plus du tout. Manifestement, ma mère était sortie. Je lui rendis la brochure avec son prix d'appel à six chiffres et, comme elle me toisait d'un regard interrogateur, je lui lançai :

– Ce n'est pas ce que nous cherchons. Un vrai trou à rats, cette maison.

Le lundi, au lycée, en avançant dans les couloirs bondés, j'avais l'impression d'être Moïse traversant la mer Rouge : la foule des élèves s'écartait sur mon passage. À l'heure du déjeuner, Shrimp essaya de me dérider, mais j'étais à cran. Je sentais bien qu'il allait m'arriver quelque chose sans savoir exactement quoi. Pendant la cinquième heure de cours, notre coach sportif, Gallaher, vint me trouver dans la salle d'étude. Je scrutais d'un air absent le tableau périodique des éléments en vue d'un examen que j'avais peu de chances de pouvoir passer un jour. Il vint s'asseoir derrière moi, me posa une main sur l'épaule.

– Désolé Eddie. J'ai fait tout ce que j'ai pu.

Je me levai et lui dis qu'il n'avait pas besoin de s'excuser. La suite, la sinistre marche jusqu'au bureau de M. Suskind, le principal, la notification de mon expulsion, ses mots m'expliquant que j'allais devoir finir mon année scolaire ailleurs. Tout cela n'était qu'une formalité. Quand il m'expliqua que ma seule alternative était soit d'achever mes études par Internet, soit de demander un transfert dans un autre lycée, nous savions l'un comme l'autre que personne ne voudrait de moi.

Dès l'instant que Suskind mit un terme à mes années de lycée avec un air parfaitement impassible et une attestation signée, je n'étais plus le bienvenu entre les murs de l'école. Par conséquent, je ne pouvais même pas descendre me défouler dans la salle de muscu. Alors que je n'avais attendu que ça tout le week-end. Et, à la place d'un contrôle sur les abréviations et les numéros atomiques des éléments, je devais désormais mettre toutes les affaires de mon vestiaire dans un carton et rentrer chez moi. Je rabattis la capuche de mon sweat pour affronter le vent glacial de mars qui balayait le terrain de sport.

J'habite avec ma mère dans un des lotissements les plus pourris de Camp Hill : Creekview Court. (Quel abruti peut croire que la vue sur la rivière est un argument de vente ?) Notre logement est un studio balayé par les courants d'air, équipé d'un chauffe-eau qui aurait dû être remplacé depuis des années. Pour un loyer équivalent, on aurait pu avoir un appartement plus sympa à Harrisburg mais, après mon expulsion du lycée Bishop McDevitt, j'étais obligé d'aller dans un lycée d'État, ce qui, selon maman, voulait dire retourner à Camp Hill, tant pis si on était à l'étroit. De l'autre côté de la rivière, c'était trop dangereux. On a un seul lit, alors on alterne. Comme maman travaille dans l'équipe de nuit à la maison d'accueil de New Hope, elle dort surtout le jour. Son autre boulot, c'est serveuse dans un snack, chez Perkins, de l'heure du dîner jusqu'à minuit. Le week-end, on se fait des politesses pour savoir qui dormira sur le canapé. Elle insiste toujours pour que ce soit elle, sous prétexte qu'il est trop court pour moi. Moi, ça m'est égal que mes pieds dépassent.

Pendant toutes ces années, mon plan était de me débrouiller pour qu'elle ait sa revanche, qu'elle soit dédommagée de tous ses sacrifices. Mais prendre soin de ma mère, ça veut dire trouver un vrai travail, donc faire des études. J'ai toujours été relativement bon en anglais, probablement grâce à l'insistance de maman pour m'imposer un régime de lecture de livres de bibliothèque, quand j'étais petit : la plupart des Harry Potter, *Le monde de Narnia*, *Rougemuraille*. Mais pour l'algèbre et les formules chimiques, ça cafouille dans ma tête. Quant à obtenir une bourse d'étude, c'était pas la peine de rêver. Mon passeport pour l'université et pour ma vie future, loin de Creekview Court, c'était la lutte. Mais ce passeport, je venais de le déchirer sur le tapis, à Hershey.

En arrivant chez moi, je remarquai deux voitures inconnues devant l'immeuble en briques. Une berline blanche et une autre, en face, qui attira particulièrement mon attention. C'était un SUV gris rutilant, avec une calandre tordue qui lui donnait l'air de sourire en coin. Penché par la fenêtre ouverte, le conducteur téléphonait. Je le reconnus immédiatement : c'était le type à l'air pervers et un peu débile, avec ses verres de lunettes en cul de bouteille, que j'avais aperçu au Giant Center. Me voyant regarder dans sa direction, il raccrocha et descendit de sa grosse bagnole.

Mais au même moment, ma mère m'appela. Je me retournai : elle me faisait signe depuis la porte d'entrée. Près d'elle se tenait une femme noire très mince que je n'avais pas vue depuis des années mais que je reconnus tout de suite. Une portière claqua et en tournant la tête j'aperçus le SUV qui démarrait en trombe. Je m'en foutais, maintenant. J'étais obnubilé par la certitude que j'allais me faire arrêter.

Je sentis mes mollets se tendre, signe que j'envisageais de me tirer en courant. Mais je me ravisai en voyant la tête de ma mère. À en juger par ses paupières gonflées et ses yeux rouges, elle avait pleuré et je ne voulais pas lui laisser gérer ce problème toute seule. J'avançai jusqu'à la porte d'entrée et posai le carton sur notre paillasson pourri qui proclamait « Bienvenue ». La policière me tendit la main et, quand sa manche découvrit son avant-bras tout fin, mes yeux s'arrêtèrent sur les fascinantes arabesques dessinées à l'encre sur sa peau. Je les avais oubliées.

– Tu te souviens de l'inspectrice Harrow ?

Maman renifla, son regard allait de l'un à l'autre. Je pris la main que me tendait Harrow, et qui sembla comme avalée par la mienne. Elle me fit un signe de tête, l'air grave.

– Comme tu as grandi, Edward.

Je ne relevai pas. Elle portait un pantalon et une jolie veste : vêtements civils.

– Pourquoi vous n'êtes pas en uniforme ? lui demandai-je en jetant un coup d'œil vers le trottoir le long duquel étaient garées des voitures normales et cette berline blanche. Et votre voiture de patrouille, elle est où ?

Une série d'images – le révolver de Harrow dans son étui, le badge étincelant, sa voiture de police rutilante – m'avaient tenu compagnie pendant des nuits entières, depuis le fameux soir de la guerre de Sécession.

– J'ai eu une promotion il y a quelques années, répondit-elle.

Elle lâcha ma main pour soulever un pan de sa veste, révélant un insigne d'inspecteur.

– Qu'est-ce qu'il y a dans ce carton ? me demanda ma mère.

– Ce qu'il reste de ma carrière d'étudiant, répondis-je. Suskind a appuyé sur la gâchette.

Maman en eut le souffle coupé. Pendant le week-end, je l'avais prévenue que ça risquait d'arriver, mais elle avait supplié Jésus d'intervenir. Debout dans l'encadrement de la porte, elle se mit à pleurer.

– Nous ferions mieux de rentrer, Janice, lui dit Harrow.

Trois minutes plus tard nous étions assis à la table de la cuisine, chacun avec un verre d'eau qu'aucun de nous ne toucha. Je tournai les yeux vers les peintures représentant des cascades et des bateaux à voile que maman avait mises dans des cadres d'occasion. Elle avait aussi fait de l'art-thérapie pendant sa phase de reconstruction. Je regardai de nouveau Harrow en me demandant ce qu'elle voulait.

Je me souvenais du jour où elle m'avait fait sortir de la maison jaune en vitesse et m'avait assis sur le siège passager de la voiture de police. Plus tard, au commissariat, comme je n'arrêtais pas de pleurer, elle avait relevé ses manches pour me montrer les tatouages fantastiques qu'elle avait sur les bras : chaque centimètre carré était couvert d'un motif complexe de boucles entremêlées. Ensemble on était allés chercher dans le distributeur de boissons un soda à l'orange tiède que j'avais bu assis sur sa chaise qui grinçait quand on la faisait tourner. C'était Harrow aussi qui nous avait mis en contact avec la maison d'accueil de New Hope où on était restés jusqu'à ce que maman reprenne pied. Je n'étais pas sûr de l'avoir remerciée ni de lui avoir dit qu'elle m'avait inspiré une éventuelle carrière, mais huit ans s'étaient écoulés depuis. C'était un peu tard pour lui exprimer ma gratitude.

– Qu'est-ce que vous venez faire ici ?

Ma mère fut visiblement choquée par ma brusquerie.

– M. Benedict et son avocat ont déposé plainte au commissariat aujourd'hui, répondit Harrow. Ce serait mieux pour tout le monde que tu viennes demain matin pour un interrogatoire.

– M. Benedict ? demanda ma mère.

– L'arbitre, répondit Harrow, celui qu'Edward a...

– On va m'arrêter ? coupai-je.

Harrow réfléchit avant de répondre :

– Tout dépend de ta déposition. Mais c'est tout à fait possible. C'est même probable, à ce stade.

– L'arrêter ? s'étonna maman. Pour quel motif ?

– C'est au procureur de le dire, répondit Harrow, mais à coup sûr pour trouble à l'ordre public et peut-être pour coups et blessures, aussi...

Ma mère avança la main sur la table et m'attrapa le poignet. Harrow acheva sa phrase.

– ... ce qui est un délit.

– Mais c'est grave, alors, souffla maman en secouant la tête. (Elle serra mon poignet plus fort.) Tout ça pour un coup de poing ?

Elle observait l'inspectrice, mais son œil paresseux restait fixé sur moi.

Harrow tourna la tête vers elle.

– Janice, Edward a fracturé la mâchoire de M. Benedict. Il a fallu recoller les morceaux. Alors, oui, c'est grave. (Elle me regarda à nouveau.) C'est pour ça qu'il faut jouer serré. Je ne voulais pas te l'annoncer comme ça, au téléphone, j'ai préféré faire un saut. Mais demain matin, je pourrais passer te prendre et t'emmener là-bas. Ce serait mieux. Je connais un des avocats commis d'office, un certain Quinlan, qui se chargerait de ta défense. Il pourrait expliquer ton histoire au juge.

Sa dernière phrase me donna à réfléchir. C'était quoi, exactement, l'histoire d'Eddie MacIntyre ? Une chose était sûre, je n'aimais pas la tournure qu'elle prenait.

Harrow se laissa aller contre le dossier de sa chaise.

– L'association des arbitres veut que ça serve d'exemple et ils ont tout ce qu'il faut pour ça : des vidéos prises avec des téléphones et un stade plein de témoins. Si ça va jusqu'au procès, tu risques la prison. Sincèrement, je ne suis pas certaine qu'on puisse l'éviter.

Je posai mon verre sur la table si violemment que de l'eau gicla. Puis je me levai. Je détachai les yeux de Harrow et ils tombèrent sur la porte du frigo, presque nue. Une semaine plus tôt, une demi-douzaine de lettres de recruteurs des meilleures facs y étaient affichées. À présent, les aimants ne maintenaient plus que des coupons de réduction périmés. Le mot « Irlande ! » arboré par le tout dernier m'incitait à fuir.

Harrow but tranquillement une gorgée d'eau et se leva. Les pieds de sa chaise couinèrent sur le lino.

– Merci pour le verre d'eau. J'ai dit ce que j'avais à dire. Je vous laisse en discuter entre vous.

Avant de se diriger vers la porte d'entrée, elle posa sa carte avec son numéro de téléphone. Ma mère me jeta un regard désespéré puis se hâta de la raccompagner.

Quand elle revint dix minutes plus tard, elle me trouva assis à la même place. Sans un mot, elle passa devant moi, alla dans la chambre et en ressortit une minute plus tard avec son uniforme de serveuse de chez Perkins.

– Je suis en retard. Kevin va m'engueuler. Après j'irai directement à New Hope, mais tu peux m'appeler vers dix heures, d'accord ? On discutera de ce qu'il faut faire. Il reste du pâté de viande dans le frigo.

J'acquiesçai.

Elle se pencha vers moi jusqu'à ce que nos têtes se touchent.

– On va s'en sortir, Eddie. On a réglé des problèmes plus graves que ça et on y arrivera encore cette fois.

Elle posa un baiser sur ma joue avant d'ajouter :

– Ça pourrait marcher si tu faisais des excuses à cet arbitre. Réfléchis-y, mon grand.

Je lui dis que j'y réfléchirais et elle partit en coup de vent. Je restai seul.

Je me sentais coupable d'avoir menti à ma mère en lui faisant cette promesse, sachant que je ne la tiendrais pas. Pour être honnête, j'avais honte d'avoir fait ça à l'arbitre.

Frapper un vieux bonhomme, c'est pas mon truc, même si celui-là était vraiment un connard sénile. Mais aller voir ce type pour lui présenter des excuses, c'était inenvisageable, autant me demander de passer à travers un mur de briques.

Mon père m'avait appris que les hommes, les vrais, ne s'excusent jamais. Il est resté fidèle à ce principe tout le long de son procès. Il ne m'a pas demandé pardon pour ce qu'il avait fait et, même si ma mère m'a dit et répété qu'il lui avait fait des excuses, à elle, et qu'il avait changé, je sais pertinemment qu'elle bluffe.

Après avoir mangé un peu de pâté de viande, j'ai regardé la télé pendant une heure ou deux, mais ils rediffusaient *Cops* en boucle et au bout d'un moment j'en avais marre. Il y avait aussi *Danse avec les stars*, l'émission de téléréalité préférée de maman, sauf que, sans elle, je n'avais aucune envie d'admirer les super tenues des concurrents et d'entendre cette musique guillerette. Je suis allé consulter ma messagerie sur l'ancien PC dont maman a hérité l'été dernier quand le foyer d'accueil pour femmes en a acheté un nouveau. Il est pourri, mais vu que je suis le seul élève du lycée trop fauché pour s'acheter un téléphone, je ne peux pas me plaindre. J'avais une vingtaine d'e-mails, dont un de Shrimp me demandant comment j'allais et me proposant d'aller acheter une pizza chez Roberto ou de regarder les derniers combats de MMA[1] en

1. MMA : Les arts martiaux mixtes (ou *mixed martial arts*) sont un sport de combat associant la boxe et la lutte au corps à corps.

VOD. Les autres e-mails étaient sans intérêt. Un ou deux journalistes me demandant une interview, une série de recruteurs annulant « à leur grand regret » leur invitation à visiter le campus.

À dix heures trente, le téléphone sonna dans la cuisine. C'était sûrement maman qui m'appelait de New Hope. Mais comme je ne savais pas quoi lui dire, je laissai sonner.

Je passai un certain temps à me faire des scénarios dans ma tête, à visualiser l'avenir. Je me demandais ce que l'avocat commis d'office pourrait faire, vu toutes les charges retenues contre moi. Je me voyais, menotté, devant le juge qui me regardait de haut. Même si je savais que c'était impossible, j'étais obnubilé par une image : mon père et moi dans la même cellule, en prison, vêtus de la même combinaison orange, comme des jumeaux dénaturés.

Je sursautai sous le coup de cette évidence : le lendemain matin je serais au commissariat, que j'y sois allé de mon plein gré ou sous la contrainte, avec les menottes. Ils m'auraient. Ma mère serait obligée de venir au procès, de prendre des jours de congé pour ça, de subir les regards des autres. Son fils était de la mauvaise graine, il tenait ça de son ex-mari. Mon beau projet d'obtenir un diplôme en justice pénale et l'école de police ? C'était mort. Et en admettant que je trouve un autre moyen d'aller à l'université, est-ce que l'école de police allait accepter la candidature d'un criminel avéré ?

J'hésitais entre aller vérifier sur Internet pour en avoir le cœur net et rester dans l'incertitude, pour garder un peu d'espoir quand on frappa à la porte. Je sursautai, pensant que c'étaient les flics. Ensuite je me dis que ça ne pouvait être que Shrimp. Il était sympa et il savait que je ne devais pas rester seul. Persuadé de voir mon copain, j'ouvris. Mais ce n'était pas lui.

3

– Je te souhaite bien le bonjour ! lança le petit homme brun en s'inclinant, bras le long du corps, pour esquisser une révérence. Raymond Blalock.

À ses yeux rendus globuleux par l'épaisseur de ses verres, je reconnus le type que j'avais vu le vendredi, pendant le match, et, peu de temps avant, dans le SUV à la calandre tordue. Il me tendit une main que je serrai passablement fort en guettant un tressaillement sur son visage. Il était courtaud, ramassé et la peau de son visage luisait de graisse.

– Je suis absolument enchanté de faire ta connaissance, Edward, reprit-il. Il y a une chose que j'aimerais te montrer. (Dès que j'eus lâché sa main, il la secoua et la frotta.) Une chose afférente à un projet qui pourrait s'avérer mutuellement bénéfique.

Sur quoi il m'invita d'un geste de la main à rejoindre son SUV gris, en attendant au bord du trottoir, à la manière d'un gros chien obéissant.

– Qu'est-ce que vous faites de la consigne « ne monte jamais dans la voiture d'un inconnu » ? dis-je.

– Inconnu ? Détrompe-toi, rétorqua Blalock en secouant la tête. Je suis un vieil associé de ta famille venu te prêter assistance dans un moment où tu en as grand besoin. Considère-moi comme un oncle perdu de vue depuis longtemps, un parrain secourable.

– Vous connaissez ma mère ?

Il sourit.

– Tu n'es pas tombé loin. Mais je suis sûr que tu es plus perspicace que ça.

Je comprenais ce qu'il insinuait, mais je ne réagis pas. Vus de plus près, ses verres de lunette étaient crasseux et tout rayés, à se demander comment il voyait au travers.

– Ta ressemblance avec lui est confondante, dit Blalock. Je ne suis sans doute pas le premier à t'en faire la remarque.

Bien souvent, quand je croise des gens qu'on fréquentait dans notre vie d'avant, ils me disent que je ressemble énormément à mon père. Et, dans leur bouche, ça sonne comme un compliment.

– C'est bon, dis-je à Blalock. Qu'est-ce que vous voulez me montrer ?

– Ton avenir, Edward, répondit-il avec un petit rire retenu. Allons, suis-moi. La fortune sourit aux audacieux. À moins qu'un blocage profondément ancré en toi ne t'interdise de gagner beaucoup d'argent.

Sans répondre, je balayai du regard notre appartement exigu qui me faisait de plus en plus penser à une cellule de prison.

Blalock sourit et tambourina sur la portière déjà ouverte avec les articulations de ses doigts.

– C'est l'opportunité qui frappe à ta porte, jeune homme.

– Oh, et puis merde ! Je vais chercher ma veste.

En voyant Blalock assis derrière le volant, je me demandais s'il apercevait le capot. Sa voiture était assez déglinguée mais elle sentait le neuf, ce qui me parut paradoxal, jusqu'à ce que je voie le sapin de désodorisant suspendu au rétroviseur. Un sapin jaune arôme vanille. On sortit de Camp Hill en prenant l'autoroute US-15 en direction du sud. Blalock me raconta qu'il me suivait depuis plusieurs années et avait assisté à une demi-douzaine de mes matchs. Il trouvait que j'avais une clef de tête remarquable mais que mon endurance déclinait dans la troisième *période*. Il avait raison sur ces deux points.

– Ainsi M. Benedict a l'intention de porter plainte ? interrogea-t-il.

Je lui demandai comment il le savait. Il me répondit qu'il avait ses sources. Alors j'expliquai :

– Cette inspectrice, elle s'appelle Harrow, elle veut m'aider. Elle m'a même trouvé un avocat.

– Règle numéro un concernant les représentants de l'ordre : leur motivation première est leur intérêt personnel, la perpétuation du statu quo. Ne te fais pas d'illusions.

Dès l'instant où tu signes un accord avec le système, tu es inféodé à ses stratégies et à ses procédures.

– Qu'est-ce que ça veut dire ?

Il tourna la tête vers moi.

– Dès que tu commences à négocier avec les flics, tu prends des risques.

J'acquiesçai en me demandant pourquoi il ne l'avait pas dit comme ça tout de suite. Ce type avait avalé un dictionnaire des synonymes.

– Et qu'est-ce qu'il faut faire, d'après vous ? demandai-je.

– Arrêter de croire au Père Noël et voler de tes propres ailes.

Je ne voyais rien à répondre et Blalock laissa planer un silence. On passa la sortie vers le centre commercial, puis peu après la bretelle de l'autoroute à péage. Enfin Blalock monta sur un échangeur et tourna à gauche dans une rue que je n'avais jamais prise.

– As-tu entendu parler de la ligue de combat libre qu'on appelle les Brawlers ?

Je lui fis face.

– Comme tout le monde. C'est des combats de malades qu'on peut voir en ligne, en vidéo à la demande. Il paraît qu'ils diffusent illégalement le combat en émettant un signal pirate depuis le nord de l'État de New York et même depuis le Canada.

Une fois, LeQuan et Shrimp s'étaient vantés d'avoir chopé un combat et fait un pari avec la carte de crédit du grand frère de Shrimp. En plus, Shrimp râlait parce que son frère avait exigé un pourcentage, mais il avait quand même gagné cinq cents dollars. Personne n'en a jamais vu la couleur, d'ailleurs, ce qui fait qu'on n'avait aucune preuve qu'il disait vrai. N'empêche qu'il avait payé un McDo à tout le monde.

– En fait, toi et moi, nous sommes bien plus proches que cela, expliqua Blalock. Les Brawlers, c'est une ligue sportive très lucrative qui opère selon un business plan peu conventionnel, certes, mais qui répond à la nécessité de s'adapter aux forces en présence sur le marché. Voilà plusieurs années que je t'observe mais on a aujourd'hui une situation nouvelle qui, combinée avec ta déveine, fait émerger une opportunité qui pourrait permettre à un jeune homme aussi talentueux que toi de participer à un haut niveau et d'en tirer une compensation substantielle.

Je passai un moment à regarder par la fenêtre le paysage de collines en essayant de comprendre son charabia. On s'éloigna de l'autoroute pour filer vers la campagne. Les maisons étaient de plus en plus espacées, nous roulions entre des champs labourés et, de loin en loin, se dressaient des silos. Malgré le désodorisant arôme vanille, ça puait, mais je n'arrivais pas à savoir si c'était de la bouse de vache ou le blabla de Blalock.

– Compensation substantielle, ça veut dire de l'argent ?

Il confirma d'un hochement de tête.

– Je veux te payer pour ce que tu fais le mieux.

– C'est-à-dire ?

– Déchirer ta race.

Ce langage sonnait bizarrement dans sa bouche.

– Ça n'a pas l'air vraiment légal.

– Oh, ne finassons pas. C'est totalement illégal. (Blalock pouffa, content de sa blague.) Mais il se trouve que les entreprises illégales ont tendance à être les plus rentables.

Rentables jusqu'à quel point ? Un souvenir me revint : les Portes ouvertes d'une maison, un dimanche. Ma mère, dans le jardin, ôtant ses sandales pour tremper ses orteils dans l'eau froide de la piscine et éclatant de rire : « Impossible, même dans mes rêves les plus fous ! »

Je fus ramené à la réalité par un bruit de ferraille dans le moteur du SUV. Sans doute un boulon desserré sur les protections thermiques ou la courroie de distribution en train de lâcher. Avant que maman ne renonce à avoir des petits amis (le plombier/électricien, le routier/chef scout, le mécano ancien alcoolique) j'avais appris deux ou trois trucs.

Aucun de nous ne parlait dans la voiture. À un moment, les phares éclairèrent la carcasse d'un animal, sur la bande d'arrêt d'urgence. Vu son état, je n'aurais pas pu dire s'il s'agissait d'un chien ou d'un raton laveur.

Enfin la voiture a ralenti à l'entrée d'une ferme isolée. Devant la grille se tenait un géant en trench-coat, baraqué comme un videur de boîte de nuit. Il aurait pu être russe ou allemand, un type taillé dans le roc. Blalock baissa sa vitre au moment de franchir la grille. Quand le garde se pencha, je vis qu'il avait une cravate noire, les cheveux coupés en brosse et une mâchoire carrée. Blalock lui dit :

– Nous sommes en retard, Grunt, pouvons-nous nous dispenser des formalités ?

En prenant tout son temps, ce Grunt nous fouilla du regard tous les deux, puis il me détailla d'un œil mauvais par-dessus un nez tordu sans doute cassé plus d'une fois. De près, il me parut plus vieux que je ne l'avais cru et j'en conclus que ce n'était pas un videur mais un ancien défenseur de première ligne de la NFL[1], viré de l'équipe parce qu'il n'arrivait pas à mémoriser les règles d'obstruction volontaire. Ce type était vraiment un colosse. Il jeta un coup d'œil sur le siège arrière avant d'acquiescer avec un grognement guttural qui sonnait bien avec son nom, Grunt. Il poussa la grille qui s'ouvrit en grinçant et nous fit signe de passer en agitant son autre main qui, je le remarquai seulement alors, tenait un fusil à pompe. Manifestement agacé d'avoir été retardé, Blalock marmonna pour lui-même :

– Toujours aussi fin causeur.

Les graviers crissèrent sous nos roues. Nous approchions d'une vieille grange éclairée de l'intérieur, devant laquelle étaient garées plusieurs dizaines de voitures dont une Rolls-Royce, une Mercedes et même une limousine blanche. Blalock expliqua :

– Nos gains proviennent majoritairement des bénéfices que nous faisons en ligne, et nous touchons en outre un

1. Ligue nationale de football américain.

joli pourcentage sur les sites de paris sportifs, qui sont tous offshore, bien évidemment. Mais quelques gros parieurs paient un supplément pour assister aux matchs en live. Cette région est l'endroit idéal, hors réseau mais à quelques heures de route seulement de Philadelphie, Baltimore, Washington et même New York. Par mesure de sécurité, nous alternons : jamais deux combats de suite dans le même lieu.

Blalock éteignit le moteur et descendit de la voiture. Je le suivis. Dans la grange, une centaine de personnes, dont certaines debout sur les poutres, faisaient cercle autour d'un espace éclairé par des projecteurs sur pied. Deux gars bien musclés entre seize et vingt ans, torse nu, attendaient au bord. L'un des deux, un grand blond assez mince, sautillait sur place. L'autre était épais et râblé, plus petit que moi mais plus lourd d'au moins vingt-cinq kilos. Le gaillard devait en peser pas loin de cent cinquante. Très mat de peau, il avait le visage et la poitrine couverts de tatouages tribaux. Il faisait les cent pas sans quitter des yeux son adversaire.

Voyant que je le regardais, Blalock me dit :

– Lui, c'est Badder, le champion en titre. Et si tu t'avises de lui demander « *Badder than what ?* » il a une réponse toute trouvée : « *Badder than you*[1] ». Son vrai nom est Bahadur qui veut dire combattant, en langue maorie, enfin c'est ce qu'il prétend.

---

1. Jeu de mots sur *better*, meilleur, et *badder*, plus mauvais, plus méchant. *Badder than you* : plus méchant que toi.

– Et Blondie ? demandai-je en regardant le grand type en proie à une méchante poussée d'acné. Ses joues étaient criblées de boutons.

– Maddox. Cet hiver, il a remporté une série de victoires mais récemment, il est tombé en disgrâce. Déjà fini à vingt-deux ans, c'est assez dramatique.

Sur un côté de l'arène il y avait une caméra fixe, et une autre accrochée aux poutres. En plus, un cameraman en avait une à l'épaule. C'était sans doute comme ça qu'ils diffusaient le signal pirate, indétectable, à ce qu'on disait. Les combats n'étaient montrés qu'une fois, en direct et uniquement aux abonnés payants, puis la vidéo disparaissait sans laisser de trace. Impossible d'en trouver d'anciennes sur YouTube ou ailleurs. Shrimp et moi, on avait essayé.

Suivant Blalock, je me frayai un chemin au milieu de la foule qui réunissait toutes sortes de gens. Pas mal de types en costume-cravate accompagnés de top-modèles. Mais il y avait aussi bon nombre de personnages louches. Blalock joua des coudes pour arriver au bord de la surface de combat où se tenait une fille qui avait l'air plus jeune que moi. Elle me toisa, puis leva le menton vers Blalock.

– C'est votre nouveau prodige ?

– Edward MacIntyre, je te présente Khadjee, fit Blalock.

Elle ne me tendit pas la main, donc moi non plus. Je dis simplement :

– Appelle-moi Mac.

– Salut, répondit-elle.

Khadjee avait un visage fin et elle était toute menue – elle m'arrivait à peine à l'épaule – mais à la façon dont elle se tenait, très droite, bras croisés, on voyait qu'elle ne manquait pas d'assurance. Elle portait un T-shirt gris et un jean aussi noir que ses cheveux. Dans son arbre généalogique il devait y avoir des ascendants orientaux, chinois ou japonais. Je me penchai vers elle.

– Khadjee, ça veut dire quoi ?

Elle leva vers moi son visage impassible. Ses yeux étaient d'un vert incroyable.

– Et Mac, ça veut dire quoi ?

Je lui souris d'un air gêné, mais elle garda un regard froid, impénétrable.

Ce moment de tension fut interrompu par un coup de gong aussi puissant que la cloche d'une église. Autour de nous, la foule se déchaîna. D'une seule voix, les spectateurs crièrent « Pas de pitié ! » en levant les yeux vers un type qui se penchait à la rambarde de la mezzanine. Costume blanc, crâne chauve, barbe blanche impeccablement taillée en pointe sous le menton. Il tenait d'une main un disque de métal doré et de l'autre un maillet.

– C'est M. Sunday, me dit Khadjee. Toujours à la recherche de l'effet théâtral, entre autres.

Je me gardai bien de lui demander ce qu'elle voulait dire par là, mais je vis la haine dans son regard.

Il frappa le gong une deuxième fois, et tout le monde hurla : « Prêts ? »

Les deux combattants se placèrent face à face. L'atmosphère était électrique.

Manifestement, Sunday se délectait d'attirer sur lui l'attention de tous. Quelque chose, dans ses grandes mains, peut-être, ou dans sa carrure, me donna l'impression qu'il avait dû servir dans l'armée. Il hésita avant de donner le troisième coup de gong, puis il frappa, encore plus fort, et la foule en liesse hurla : « À l'attaque ! » Les deux adversaires se ruèrent l'un vers l'autre.

Mais avant le corps à corps, Badder et Maddox restèrent un moment en garde, les poings levés, à se balancer d'un pied sur l'autre en dansant légèrement, comme font les boxeurs. Maddox portait des mini-gants de boxe rembourrés au niveau des articulations mais laissant les bouts des doigts libres. Badder, lui, avait les poings saucissonnés dans des chiffons multicolores. Ils échangèrent quelques petits *jabs*, pour se tester, puis Maddox fit un tour complet sur lui-même, lança en avant un de ses longs bras et asséna un direct dans la figure tatouée de Badder. Le public poussa de grands « ahhh ».

À côté de moi, Khadjee suivait le match avec intérêt mais sans passion. J'avais déjà vu ce genre de regard chez des lutteurs qui observaient leurs futurs adversaires en prenant mentalement des notes.

Sans attendre, le challenger continua sur sa lancée en envoyant un coup de pied dans le ventre de Badder qui se plia en deux. Ensuite Maddox avança pour lui balancer un uppercut. Badder l'esquiva en se dégageant plus agilement que je ne m'y attendais d'un type aussi massif. Maddox se retrouva garde ouverte et Badder lui asséna latéralement un violent droite-gauche : une droite dans les côtes suivie d'un crochet gauche dans la mâchoire. Maddox partit à la renverse, s'affala dans la foule qui le renvoya vers le ring. Il tenta un autre coup de pied que Badder bloqua, puis, penchés l'un vers l'autre et se tenant mutuellement par la nuque, comme font les lutteurs, ils se balancèrent des petits coups de poing nerveux, ce qui n'avait pas tellement d'intérêt à cette distance. Le public hua, mécontent de ce temps mort. Badder réagit : il s'accroupit et se redressa brusquement en levant un coude qui atterrit de plein fouet dans la mâchoire de Maddox. Celui-ci se cambra, vacilla en arrière, secoua la tête et cligna des yeux, signe qu'il était sonné. Ses bras mous pendaient comme des nouilles. Badder se prépara à le démolir.

Sans plus se soucier de son style, il plaqua carrément Maddox et ils tombèrent sur le sol couvert de paille. Je sentis la foule pousser derrière moi.

Quand ils dégringolèrent, je fus surpris de voir Maddox attraper Badder par derrière. Il le hissa sur son ventre, glissa ses avant-bras autour de son cou, lui planta un genou dans la colonne vertébrale et lui tira la tête vers l'arrière. La figure de Badder se retrouva tout près de moi, et je vis que le champion en titre avait du mal à respirer. Mais en même temps il était calme, c'était clair, et là, je compris que le grand gaillard était foutu.

Sans hésiter, Badder saisit le coude de son adversaire et tira un grand coup pour se dégager de la prise d'étranglement. Ensuite il enchaîna sur une espèce de clef de bras sur le poignet de Maddox qu'il avait libéré. Celui-ci hurla en roulant sur lui-même. Badder s'empressa de monter à cheval sur son ventre. L'autre leva les avant-bras pour protéger son visage truffé d'acné, mais Badder était dans une position avantageuse : il s'acharna sur la mâchoire et les joues boutonneuses de Maddox, autant avec ses coudes qu'avec ses poings. Les mains du grand blond s'avachirent par terre. Je cherchais des yeux l'arbitre qui devait siffler la fin du match. Mais il n'y avait pas d'arbitre. Ici, les combats se déroulaient sans aucune règle.

Badder le fit rouler et le mit en position assise, puis il s'agenouilla derrière lui et colla son ventre dans son dos. Il passa ses deux avant-bras autour du cou de Maddox et se colla à lui pour resserrer d'un cran la prise d'étranglement. Maddox revint à la vie dans un sursaut. Le corps secoué de spasmes, il tenta de se dégager, mais en vain. Il manquait d'air. Il avait les joues de plus en plus rouges et les yeux exorbités. On avait l'impression de voir quelqu'un se noyer. De la main droite, il frappa la paille. Je connaissais ce signal, je l'avais vu dans les matchs de MMA, à la télé, et même dans les tournois olympiques de judo. C'était un signe de soumission, une manière universellement comprise de dire « Je me rends. Stop. » Mais Badder n'en tint aucun compte. Au lieu de lâcher, il resserra encore sa prise en tirant la langue et écarquillant les yeux en une horrible grimace cynique.

Enfin, un type rondouillard, sans doute le manager de Maddox, fendit la foule jusqu'au ring et Badder lâcha prise. Le corps de Maddox s'avachit. Badder se releva et tapa des pieds plusieurs fois tout en se frappant les cuisses avec les poings. Khadjee regarda sa montre et dit à Blalock, d'un ton morne :

– Presque quatre-vingt-dix secondes. Le pari over/under[1] était d'une minute.

Au moment où je me retournai vers Badder, il se dirigeait vers nous d'un pas assuré. Il demanda à Blalock :

– C'est quoi ça ? De la viande fraîche ? (Il me bouscula d'un coup de torse et me fixa du regard, sans ciller.) C'est déjà l'heure d'aller au dodo pour toi, Baby Blue ?

Blalock recula d'un pas et posa une main sur mon épaule pour m'inciter à m'écarter. Mais je campai sur ma position, menton levé, je ne baissai pas les yeux. Maintenant que je le voyais de près, j'étais stupéfait par la précision des tatouages qui lui couvraient le front et les joues : les arabesques et les lignes sinueuses faisaient de son visage un masque vivant.

Badder recula d'un demi-pas puis il refit son affreuse grimace, les yeux écarquillés, la bouche grande ouverte, sa grosse langue sortie au maximum.

– Dans mon peuple, ça veut dire « Je vais te manger ! Tu es prévenu ! »

---

1. Dans les sports de combat, on peut parier sur le temps que durera le combat : ici, plus ou moins une minute (*over one minute/under one minute*). Les cotes qui déterminent les gains sont établies par les bookmakers en ligne.

– Essaie un peu pour voir, rétorquai-je. Mais les muscles c'est un peu caoutchouteux, tu sais.

Tout le monde était tendu, et tout à coup une voix venue d'en haut lança :

– Pas ce soir, les garçons. Bahadur, le spectacle est fini. Tout le monde dehors !

Je levai les yeux. M. Sunday se caressait la barbe en m'examinant attentivement.

Obéissant, Badder laissa tomber et s'éloigna furtivement, mais sans oublier d'enjamber le corps du vaincu. Et quand la foule se dispersa et regagna la sortie, il suivit le mouvement.

– Toi, au moins, tu sais te faire des amis, me dit alors Khadjee.

– Je n'ai pas besoin de nouveaux amis, répliquai-je.

Dehors, nous étions tous les trois près du SUV de Blalock, devant la calandre tordue. Je m'appuyai d'un pied sur l'aile et j'attendis. Blalock expliqua :

– Voici comment les choses se présentent pour moi actuellement. J'ai signé pour un match dimanche prochain, c'est-à-dire dans six jours, mais mon combattant n'est plus en mesure de remplir ses obligations contractuelles.

– Et pourquoi ? Il est pas disponible ? demandai-je.

Blalock fronça les sourcils, mécontent que je l'interrompe.

– Il a attrapé la peste. Il est convoqué comme juré. Il est entré dans un monastère. Cela n'est pas ton affaire.

La rémunération, c'est six mille si tu gagnes, deux mille si tu perds. Je prends vingt pour cent dans les deux cas. Et tu es entièrement défrayé.

Je fis un rapide calcul. Avec quatre mille huit cents dollars, je pourrais au moins acheter à maman une bonne voiture d'occasion.

– Et ensuite ?

– Si tu réussis aussi bien que je l'imagine, il y aura d'autres opportunités. Dont certaines encore plus lucratives.

Khadjee regardait Blalock avec dureté, comme s'il cachait quelque chose. Je la désignai d'un mouvement de tête.

– Et elle ? C'est ma pom-pom girl ?

– Moi, je suis là pour t'entraîner, coupa Khadjee, d'un ton plus que virulent. Et en plus tu devras squatter sur mon canapé.

Je gloussai.

– Et comment tu comptes m'entraîner ?

Son grand sourire et l'éclair malicieux qui passa dans ses yeux verts me laissèrent perplexe.

– Comme tu ne l'as jamais été, répondit-elle.

– Donne-moi ton accord et je te ramène chez toi pour que tu rassembles quelques affaires, me dit Blalock. Ensuite, je te déposerai chez Khadjee.

Je cherchais toujours à interpréter l'expression de Khadjee. Était-ce une mise en garde ? Une invitation ? Blalock reprit :

– Ou alors je te laisse reprendre le cours de ta vie et dès demain matin, tu joues ta dernière carte avec la police.

Je balayai du regard les alentours de la grange. Presque toutes les autres voitures étaient parties, sauf la limousine blanche qui tournait au ralenti près du silo. Son moteur grondait en sourdine. J'imaginai ma mère pleurant tout au long du procès et mes doigts serrés autour des barreaux d'une cellule. Puis, dans une sorte de brouillard, je vis un tout autre avenir : maman et moi en train de décharger une remorque et de porter nos cartons dans une nouvelle maison. Ces images-là étaient différentes de mes visions : elles ne me venaient pas avec la même certitude que les autres. Je devais choisir un chemin tout seul, sans l'aide de ma clairvoyance.

– OK, je suis partant, dis-je en tendant la main à Blalock.

Khadjee détourna les yeux quand il me la serra en souriant.

– Ton père serait fier de toi, me dit-il.

À ce moment précis, la limousine démarra et tourna lentement autour de nous comme un grand requin blanc. Je me demandai ce que ce M. Sunday avait vu à travers les vitres teintées.

4

Je n'ai pas peur du noir, je veux dire pas comme les gosses qui font des caprices. C'est juste que parfois, surtout en pleine nuit quand j'ai des insomnies, je n'aime pas rester éveillé dans une pièce sans lumière. Je me revois enfermé dans ce cagibi qui empestait la naphtaline, je dégringole dans un puits obscur, roulé en boule, les mains plaquées sur les oreilles. Le soir, quand maman est à New Hope et que je dors dans le lit, je laisse la lampe de chevet allumée, chose que je n'oserai jamais avouer à personne. Une habitude idiote, peut-être, mais ça tient les cauchemars à distance.

La première nuit, sur le canapé tout bosselé de Khadjee, je me tournai et me retournai pendant près d'une heure. Je finis par me lever pour aller à la salle de bains et je fis exprès d'oublier d'éteindre la lumière, laissant la porte entrouverte pour qu'un trait de lumière se répande dans le couloir. Comme ça, il faisait moins noir dans le séjour. Malgré tout, je dormis en pointillés, inquiet pour maman désormais seule à la maison. Je lui avais laissé un mot, «Tout ira bien, ne t'en fais pas», mais je savais que ça ne l'empêcherait pas de s'angoisser. Je l'imaginais en train de pleurer, et bizarrement, ce bruit se mêla à un étrange grognement en provenance de la chambre à coucher de Khadjee, tout au bout de l'étroit couloir. Elle ne m'avait donné aucune précision, j'ignorais avec qui elle vivait et je ne savais pas trop à quoi m'en tenir. D'où qu'il vienne, ce grognement était impossible à ignorer mais j'étais tellement épuisé que je finis par sombrer dans le sommeil.

Au petit matin, je fus réveillé par quelque chose de froid et humide qui fouinait dans mon cou.

J'ouvris les yeux. Un pitbull montrait les dents à quelques centimètres de mon visage. Il était brun-roux, avec une rayure blanche qui courait du bout de son museau jusqu'au-dessus de ses yeux. Son haleine sentait le thon et un grognement sourd roulait au fond de sa gorge. Ma première pensée fut *Comment ce chien est-il rentré chez nous* ? J'appelai «Maman ?», affolé pour elle, et je m'assis brusquement. En voyant un fauteuil que je ne connaissais pas et un poste de télé d'un autre âge, je me souvins que je n'étais pas chez moi.

Je me frottai les yeux et je souris.

– Je n'ai pas peur de toi, mon toutou, lui dis-je.

Après une hésitation il remua son petit bout de queue et posa les pattes avant sur mes genoux. Puis il approcha son museau de ma joue et la lécha. Tout petit déjà, je m'entendais mieux avec les animaux qu'avec la plupart des gens. Ils sont souvent plus sensés.

Ce clébard, par exemple. On ne pouvait pas lui reprocher de protéger son territoire et de venir voir qui j'étais. Je lui caressai la peau du cou en remontant vers la tête. Là où il aurait dû y avoir des oreilles, ma main ne rencontra que de vagues petites bosses. Je ne voyais pas grand-chose dans la pénombre, mais je compris très vite que ce chien avait été malmené lors d'un combat. Et je lui dis :

– T'inquiète. Je te veux pas de mal. T'es un bon chien.

– Une bonne chienne, rectifia Khadjee en sortant de la chambre. Derrière elle une voix masculine la fit taire d'un chuchotement. Khadjee s'arrêta sur le pas de la porte et répondit dans une autre langue. Je supposai que c'était son petit ami et qu'elle s'excusait encore une fois d'avoir invité un type à dormir sur le canapé. Une drôle d'odeur s'échappait par vagues de la chambre, genre antiseptique. La voix reprit plus fort, pour poser une question à laquelle Khadjee répondit par :

– *Kon mài*.

Elle ferma la porte, avança vers moi en mode zombie pas réveillé et s'arrêta d'un air étonné devant la salle de bains où la lumière était allumée. La chienne trotta jusqu'à elle. Elle se pencha pour lui tapoter la tête.

– Je vois que tu as fait connaissance avec Roosevelt. On l'appelle Rosie.

– Elle aurait dû choisir de se battre contre un chien moins féroce.

– Elle n'a rien choisi du tout.

C'était la deuxième fois que Khadjee me contredisait, alors que la journée commençait à peine. Elle reprit :

– On l'a forcée à combattre. Elle a été élevée pour ça, à Baltimore. Je l'ai trouvée il y a quelques années à Reading, dans un refuge pour animaux.

J'avais déjà entendu parler de ces combats de chiens illégaux : les gens les enferment dans des cages pour qu'ils se battent à mort et ils font des paris. Ils les tabassent pour les rendre plus résistants, pour leur apprendre à endurer la douleur.

Khadjee remplit de pâtée une gamelle en inox posée par terre dans la cuisine, et je m'étirai. Mes mains touchaient presque le plafond : cet appartement était encore plus exigu que celui de Creekview.

– Je mangerais bien un truc, moi aussi. Tu n'aurais pas des œufs, par hasard ?

– Après, dit-elle, en remplissant un verre d'eau qu'elle me tendit.

Je bus un peu et demandai :

– Après quoi ?

– Je t'emmène courir. Tu as une tenue de sport, au moins, dans ton sac ?

Il y avait un peu de provocation dans son ton, et d'arrogance aussi. Le sac de sport que j'avais rempli à la hâte la veille pendant que le SUV de Blalock attendait le long du trottoir, moteur en marche, était posé sur le vieux fauteuil rapiécé. C'était le seul meuble du séjour à part la télé, mon canapé-lit et une drôle de table d'angle encombrée de bibelots. M'approchant de ce guéridon, je vis, dans la lumière diffuse qui venait de la cuisine, une statue de bronze assise en tailleur, un bout de chandelle, un bol de sable et des fleurs séchées.

– Un footing. Bonne idée, lui dis-je. Mais je te préviens, je cours vite.

– La vitesse, on s'en fout. C'est l'endurance qui nous intéresse.

Je jetai un coup d'œil par la fenêtre. Il faisait encore nuit. Le four à micro-ondes indiquait quatre heures cinquante-cinq.

– Le soleil n'est même pas levé.

– Eh bien on courra dans le noir.

Après m'être changé dans la salle de bains, je la suivis dans le petit matin. Le froid était assez intense pour que mon haleine fasse de la buée. L'appartement de Khadjee se situait à la limite de Midtown, à un peu plus d'un kilomètre de la rive est de la rivière. Creekview Court, là où j'habitais, était à trois ou quatre kilomètres au large de la rive ouest. À la lumière des réverbères, on s'éloigna du centre en suivant une piste cyclable qui serpentait le long du fleuve Susquehanna et conduisait au parc de Wildwood, à la sortie de la ville. Ma mère m'y amenait parfois, jusqu'au jour où sa brave Subaru qu'elle bichonnait depuis des années rendit l'âme. Elle emportait toujours des sandwichs au beurre de cacahuète et à la confiture, plus un paquet de bretzels. Après, on y allait à vélo. En flânant sur la piste cyclable, on guettait les oiseaux et les plantes rares. Les grenouilles et les tortues effarouchées se jetaient à l'eau à notre passage. Le parc était calme et d'accès gratuit, les deux choses que maman recherchait pour ces activités mère/fils.

J'avais imaginé qu'on ferait demi-tour arrivés à l'entrée, mais Khadjee continua, traversa le parking, gagna le sentier forestier. Il faisait toujours nuit et je ne pouvais me repérer qu'au bruit de ses pieds qui écrasaient les feuilles mortes et à sa frêle silhouette que je distinguais vaguement devant moi. À un moment, je lui lançai sur le ton de la plaisanterie :

– J'ai l'impression de suivre un fantôme.

Elle continua de courir.

Le sentier enjambait plusieurs ponts en bois et, à un moment, quelques biches apparurent au loin devant nous. Maman aurait adoré ça. Un de ces matins magiques, je devais avoir treize ans, on était tombés sur un renard et elle m'avait dit que c'était signe de chance et qu'un avenir radieux nous attendait. Je l'avais crue dur comme fer. Khadjee s'arrêta net sous le pont routier de l'autoroute 81. Elle se retourna et me dévisagea comme pour me jauger. Je m'efforçai de ne pas montrer que j'étais essoufflé, ce qui n'était pas facile.

Je me penchai en avant, les mains posées sur les genoux.

– Ils durent combien de temps, ces matchs ?

– Jusqu'à ce qu'il y ait un gagnant. C'est-à-dire jusqu'à un KO ou une soumission. Il n'y a pas de points, pas de juges. La plupart du temps, ça dure moins de cinq minutes, mais il y a quelques mois, on a eu deux gars qui ont tenu une demi-heure. M. Sunday n'aime pas les matchs trop longs. Plus on retransmet longtemps, plus on a de chances que le signal soit repéré.

– Ah c'est vrai. Le signal.

Au-dessus de nous, des voitures et des camions passaient en vrombissant. À travers les arbres dénudés et immobiles, l'horizon se teintait des premières lueurs du soleil. Dans cette lumière, les yeux de Khadjee semblaient éclairer la grisaille de l'aube. Elle dit :

– Bon, voyons si tu es prêt pour le combat.

J'adoptai une position classique, debout garde basse, jambes légèrement fléchies, la main gauche plus avancée que la droite, les paumes ouvertes. Elle fit la grimace.

– Tu es un lutteur, ça c'est sûr.

– Et ça pose un problème ?

– Garde cette position, dit Khadjee en se plantant face à moi.

Au ralenti, elle m'envoya un direct dans la poitrine en passant entre mes mains. Puis elle se pencha en arrière, en équilibre sur une jambe, elle me balança son pied libre dans la mâchoire, replia le genou de cette même jambe et me frappa dans les côtes, sous les bras. Elle fit un petit saut sur place, changea de jambe, pivota sur elle-même et m'envoya un autre coup de pied dans les genoux. Après cette démonstration de ma vulnérabilité, elle m'expliqua :

– Un *brawler* balance des coups de pied et des coups de poing, et se sert aussi des genoux et des coudes. Tu laisses trop d'ouvertures. C'est du pain bénit pour un bon *striker*. Et on en a plein.

Elle avança, m'attrapa les mains pour les mettre au niveau de mon visage et rapprocha mes coudes l'un de l'autre.

– Tes avant-bras sont des boucliers, d'accord ? Bloque les coups qui visent ta tête ou ta poitrine.

J'acquiesçai. Du bout de sa basket, elle repoussa mon pied avant de quelques centimètres.

– Il te faut un appui solide. Et essaie de rester sur les orteils, plutôt que sur les talons. Tu dois être très mobile.

Elle recula pour jauger ma position. Elle n'avait pas l'air complètement convaincue. Juste à peu près satisfaite.

– Serre le poing, maintenant.

J'obéis et lui montrai mon poing pour qu'elle l'examine. Elle secoua la tête.

– Tu ne te bats pas souvent pour de vrai, hein ?

Elle avait raison.

– Vu comment je suis taillé, les gens préfèrent faire la paix ou fuir.

– Normal, dit Khadjee. Mais devant un *brawler*, tu ne t'enfuis pas ou alors tu en payes le prix.

Je perçus une pointe de nervosité dans sa dernière phrase mais je ne relevai pas. Elle ouvrit mes doigts un à un pour les replier ensuite contre ma paume en commençant par le petit doigt et jusqu'à l'index. Ensuite elle frappa les jointures de mon poing.

– C'est avec ça que tu frappes.

Ensuite, elle ouvrit la main et me présenta sa paume.

– Frappe ici.

Je la touchai légèrement et Khadjee, debout sur la pointe des pieds, se mit à flotter, d'avant en arrière et latéralement.

– Recommence.

En suivant ses mouvements, je frappai l'une après l'autre les cibles qu'elle me présentait. Observant mes pieds, elle me dit :

– Tes pieds ne doivent pas traîner. Tu les lèves et tu les reposes. Tu frappes et tu bouges. Je parie que tu danses comme un rhinocéros.

– Je ne danse jamais.

Il me sembla la voir sourire, dans la pénombre.

– À chaque fois que tu ramènes tes mains, reprends ta position de garde. Recule. La semaine prochaine, tu auras un adversaire qui va contre-attaquer.

J'avais toujours pigé assez vite les conseils d'un bon coach, et ceux de Khadjee me seraient utiles pour le genre de combat qui m'attendait. Mais c'était dur. Ma mémoire musculaire avait enregistré d'autres réflexes. Au bout d'un moment, elle arrêta et leva une main.

– Bon, maintenant, tu tapes plus fort. Aussi fort que tu peux.

Je secouai la tête. Je ne supportais pas l'idée de frapper une femme.

– Pas question.

– Tu ne peux pas dire « pas question ». C'est moi qui donne les ordres, ici.

– Je n'ai d'ordres à recevoir de personne.

Son visage s'assombrit.

– Ne dis jamais ça devant M. Sunday. Je suis sérieuse. Allez, tu ne me feras pas mal, je t'assure. Ancre-toi bien dans le sol avec ton pied d'appui et penche-toi en avant.

J'avançai et lui frappai la main, mais en me retenant. Khadjee me gifla.

– Tu ne joues pas le jeu. Dimanche soir, le type que tu auras en face de toi peut te massacrer. Et Blalock ne t'emmènera pas forcément chez un médecin digne de ce nom. Alors vas-y à fond. Tu ne vises pas ma main, d'accord ? Tu vises un point qui se trouve trente centimètres derrière ma main. Traverse la cible avec ton poing.

– Je ne frappe pas les filles.

Elle me balança un coup de pied dans le ventre si brusquement que je ne le vis pas arriver. Je sentis juste l'impact.

– Réveille-toi, on est sortis de la préhistoire. Je te dis que tu peux y aller. Je sais ce que je fais.

J'avais la joue en feu et le bide en vrac et ma fierté aussi en avait pris un coup. Alors, prenant mon élan, j'y allai franco. Khadjee retira sa main quand mon poing la toucha, si bien que mon coup perdit toute sa puissance, mais elle hocha la tête d'un air satisfait. On s'entraîna comme ça pendant quelques minutes, puis elle marqua une pause avant de dire :

– Pas si mal. Tu as déjà frappé quelqu'un avec le pied ?

Je souris.

– J'ai fait un peu de karaté quand j'étais petit.

Je me mis fièrement en position et je fis un pas en avant en jetant mon pied fléchi en l'air à la hauteur de la taille.

Khadjee demeura impassible.

– Quoi ? C'était pas bien ?

– Niveau correct pour un petit, soupira-t-elle. Écoute, pour le moment, pas de coups de pied. Tu oublies, d'accord ? On va s'en tenir aux autres attaques.

– Comme quoi ? ronchonnai-je.

Elle s'approcha de moi et me tapa les coudes.

– Ça, c'est plus dur que des poings. Et plus solide, aussi.

Elle me fit mettre en garde basse de façon à ce que nos fronts se touchent. Machinalement je pris la position de base du lutteur, une main agrippée à sa nuque, l'autre lâche sur son coude. Elle dégagea son coude et le leva brusquement, ne l'arrêtant qu'à deux centimètres de mon visage.

– Putain de merde ! m'écriai-je.

– Ben oui ! J'ai vu des dizaines de types se faire mettre KO par un uppercut du coude très rapide. (Elle tendit les mains en avant, à plat, paumes vers le sol.) Vas-y. Attaque du coude !

En garde, face à elle, j'essayai plusieurs fois, mais c'était bizarre de lancer les coudes plutôt que les poings.

– C'est pas naturel, pour moi, lui dis-je.

Sur quoi, en prenant mon élan, je lui balançai un uppercut direct dans la main. Puis je m'exclamai :

– Ça au moins ça dépote !

– Peut-être, répliqua-t-elle. Mais quand tu prends de l'élan, il te faut deux fois plus de temps pour frapper. Dans les jours qui viennent, on travaillera ton style de combat. Pour l'instant, on se contente de passer en revue ton arsenal de base.

Elle recula, se mit en position de combat, donna des coups de coude verticaux et horizontaux, avança, balança des coups de genou sautés. Je compris à quel point un coup de coude balancé au bon moment pouvait être dévastateur. Elle intercalait de temps en temps des coups de poing et de pied classiques. Elle était souple et gracieuse. Quand elle eut fini, je lui dis :

– Elle est dingue cette technique de boxe.

Khadjee secoua la tête :

– C'est pas de la boxe. C'est du muay-thaï.

– Thaï ? Comme Thaïlande ? C'est de là que tu viens ?

Elle me lança un regard en coin.

– Je suis né à Wayne, dans le New Jersey, crétin. Mais mes deux parents étaient thaïlandais, ouais.

Il y avait de l'amertume dans sa voix et elle parlait de ses parents au passé, j'avais remarqué.

– Oh, désolé, balbutiai-je.

Elle haussa les épaules.

– Mes parents sont morts il y a longtemps, j'étais toute

petite. Après, c'est mon oncle qui s'est occupé de moi. Ou moi de lui. C'est pas simple.

Voyant que le sujet la mettait mal à l'aise, je n'insistai pas. Maintenant, je savais qui faisait ces bruits au milieu de la nuit. J'imaginai qu'il y avait deux lits dans la chambre à coucher, ou que Khadjee dormait sur un lit de camp.

Le silence qui suivit était électrique. Je crus qu'elle allait m'en dire davantage, mais elle se tut, le regard arrêté sur un graffiti peint très haut, sous le tablier du pont. Son auteur avait sûrement eu du mal à écrire, la peinture avait bavé et au lieu de « C'est la guerre » on lisait « C'est la galère ».

Malgré la gêne qui planait, on se remit au travail pour tenter d'améliorer ma garde et ma frappe. Pendant un petit moment, on fit ce que j'appellerais du travail de tapis. Par terre, dans la poussière, elle me montra plusieurs prises d'étranglement et comment les contrer. Ces actions me venaient plus naturellement, et Khadjee le remarqua. Assise face à moi, les coudes posés sur ses genoux pliés, tout en reprenant son souffle, elle me dit :

– La meilleure stratégie pour toi serait d'amener ton adversaire au sol le plus vite possible et d'attaquer ensuite. *Ground and pound*. Plus tu restes debout longtemps, plus tu risques de te faire défoncer.

– Merci pour cette marque de confiance.

– Allez, dit-elle en se levant et en me tendant la main. Il y a une fontaine, là-bas près de la station-service. Je suis déjà en retard.

– En retard pour quoi ?

– Mes cours, dit-elle en partant en petite foulée. J'ai un contrôle de calcul intégral dans une heure. Faut que je rentre à la maison et que j'attrape le bus.

J'étais scotché. Toute la matinée, je m'étais dit qu'elle était plus vieille que moi.

– Tu es encore au lycée ? lui demandai-je.

– Je suis en première, dit-elle.

Je fus brusquement ramené à la réalité. Théoriquement, j'aurais dû finir mon semestre avec des cours en ligne mais ça paraissait encore plus compromis qu'avant. Sur le chemin du retour j'essayai de ne pas y penser. En courant au milieu de la circulation de plus en plus dense, je me raisonnais : ça sert à rien de ressasser un problème insoluble.

À un moment, Khadjee me fit descendre par une ruelle et s'arrêta devant une porte qui ne payait pas de mine, presque dissimulée par une benne à ordures verte.

– On est à six blocs de l'endroit où j'habite, dit-elle. Tu sauras revenir ici tout seul ?

Je regardai autour de moi pour me repérer et je répondis que oui, je pensais m'en sortir. Elle approuva d'un signe de tête.

– Dans ce bâtiment, Sunday a fait installer une salle de gym totalement pourrie. Elle ouvre à dix heures. C'est surtout des *brawlers* qui y viennent. Tu peux venir soulever de la fonte, si tu veux. Mais je t'interdis de t'entraîner avec qui que ce soit.

– Pourtant ça me ferait un peu de pratique, non ?

– C'est moi le boss. Pas d'entraînement jusqu'à ce que je t'y autorise. Et seulement si je suis là. Je viendrai voir où tu en es en sortant du lycée. Tu as le droit d'être ici ou chez moi. Nulle part ailleurs. Ordre de Blalock.

C'était logique. Mais pas marrant.

– Qu'est-ce que tu veux que je fasse chez toi toute la journée ?

Elle me lança un regard qui sous-entendait qu'elle avait sa petite idée, mais elle se contenta de me dire :

– Allez, on sprinte jusqu'à chez moi.

Sur ce, elle partit comme une flèche, et je fis de mon mieux pour la suivre.

5

Quand on arriva à l'appartement, je soufflais comme un bœuf. Devant la télé allumée, un vieil homme était assis dans le fauteuil, une couverture sur les genoux, ses mains frêles posées par-dessus, Rosie couchée en rond à ses pieds. La chienne leva la tête et grogna doucement puis l'homme, tout maigre, cheveux gris, fins et clairsemés, se retourna et me considéra avec un grand sourire. Il leva mollement une main pour me saluer.

– OK. Grand bonjour à toi !

Khadjee pouffa de rire et l'interrogea du regard, sans que je comprenne pourquoi. Puis elle alla dans la cuisine en secouant la tête. Elle en revint avec deux verres d'eau remplis à ras bord et en tendit un à son oncle.

– *Lung lâyn à-rai kŏng lung nîa ?* lui dit-elle. *Man mâi dtà-lòk láew ná.*

Elle se tourna vers moi. Je pris le verre qui me rafraîchit la main.

– C'est mon oncle. Tout le monde l'appelle Than. Mon oncle, je te présente Eddie.

Than me fit un signe de tête et sembla se ratatiner sous le regard de Khadjee.

– *Hâi pôo yài lâyn sà-nùk sàk nít. Naai nêe doo òk jà sêr sêr.*

Khadjee renifla autour d'elle. Une légère odeur de parfum d'ambiance au citron flottait dans la pièce.

– Tu as encore fumé ? aboya Khadjee en chassant l'air de la main. *Gam-lang kâa dtua ayng róo dtua rĕu bplào ?*

Il ricana et croisa les bras devant son visage comme pour parer un coup.

– Fais-moi confiance quand je te dis qu'on ne peut pas faire confiance à mon oncle, me lança Khadjee.

Le vieux sourit. Apparemment, il comprenait parfaitement l'anglais.

– Il y a un garçon, un voisin, qui lui file des cigarettes en douce.

Than haussa les épaules mais ne nia pas. Près de lui il y avait un déambulateur muni de roulettes à l'arrière et, à l'avant, de simples pieds recouverts de balles de tennis. Avant d'aller prendre une douche, Khadjee me dit que je pouvais prendre ce que je voulais dans le frigo. Je me fis cuire des œufs au micro-ondes que je mangeai avec un toast, devant une rediffusion des championnats du monde de poker. Than, qui regardait aussi, sursautait à chaque fois qu'il désapprouvait la décision d'un joueur.

– Choix très mauvais, marmonnait-il. Pas bon, pas bon.

Au bout d'un moment, je perçus un son, un bruit de fond, vague au début puis de plus en plus distinct. C'était une voix atténuée par le bruit de l'eau de la douche que l'on entendait depuis le séjour. Khadjee chantait. Je ne reconnaissais pas la chanson, mais sa voix était puissante – naturelle, solide et en même temps fragile. Than me vit tendre l'oreille.

– Comme ange, dit-il avec un petit hochement de tête.

J'avais du mal à rapprocher cette voix de la combattante farouche que j'avais rencontrée.

Avant de partir au lycée, Khadjee me rappela que je devais aller à la salle de gym puis elle embrassa son oncle sur la joue. Elle lui dit quelque chose en thaï et Than m'adressa un grand sourire.

– Quoi ? demandai-je.

Mais Khadjee s'en alla sans me répondre.

Je mis un certain temps à nettoyer la salle de bains et quand je revins, la partie de poker était finie. C'était l'heure du jeu télévisé *Une famille en or*. Question de l'animateur :

– Qu'est-ce qu'un client peut faire pour embêter une serveuse ?

– Lui donner un pourboire de moins de quinze pour cent, s'écria Than.

Je fus surpris, pour ne pas dire impressionné, de constater que c'était la réponse numéro un.

– Bravo, commentai-je.

Than se retourna, étonné comme s'il avait oublié que j'étais là.

– Eddie, tu fais combats, oui ?

J'acquiesçai. Il se tapota la poitrine.

– Moi aussi je fais combat.

Là, il eut une grosse quinte de toux. Je lui demandai si ça allait. Il but une gorgée de thé dans la tasse posée sur un plateau télé près de sa chaise et me montra du doigt un placard.

– Donne boîte, maintenant, OK ? Tout en haut étagère.

Je lui apportai le carton poussiéreux qu'il avait désigné. Il contenait plusieurs dizaines de cassettes VHS ; je n'en avais pas vu depuis des années. Sur chacune il y avait une étiquette avec un titre gribouillé dans un alphabet que je ne connaissais pas. Than en sortit quelques-unes qu'il examina. Finalement il sembla satisfait de sa sélection. Il tendit un doigt tremblant vers le magnétoscope posé sur la télé et j'introduisis la cassette. Bientôt apparut une image pleine de grain. À l'écran, deux adversaires musclés se faisaient face sur un ring. Des rubans – des jaunes et des rouges – étaient noués à leurs coudes, et la foule surexcitée, tous des Asiatiques, les acclamait. Les boxeurs étaient d'une rapidité fulgurante. Comme Khadjee sous le pont, ils tournoyaient sur eux-mêmes, s'envoyaient des coups de pied et des coups de poing, entremêlaient leurs genoux.

– Muay-thaï ? demandai-je.

Than se redressa dans son fauteuil, et acquiesça vigoureusement, le sourire jusqu'aux oreilles.

– Muay-thaï.

Ensemble, avec Rosie qui ronflait entre nous sur le tapis, on regarda plusieurs combats sans échanger un mot. Et tout à coup, Than se mit à faire de brefs commentaires. Il souligna la façon dont l'un des types « téléphonait » ses rotations et comment l'autre travaillait ses combinaisons. En trifouillant la télécommande, il arrêtait la cassette, se penchait vers l'écran, tapotait sur la face ou le ventre d'un des combattants et disait :

– Pas bon, ça.

Quand il remettait sur « play », immanquablement un coup atterrissait à l'endroit qu'il avait désigné. Il disait la même chose quand l'un des deux boxeurs tentait un coup de poing foireux ou un coup de pied circulaire bâclé. À d'autres moments, surtout après un KO dévastateur, il rembobinait et montrait d'un doigt tremblant la garde du combattant ou imitait la position de ses poings.

– Bon, ça, me disait-il alors en hochant vigoureusement la tête. Tu vois ?

À la fin de cette cassette, il en prit une autre et on passa le reste de la matinée à visionner des combats. Je n'en revenais pas de la vélocité et de la férocité de ces combattants minces comme des mannequins. Peu à peu je commençais à comprendre les ouvertures tout seul, avant que Than ne me les fasse remarquer. Et je devenais bon pour prédire, dès les premiers échanges, lequel allait gagner. Je tapotai l'écran en levant le pouce. Parfois, Than levait lui aussi le pouce, d'autres fois il secouait la tête. De temps à autre, on était interrompus par une quinte de toux. À un moment, il cracha quelque chose d'horrible dans un mouchoir, mais je fis celui qui n'avait rien vu.

Pendant l'un des derniers matchs, un boxeur qui ne m'était pas inconnu monta sur le ring. Le regard de Than s'éclaira.

– C'est vous ? demandai-je.

Il hésita une seconde, comme s'il s'interrogeait.

– Moi, dit-il finalement en se tapant la poitrine d'une main tremblante. Longtemps, longtemps avant.

Sur l'écran, les mouvements du jeune Than étaient habiles et souples. Il combattait avec détermination sans gaspiller son énergie, n'envoyant des coups de poing que dans une garde ouverte. Son adversaire lui asséna un coup de pied qui le fit saigner du nez et, à la fin, les juges lui accordèrent la victoire.

– Un match difficile. Vous vous êtes bien battu.

– Combat bon, dit-il avec un haussement d'épaules. Mais perdu.

Puis il rigola. Il s'affaissa un peu et se dit à lui-même, en hochant la tête : « Mais combat bon. »

La cassette terminée, il joignit deux doigts près de ses lèvres, aspira et haussa les sourcils en me regardant.

– Désolé, je ne fume pas, dis-je.

– OK.

Il parut déçu mais pas surpris. Puis il tourna son déambulateur pour le placer devant son fauteuil. Il retira la couverture de ses genoux et là, je constatai avec stupéfaction que sa jambe droite était réduite à un moignon, au niveau du genou. Il y avait un nœud à sa jambe de pantalon. Than dut faire un effort pour se lever et je me remis de mon choc juste à temps pour poser une main dans son dos et stabiliser le déambulateur de l'autre.

– Oui, merci, me dit-il.

Il alla lentement jusqu'à la cuisine en prenant appui sur sa jambe valide pour déplacer le déambulateur puis en sautant à cloche-pied. Il prépara une sorte de soupe pour le déjeuner. Je m'attendais plus ou moins à de la cuisine thaïe, mais quand j'y goûtai, lui jetant un regard en coulisse, il haussa les épaules.

– Nouilles sautées poulet ? Pas mieux, déclara-t-il.

Je fis la vaisselle puis décidai d'enfreindre l'interdiction de Khadjee en allant promener Rosie vers la rivière, à quelques pâtés de maisons de là. Elle aimait bien l'herbe et le soleil. Quand je revins, Than caressa la tête de la chienne et dit :

– Eddie, maintenant je fais sieste. D'accord ?

– Bien sûr. (Je montrai la télé.) Merci beaucoup. Moi je vais faire de la musculation.

Je mimai des mouvements de développé militaire avec des haltères, et des flexions marteau. Il acquiesça et s'éloigna cahin-caha avec son déambulateur. Je ne pouvais m'empêcher de me demander ce qui était arrivé à sa jambe, mais on ne pose pas ce genre de questions. Arrivé à la porte de sa chambre il s'arrêta et se retourna :

– Eddie, tu connais Peppermint Patty[1] ?

Je pensai tout de suite aux *Peanuts* et je dus avoir l'air perplexe. Than porta deux doigts pincés à sa bouche.

– Ah, les bonbons ? Oui, oui.

– Peut-être tu achètes un peu pour Than, OK ?

Je sentis mes joues se plisser lorsque je souris en répondant :

– Bien sûr.

Je sortis mon lecteur MP3 de mon sac de sport et me mis en route pour la salle de gym que Khadjee m'avait montrée. Salle de gym, c'était beaucoup dire. Je m'étais déjà entraîné dans des endroits pourris mais celui-ci avait l'air carrément sorti de *Saw*, cette série de films d'horreur complètement débile que Shrimp veut tout le temps regarder. J'ouvris la porte. Il fallait descendre trois ou quatre marches pour arriver sur le sol en béton, et une de mes baskets atterrit dans une flaque d'eau stagnante. Rien d'étonnant puisqu'il y avait des fuites aux tuyaux qui couraient dans tous les sens au plafond. Pas une fenêtre dans la pièce et pas d'autre éclairage que des lampes dépareillées suspendues à des fils et quelques tubes au néon qui diffusaient une lumière tremblotante. Cinq ou six mecs étaient répartis dans cet espace immense. Ils se retournèrent en me voyant, mais personne ne me demanda une carte de membre ou quoi que ce soit. Ils reprirent leurs exercices et moi je me mis à travailler.

---

1. Friandises au chocolat fourrées d'une crème à la menthe. Peppermint Patty est aussi le nom d'un personnage féminin de la bande dessinée *Snoopy et les Peanuts*.

Une fois mes écouteurs vissés dans les oreilles, je choisis un morceau de Pink Floyd plutôt lent, histoire d'engourdir un peu mes sens, puis je trouvai un banc de muscu rafistolé tellement de fois avec du gaffer que je n'aurais pas pu dire de quelle couleur il était à l'origine. Les haltères de différentes marques étaient tout mélangés, et il me fallut un bon moment pour en trouver deux identiques. Ça me faisait du bien de m'oublier dans la musique et la sueur.

Entre mes séries, j'observais les autres. Un jeune Black, dont les tresses plaquées au cuir chevelu se terminaient en longues dreadlocks, travaillait sur un gros sac de frappe qui se balançait au bout de la chaîne sous l'effet de ses coups de poing et coups de pied retournés. Il avait les abdos en tablette de chocolat, comme les culturistes, et ses petits sauts autour du sac faisaient voltiger ses tresses. Un type rondouillard blanc comme du plâtre essayait de sauter à la corde et jurait à chaque fois qu'il ratait son coup. Dans un autre coin de la salle, un Latino avec une barbe à la Jésus exécutait un genre de *kata* sur un tapis. Je reconnus les mouvements de karaté chorégraphiés qu'on faisait pour simuler un combat. Les plus grands devaient les apprendre pour passer à une ceinture supérieure.

En garde de combat, Jésus lança un coup de poing dans l'air en hurlant « *Kiaï !* » puis se mit à faire des moulinets avec ses avant-bras pour bloquer une attaque imaginaire. Il envoya une volée de coups de coude ponctués de « Hou !

Hou ! Hou ! », après quoi il tournoya et recula, fonça de nouveau sur son adversaire invisible, se baissa, balança un coup de pied circulaire fouetté avec une rotation à trois cent soixante degrés, et il se releva enfin. Apparemment, il avait envoyé son ennemi à terre, puisqu'il regardait le tapis avec un sourire satisfait. Pour finir il exécuta un salto avant en criant « *Saï !* » puis jeta son pied en l'air, sans doute là où il imaginait un visage.

Il y avait quelque chose d'indéniablement élégant dans cet enchaînement, comme une danse violente.

De temps à autre la porte de la salle de gym s'ouvrait, laissant le soleil entrer dans notre monde souterrain, et quelqu'un d'autre arrivait. Des petits groupes se formaient ici et là et me regardaient enchaîner mes séries. Ma présence n'était pas passée inaperçue. « *Run like Hell* », « sauve-toi » me soufflaient Roger Waters et Davis Gilmour dans mes écouteurs, mais c'était une coïncidence, j'en étais sûr.

À un moment, je dus aller aux chiottes. À côté de celles-ci les toilettes des stations-service faisaient figure de palaces. La cuvette avait une fuite que j'aurais pu réparer si j'avais eu les bons outils. En sortant, je me retrouvai nez à nez avec Maddox, le *brawler* blond qui avait perdu le combat dans la grange. Ses joues criblées de boutons étaient tout enflées et il avait un œil au beurre noir.

– Dur, dur, hier soir, lui dis-je, en attendant qu'il me laisse passer. Je m'appelle Eddie mais on m'appelle Mac.

Il regarda fixement la main que je lui tendais.

– Personne en a rien à branler de ton nom.

Nous restâmes immobiles quelques secondes. J'avais conscience qu'on nous observait. Derrière nous, le cliquetis des haltères s'était arrêté. Sur le tapis, le jeune Jésus avait interrompu son *kata* et nous fixait intensément. Maddox me bouscula d'un coup d'épaule pour forcer le passage.

– Faut qu'j'aille pisser.

Je me gardai bien de mordre à l'hameçon. Au lieu de réagir à sa provocation, je retournai à mon entraînement. Tous ceux qui nous regardaient détournèrent les yeux, la tension se relâcha. Rien de tel pour établir une hiérarchie que d'entasser une tonne de testostérone dans la même pièce. Je décidai de considérer cette rencontre comme un match nul.

Il fallait absolument que je me remette à faire quelque chose pour montrer que je me foutais des insultes de Maddox. J'envisageai de travailler à la poire. Mais je ne l'avais pas fait depuis longtemps, je risquais de passer pour un amateur. Alors je me dirigeai vers la cage à squat qui se trouvait face à un miroir crasseux. Mes cuisses musclées m'ont toujours été utiles sur le tapis et un dos solide est essentiel pour ne pas se faire jeter au sol. Je fus bien content de trouver une ceinture de lestage pendue à un clou. Je la mis autour de ma taille pour m'aider. Il faut être dingue pour prendre le risque de se faire mal.

Mes deux premières séries se passaient bien – mes cuisses commençaient à chauffer comme il faut – et je me demandais quel poids j'allais ajouter pour la troisième, quand Maddox déboula dans l'espace des bancs de flexion, suivi du gamin aux dreadlocks. Je me doutais bien qu'ils ne venaient pas me donner des conseils.

– Encore une série, dis-je en enlevant un écouteur.

– Yo Dominic, grogna Maddox. Le nouveau m'a piqué ma ceinture. T'en dis quoi ?

– J'dis que c'est un manque de respect, répondit Dominic avec un haussement d'épaules.

Après cet échange, je soulevai un disque de douze kilos que je glissai à droite, avant de visser fermement le collier de serrage. Je pris un deuxième disque pour équilibrer la barre. Mais quand je me retournai pour soulever le côté gauche, Maddox me barra la route.

– Écoute, dis-je, cette ceinture était accrochée à un clou.

– Je sais. C'est là que je la range.

Serrant toujours le disque contre moi, je fis un pas de côté et avançai droit vers Dominic. Il sourit et me demanda :

– Tu crois que tu peux débarquer comme ça et faire comme chez toi ? Tu te crois spécial ?

Cette fois encore, tous les autres *brawlers* s'étaient arrêtés. Il y avait de la tension dans l'air. Juste à ce moment-là j'eus une de mes visions prémonitoires, la première depuis mon match contre Dunkirk au Giant Center. Avant que ça se réalise, je savais ce qui allait voler en éclats. Je sentis même les morceaux de verre crisser sous mes pieds.

Dominic avança le bras et passa la main le long de ma joue, comme pour vérifier que j'étais bien rasé. Puis il m'arracha mon deuxième écouteur.

– Écoute, lui dis-je. Si t'es assez débile pour vouloir te battre, t'as qu'à demander la prochaine fois.

Et je lui lançai le disque dans le ventre.

Au moment où il l'attrapait, je lui balançai un crochet du droit dans le menton. Il alla valdinguer dans une barre à disques. Je me tournai vers Maddox. Les yeux écarquillés, il reculait en levant les deux mains devant lui. Un type qui vient de se faire attendrir la face ne devrait jamais se lancer dans un combat qu'il ne pourra pas mener au bout : il était en train de s'en rendre compte. J'avançai vers lui en détachant la ceinture et il dit :

– C'est bon, arrête.

Mais on n'en était plus là. J'arrachai la ceinture de ma taille et je la fis siffler au-dessus de ma tête, tout en avançant régulièrement à mesure qu'il reculait. Quand il passa sous une lampe qui pendouillait du plafond, je fis tournoyer la boucle et tapai dans la lampe. Les éclats de verre crissèrent sous mes baskets.

– Tu la veux ta putain de ceinture ? dis-je avec la ferme intention de lui balancer un grand coup dans la tronche.

Je sentis mon sang bouillonner, je sentis monter la jouissance de voir les yeux de Maddox agrandis par la peur. Je savais que, d'une seconde à l'autre, il allait me supplier d'arrêter. La violence c'est mal, c'est immoral, etc., je sais. Mais il n'y a rien de plus jouissif que ce pouvoir, cette sensation de domination qui vous rend invulnérable.

– Yo l'excité, là ! cria une voix qui tétanisa toute la salle.

Lui ne faisait pas partie de ma vision. J'arrêtai mon geste. Ma main droite, qui tenait la ceinture, était derrière ma tête, comme un fouet prêt à claquer. Le jeune Jésus vint vers nous et se pencha pour ramasser quelque chose par terre.

– J'ai compris, Santana, dit Maddox. Tu...

– Ferme-la, répliqua Santana. (Vu de plus près, son front était strié de fines cicatrices dont l'une traversait un sourcil. Recousu n'importe comment.) Si Sunday apprend ce qui vient de se passer, ça va chier pour votre matricule. Si vous voulez vous battre, c'est combat d'entraînement sur le tapis. (Il nous lança à chacun un casque en caoutchouc. Comme je baissais les yeux pour voir ce qu'il tenait dans la main, il approcha son visage du mien.) Allez, les gars, vous êtes capables de régler vos embrouilles de façon plus civilisée et je peux même vous donner des tuyaux.

– Des tuyaux ? dis-je.

– Des conseils gratis. On peut pas faire moins cher, répondit Santana.

Je remarquai qu'il avait les ongles longs et taillés en pointe, presque comme des griffes.

– Si Blondie est partant, je le suis aussi, dis-je.

Maddox ravala sa lèvre inférieure et lança des coups d'œil à droite et à gauche. Avec sa gueule contusionnée il n'avait pas très envie d'un combat, mais il ne pouvait plus faire machine arrière. Rassemblant tout son courage, il lâcha :

– Allons-y.

Je savourai déjà ce qui allait se passer.

Sur le tapis d'entraînement, Santana régla mon serre-tête et me passa des gants de boxe qui protégeaient les articulations mais laissaient les doigts libres. Je remarquai une imperfection dans sa barbe, une strate de peau imberbe le long de la mâchoire, une autre cicatrice. Je me dis que ces balafres ne pouvaient provenir que d'un combat à l'arme blanche.

– C'est bon, annonça Santana dès que Dominic eut fini de fixer la jugulaire de Maddox.

– Génial, m'exclamai-je en tapant mes poings l'un contre l'autre, avant de franchir l'espace qui nous séparait.

Quand on fut face à face, Maddox se campa sur ses pieds, s'attendant à ce que je boxe. Au lieu de quoi je me baissai pour lui attrapper les deux genoux. La chute fit rebondir sa tête sur le tapis. L'idée de tenter une des prises d'étranglement de Khadjee me passa par la tête, mais je préférai m'agenouiller au-dessus de son ventre pour lui balancer des coups de poing dans la face. Il bloqua avec ses avant-bras et je tentai quelques coups de coude dont un direct dans sa garde ouverte. Si les règles de lutte au lycée permettaient des coups pareils, pensai-je, j'aurais pu en tuer, des gamins.

Je commençais à être bien dedans quand j'entendis une porte claquer et Khadjee crier :

– Ça suffit !

Faisant comme si je n'avais rien entendu, je m'acharnai sur le ventre de Maddox totalement à découvert, puisqu'il était occupé à protéger son visage. Quelques secondes plus tard, une douleur me déconcentra. Debout sur le tapis, Khadjee me tordait une oreille. Elle pinça encore plus fort, m'obligeant à lâcher Maddox et à quitter le tapis. Ça fit bien marrer les combattants attroupés autour de nous.

Khadjee lâcha mon oreille et planta ses poings sur ses hanches.

– Qu'est-ce que je t'avais dit à propos de l'entraînement ? J'ai employé quels mots, exactement ?

– C'est lui qui a commencé, objectai-je. Je n'ai fait que...

Elle me gifla.

– « C'est lui qui a commencé », singea-t-elle. Tu te crois à la maternelle ? Allez, on s'en va.

– J'ai pas fini de travailler.

– Attends, dit Santana, avec un drôle de sourire. Ton nouveau poulain commençait juste à être chaud.

Khadjee lui lança un regard noir.

– Laisse tomber. T'auras pas d'avant-première.

J'ai rangé ma tenue de combat, rassemblé mes affaires et on est sortis. Sur le chemin du retour, Khadjee marchait vite devant moi, simplement pour me monter qu'elle était mécontente.

– Pourquoi tu t'es mise en rogne ? risquai-je. Ce type, Santana, il voulait m'aider.

Elle s'arrêta et fit volte-face.

– Il voulait découvrir tes actions.

Je fis la grimace en comprenant qu'elle avait sûrement raison. Le *double leg* du début, j'aurais pu le réserver pour un match. Khadjee avança tout près de moi.

– Ces types sont des *brawlers*. Tu n'as pas d'amis, ici, tu piges ?

– Et toi ?

Elle recula d'un pas.

– Je ne suis pas ton amie. Et je ne t'apprends pas à combattre parce que j'en ai envie. Je suis payée pour t'entraîner. Donc c'est moi le boss et toi, tu fais ce que je te dis sans discuter, point barre. Maintenant raconte-moi ce qui s'est passé, là-bas.

On se remit en route et je lui servis une version courte des faits.

Elle secoua la tête.

– Bon, au moins tu ne t'es pas servi de tes pieds. Ils ignorent que tu ne sais pas envoyer des coups de pied.

– Mais si, je sais ! insistai-je.

Presque arrivée chez elle, Khadjee me dit :

– Je crois que Blalock a vu juste.

– C'est-à-dire ?

Elle s'arrêta devant la porte de l'appartement.

– Il m'a appelée sur mon portable avant que j'arrive à la salle de gym. D'ailleurs, tu déjeunes avec lui, demain. Il m'a demandé ce que je pensais de toi.

– Et tu lui as dit quoi ?

– Que tu apprenais vite mais que tu étais un peu brut de décoffrage, indiscipliné, pas mûr pour combattre tout de suite. Il m'a dit de ne pas m'inquiéter parce que tu as une arme secrète.

Fatigué de poser des questions, je la fermai. Alors Khadjee se pencha :

– Blalock dit que tu incarnes la combinaison parfaite entre la bêtise et la folie.

Après ma douche je l'aidai à mettre la table pour le dîner, pendant que Than cuisinait en s'accoudant au plan de travail et en sautant à cloche-pied entre le frigo et la cuisinière. On allait manger mexicain : tacos et haricots frits. Ensuite je fis la vaisselle et Than me montra encore quelques vidéos pendant une heure ou deux. Khadjee était plongée dans ses bouquins étalés sur la table. À la fin de la première cassette vidéo, j'allai rechercher de l'eau en me disant que j'irais bien me coucher. En passant je jetai un coup d'œil à ce que faisait Khadjee : elle était penchée sur un questionnaire à choix multiples où il fallait associer des définitions et des mots.

– C'est de l'anglais ?

– Un test d'aptitude scolaire.

Je fis la grimace.

– Il m'a donné un horrible mal de crâne, ce foutu test. Tu veux aller à la fac ?

– Non. En vrai, mon rêve c'est d'entraîner des ados drogués par leur propre testostérone.

– Aïe, fis-je en reculant comme pour éviter un coup.

– Bien sûr que je veux faire des études, dit-elle en souriant. Et j'espère bien aller jusqu'au master.

– Pour faire quoi ?

– Peut-être physiothérapeute, répondit-elle en haussant les épaules. Ou médecin adjoint ? Un truc en rapport avec le corps, qui me permette d'aider les gens.

Dans le séjour, Than toussa et cracha quelque chose dans un torchon.

– Tu serais bonne dans ce métier, dis-je à Khadjee avec un hochement de tête approbateur. Tu as un talent inné pour ça. Mais bon, faut faire beaucoup d'études.

– Pour l'instant, c'est de l'ordre du fantasme. C'est pas pour demain. Et toi ?

– Tu rigoles pas, hein ? Je voudrais devenir flic. Officier de police, genre.

Khadjee réfléchit.

– J'aurais pu le deviner.

Mon super plan – passer le diplôme de justice pénale, bien gagner ma vie, être vraiment présent pour ma mère –, tout ça paraissait loin maintenant, et impossible. De jour en jour plus inaccessible.

Khadjee se replongea dans ses livres.

– Il y a des mots que je ne pige pas : Obséquieux ? Infrangible ? Lénifier ?

– On dirait du Blalock.

Elle rit et je baissai les yeux pour voir ce que montrait son stylo. Je lus à haute voix :

– « Lequel des verbes suivants décrit le mieux un changement de nature ou de forme : a) immoler ; b) objectiver ; c) éviscérer ; d) transmuter ? » J'en sais foutre rien.

– C'est d) ! lança une voix depuis le séjour. (Je me retournai. Debout, appuyé sur son déambulateur, Than souriait. Il continua.) En général on l'utilise pour parler de la transmutation des métaux, ce que les alchimistes essayaient de faire, autrefois.

Je n'en croyais pas mes oreilles.

– Non mais… j'hallucine…, balbutiai-je, stupéfait.

– Les savants du Moyen Âge ont emprunté l'idée aux Arabes. En poésie, cela désigne parfois un changement spectaculaire.

Than sautilla jusqu'à nous avec un grand sourire.

Les sourcils froncés, j'attendais une explication. Je me tournai vers Khadjee.

– Mon oncle aime bien faire ce genre de petites blagues, me dit-elle. Faut pas lui en vouloir.

Arrivé dans la cuisine Than secoua la tête.

– Vous, les petites frappes de banlieue, vous gobez toutes les conneries de M. Miyagi.

– Mais enfin, c'est quoi ce cirque ? demandai-je à la cantonade.

– C'est son truc, expliqua Khadjee avec un soupir. Parfois, il le fait même avec ses nouveaux médecins. Il les traite tous de charlatans. Than trouve ça marrant de parler avec cette petite voix, mais moi ça m'horripile.

Tout content de lui, Than me fit signe par-dessus la table, comme si on se rencontrait pour la première fois.

– Je suis né en Thaïlande, mais j'ai émigré à Atlantic City à quatre ans, Daniel-san[1]. Plus tard, mes parents nous ont tous ramenés chez nous quand mon petit frère était adolescent, en partie pour qu'il puisse sérieusement travailler la boxe. Je l'ai aidé comme j'ai pu, mais il s'est blessé à l'épaule et ça a mis fin à sa carrière. Alors on est revenus en Amérique. Mais avec une femme pour mon frère. Ils ont fondé une famille : ils ont eu une belle petite fille.

D'un geste du menton, il désigna Khadjee.

– C'est dingue, dis-je en me forçant à rire pour faire croire que j'appréciais la blague. Vous m'avez bien eu !

Than gloussa.

– Je suis un handicapé sur le point de mourir. Je ne vais quand même pas m'excuser pour mon sens de l'humour.

– J'y suis pour rien, Mac, dit Khadjee. Mais il faut dire que tu es vraiment crédule.

Je vis un éclair de malice passer dans les yeux de Than.

– Attendez. Donc, c'est pas vous, sur les vidéos ?

Il secoua la tête.

– Tu comprends vite. C'est mon petit frère. Il a hérité du don familial pour le combat en même temps que de l'intelligence. Khadjee tient tout ça de lui. Moi, je

1. Allusion au film *The Karate Kid*. M. Miyagi, le maître de karaté, appelle son jeune élève Daniel, Daniel-san, ajoutant le suffixe de respect à son prénom "-san".

connais suffisamment le muay-thaï pour être un expert en Amérique, mais à Bangkok je serais, au mieux, un amateur.

– Incroyable, soupirai-je. Mon coach est un imposteur.

Ils éclatèrent de rire tous les deux.

Than nous souhaita bonne nuit et gagna sa chambre en clopinant. Khadjee regarda l'heure sur le four à micro-ondes.

– Il est tard, dit-elle en rangeant ses livres. Demain, on se lève encore aux aurores.

– Pas de problème. Dors bien.

J'aurais voulu la remercier pour tout, mais je sentais que ce n'était pas le bon moment. Je ne voulais pas en faire trop. Khadjee alla donc se coucher sans que je lui exprime ma gratitude. Je m'en voulais de m'être fait avoir aussi facilement par Than, mais d'un autre côté, je ne pouvais pas m'empêcher de me sentir un peu plus proche de lui maintenant. Je me demandais s'ils avaient mis au parfum les autres gars qu'ils entraînaient. Je me demandais aussi comment Khadjee et son oncle avaient commencé à fréquenter Sunday.

De nouveau je me tournai et me retournai sans arriver à dormir. Cette fois encore je me levai pour allumer la lumière de la salle de bains. Je n'arrêtais pas de penser à ma mère. J'imaginais qu'elle était dans tous ses états et que l'inspectrice Harrow la réconfortait. J'étais toujours à peu près sûr d'avoir fait le bon choix, mais dans le noir, j'avais du mal à m'en convaincre. Quand je réussis enfin à sortir ma mère de ma tête, c'est mon père qui prit sa place, avec des images de quand j'étais gosse. Mais dès que je pensais à la raclée que j'avais filée à Maddox à la salle de gym, mon angoisse s'apaisait. C'était carrément tordu et j'en étais conscient. Pour faire le vide, je voulus écouter mon MP3 – juste un petit Ozzy Osbourne – mais la batterie était à plat et j'avais oublié d'emporter mon chargeur, alors je restai là, immobile, sans dormir.

À un moment, vers minuit passé, la porte de la chambre s'ouvrit et Khadjee passa près de moi, dans le noir, Rosie sur les talons. Je l'entendis ouvrir un placard de la cuisine et faire couler l'eau du robinet. Dans la chambre, Than toussait et grognait fort. Je me demandais si c'était la douleur ou les cauchemars qui le tourmentaient. J'aurais pu poser la question à Khadjee quand elle se faufila près du canapé en repartant, mais je trouvais ça trop indiscret, alors je fis mine de dormir.

Quand elle ferma la porte, je vis que Rosie était restée avec moi. Ma main pendait hors des couvertures, le long du canapé et la chienne la renifla, puis elle me lécha les jointures des doigts. Je lui tapotai la tête en murmurant « Gentille fifille » et elle se coucha en boule près de moi. Je l'entendais respirer, et c'était bon de ne pas être seul.

6

Le mercredi, vers midi, je retrouvai Blalock dans un snack proche du Capitole, où des fonctionnaires côtoyaient des travailleurs, un boui-boui nommé *Crêpes et Crépinettes*. Mme DJ, mon ancienne professeure d'anglais, aurait apprécié l'allitération, mais personnellement, je ne trouvais pas qu'elle en valait la peine. Blalock était déjà installé au fond, à une table haute. Il parlait au téléphone. Quand il me vit passer près du comptoir il me fit signe, avec ce sourire typique des gens qui sont au téléphone.

– Mon garçon, je me réjouis de constater que tu apprécies la ponctualité, dit-il en rangeant son portable.

Il poussa devant moi un menu ouvert en me recommandant le cheesesteak, puis il fit signe à la serveuse.

– Si tu n'y vois pas d'objection, je propose de commander prestement. J'ai rendez-vous à York avec des associés.

De près, ses verres épais faisaient paraître ses yeux énormes et monstrueux. Avec les touffes de poils raides qui jaillissaient de ses oreilles, j'avais l'impression de déjeuner avec un homme-hibou.

J'avais envie de lui demander quelles affaires l'appelaient à York, comment il gagnait sa vie quand il n'était pas agent et si ce Sunday était impliqué dans les activités que, lui, Blalock, avait avec mon père. Mais il y a tout un tas de choses qu'il vaut mieux ignorer.

J'épluchai le menu puis je le rendis à la serveuse :

– Un poulet rôti avec une salade et de l'eau.

Blalock leva un doigt pour retenir la serveuse.

– En fait ce sera juste deux cheesesteaks, mademoiselle.

Je n'avais pas envie de me plomber l'estomac avant un après-midi d'entraînement, mais manifestement Blalock aimait bien être aux commandes. La serveuse partie, il dit :

– J'ai ouï dire qu'il y avait eu un incident, hier, à la salle de gym.

– Je me faisais des amis, c'est tout.

– Fais attention à toi. J'y tiens.

– Bien sûr.

– J'investis sur toi, Edward. Cela me coûte du temps et de l'argent. En outre, à ce stade, te trouver un remplaçant représenterait un défi insurmontable.

– Tout à fait d'accord.

Satisfait, Blalock sourit et me demanda ce que je pensais de Khadjee.

Le matin même, très tôt, on avait eu une nouvelle séance d'entraînement. Elle m'avait surtout fait travailler les combinaisons et la technique du coup de poing marteau qui consiste, en gros, à dérouiller un mec une fois qu'il est à terre.

– Elle est super, dis-je à Blalock. Elle connaît son boulot.

Au petit jour, je l'avais de nouveau entendue chanter dans la douche.

– Elle a une fâcheuse propension à l'insolence et frôle souvent l'intransigeance, dit Blalock. Comme son oncle avant qu'il ne tombe malade.

Il avait dit ça avec une certaine agressivité, mais il y avait aussi autre chose dans son intonation, un sentiment mitigé, entre le respect et la peur.

Plus tard, j'avais visionné des vidéos avec Than. Plusieurs fois il avait été pris de quintes de toux qui le pliaient en deux. Après, il avait l'air épuisé, sans force. Et quand j'avais voulu lui réchauffer des restes du repas de la veille, il avait refusé en disant :

– Ça va, ça va, je suis juste fatigué.

Alors je l'avais aidé à aller s'allonger dans sa chambre.

Les cheesesteaks arrivèrent et j'avoue qu'ils étaient super bons, moelleux et copieux. Quand il eut presque fini le sien, Blalock se tamponna la bouche avec sa serviette et se pencha par-dessus la table.

– Il y a du nouveau pour toi, chuchota-t-il. Tu es officiellement recherché.

J'avalai la bouchée que je venais de mâcher et je regardai autour de moi, comme si quelqu'un pouvait nous entendre.

Blalock tira un mouchoir de sa poche pour nettoyer ses lunettes. Sans elles, son visage paraissait nu, on aurait dit un bébé. Une marque rouge barrait l'arête de son nez.

– Une de mes connaissances au ministère m'a dit que ton mandat d'arrestation a été signé ce matin. (Il remit ses lunettes et leva son verre d'eau comme pour trinquer à ma santé.) Félicitations. Tu es maintenant un authentique hors-la-loi.

Je posai mon sandwich et me laissai aller contre le dossier de ma chaise. Ma mère devait être en train de digérer cette information. Je l'imaginais se passer la main dans les cheveux comme elle fait quand elle est anxieuse, et enrouler une mèche sur son index. Blalock, lui, jubilait.

– Laisse-toi pousser la barbe. Ce n'est pas un déguisement très original, mais ce serait plus prudent.

Je passai la main sur ma barbe de trois jours. Je ne l'avais pas laissée pousser exprès. Avec tout ça, j'avais simplement oublié de me raser.

Blalock continua :

– Mais ne te fais pas trop de souci. Tu n'es probablement pas leur priorité absolue.

Je commençai à glisser de mon siège pour partir.

– Tu n'as pas fini ton assiette, Edward.

– Ça m'a coupé l'appétit.

– Assieds-toi, m'ordonna-t-il.

Je remontai sur le tabouret et il reprit :

– M. Sunday a prévu quelque chose pour toi avant que tu ne fasses tes débuts. Demain soir. Considère cela comme un échauffement. Il aimerait voir ce dont tu es capable avant la diffusion du premier combat. Il tient à son image de marque, ce qui est tout à fait compréhensible. Je donnerai les détails à Khadjee.

Je haussai les épaules. J'étais content à l'idée de me battre. Je préférais découvrir à qui j'avais affaire sur un tapis ou sur un ring qu'essayer d'y voir clair dans les combines vaseuses de Blalock et Sunday.

– Je peux y aller, maintenant ? demandai-je.

Il sortit une liasse de billets de sa poche et en prit quelques-uns qu'il laissa tomber sur la table. Le pourboire était presque aussi important que le prix du repas. Je repensai à l'époque où j'avais tondu des pelouses pendant un mois pour pouvoir inviter maman chez Friendly, le jour de son anniversaire. Blalock avait dû me voir loucher sur l'argent, car il dit :

– Tu as besoin d'un peu de liquide pour tes faux frais ?

Sans prendre le temps de réfléchir, je repensai à la supérette devant laquelle j'étais passé en venant et je dis :

– Il me faut un nouveau chargeur pour mon MP3.

Il posa cinq billets de vingt dollars sur la table.

– J'ai pas besoin de tout ça.

– Considère cela comme une avance, suggéra-t-il.

J'avais l'impression d'avoir triché, mais j'empochai tout de même les billets puis je lui demandai :

– Je serai payé pour la soirée d'échauffement ?

– Bien sûr. C'est une prestation professionnelle.

Après le déjeuner, je m'arrêtai dans ce magasin où je passai en revue pendant un quart d'heure un présentoir de chargeurs qui se ressemblaient tous. Je finis par en choisir un. À la caisse, je pris une poignée de Peppermint Patty.

De retour à l'appartement vingt minutes plus tard, je fus accueilli par une odeur de brûlé douceâtre et je pensai tout de suite à ces messes spéciales à l'église de St. Sebastian, pendant lesquelles le prêtre fait brûler de l'encens. Dans le séjour, des volutes de fumée blanche s'échappaient de deux minuscules bâtons piqués dans une coupelle remplie de sable, posée sur la table d'angle, à côté de la statuette en bronze. Than était assis sur le canapé dans une position qui semblait imiter le plus fidèlement possible celle de la statue : sa demi-jambe pliée sur l'autre, les mains sur les cuisses, paumes tournées vers le ciel. Il avait les yeux fermés et semblait dormir.

Clairement, je le dérangeais. J'allais pour ressortir, quand je l'entendis me dire :

– Alors, ce déjeuner ?

Il me regardait, l'air jovial.

– J'ai trop mangé, répondis-je. (Il hocha la tête.) Désolé de vous interrompre. Vous étiez en train de prier, c'est ça ?

– Pas au sens où tu l'entends, mais c'est plus ou moins prier, oui.

– Comment est-ce qu'on peut plus ou moins prier ?

– On appelle ça du samatha, expliqua-t-il. C'est une forme de méditation qui permet de se vider l'esprit.

– Ah, super. Comme ça, on peut casser des briques avec le poing et des trucs du genre ?

Il me regarda pour voir si j'étais sérieux.

– Nan, je rigole. (Je laissai tomber mon sac de courses près de moi et je m'assis dans le fauteuil.) Alors, comment vous faites ?

Than aspira fort par le nez.

– Il faut du temps pour y arriver.

Son visage respirait la quiétude et la félicité. Il me rappelait le père Singh, à St. Sebastian, quand il célébrait l'eucharistie. Il avait l'expression de quelqu'un qui est en paix, heureux d'être au monde. Je l'enviais.

– Bon, mettons que je veuille essayer. Je commence par où ?

Than pencha la tête, comme s'il faisait je ne sais quel calcul.

– Enlève tes chaussures. Assieds-toi bien droit. Détends-toi. Il faut que tu sois confortablement installé mais attentif. Présent. Tu me suis ?

– Oui, dis-je en suivant ses instructions.

– Maintenant, ferme les yeux et concentre-toi sur ta respiration. Ne force rien, laisse juste l'air entrer et sortir. Ça se fait naturellement. Tu le fais constamment. Respire et laisse ton esprit tranquille.

Par curiosité j'obéis, et il ne resta que l'obscurité, l'odeur d'encens et sa voix calme.

– Ne pense pas à des choses que tu dois faire ou ne pas faire. Hier est passé et demain n'est pas encore là. Tu es, ici et maintenant, avec ton corps. Inspire dix fois très lentement et lâche prise.

Il compta pour moi – un, deux, trois, quatre, cinq, six, sept, huit, neuf, dix – et à chaque chiffre, sa voix se faisait de plus en plus lointaine. Je me sentais un peu vaseux, presque sous hypnose. L'obscurité m'enveloppait et j'avais l'impression de flotter. C'était assez planant. Mais au bout de quelques secondes, le sentiment d'être dans le noir avec une odeur de naphtaline revint. J'ouvris les yeux pour voir la lumière.

– Non, non, me dit Than, tu dois garder les yeux fermés, c'est important. Tu avais l'air d'y arriver.

Je secouai la tête.

– C'est bon, dis-je. Je crois que vous aviez raison en disant que c'était trop dur.

Me voyant un peu secoué, il me tapota doucement l'avant-bras de ses doigts tordus.

– C'est dur de ne pas penser. Ton esprit a envie d'être actif, en éveil. Mais il faut simplement t'obliger à fixer l'obscurité. Des pensées vont t'arriver, certaines joyeuses, d'autres tristes. Contente-toi d'inspirer à chaque fois qu'il t'en vient une et dis-toi « OK, il y a ça mais je peux le laisser partir » et concentre-toi de nouveau sur ta respiration. Reste dans l'instant présent.

Je regardai fixement un des bâtons d'encens se réduire en cendre.

– Mais c'est impossible de ne pas penser. On ne peut pas débrancher son cerveau.

– C'est vrai. Mais ça vaut la peine d'essayer. Dans ta tête, n'imagine rien d'autre qu'un ciel d'été tout bleu. Et quand une pensée émerge, un problème qui te tracasse ou un souvenir dérangeant, représente-toi cette pensée comme un petit nuage joufflu qui passe doucement. Concentre-toi sur lui en train de se dissiper complètement. Garde ton ciel sans nuage.

Je réfléchis à cette idée bizarre. La cendre se courba et tomba dans le sable.

– Mais ça sert à quoi ? Je veux dire, si c'est pour retrouver tous les problèmes après ?

Than déplia sa jambe valide et posa le pied par terre.

– Se casser la tête pour trouver des réponses ne t'en apporte pas forcément. Le samatha m'aide à mieux comprendre.

– Comprendre quoi ?

Il leva les mains, paumes vers le haut, et promena son regard tout autour de la pièce, s'arrêtant même sur le rideau déchiré qui pendait devant la fenêtre.

– Tout.

J'étais perplexe mais fatigué de poser des questions. Aussi, quand quelque chose bougea à côté de moi, je fus ravi de cette diversion. Rosie était là qui fouinait dans le sac en plastique du magasin. Elle en ressortit avec le paquet de Peppermint Patty dans la gueule.

– Hé, criai-je, c'est pas bon pour toi, ça !

Elle voulut filer en vitesse dans la chambre avec son butin, mais je le lui arrachai pour le donner à Than.

Il ouvrit le sac et ses yeux se mirent à briller. Il se dépêcha de déballer un bonbon et de croquer dedans.

– J'adore ça, dit-il. Tu viens de marquer un point, là.

Il n'avait sans doute pas le droit de manger ces friandises, et je me demandais s'il n'avait pas fait brûler de l'encens, entre autres, pour couvrir l'odeur d'une cigarette qu'il avait fauchée.

Je rassemblai quelques affaires et j'allai me mettre en tenue de sport dans la salle de bains. Quand je ressortis, les bâtons d'encens étaient entièrement consumés et Than avait regagné son fauteuil. À la télé, il y avait une de ces émissions qui vous aident à réaménager votre maison. Rosie était couchée aux pieds de Than, toute penaude. Je dis à Than que je partais à la salle de gym et il hocha la tête.

– Transpire un bon coup.

J'allais sortir quand je sentis son regard sur moi. Je m'arrêtai et me retournai. Je ne m'étais pas trompé.

– Eddie, je sais que ce n'est pas facile, mais si tu arrives à calmer ton esprit en fermant les yeux et à apaiser ton cœur dans le noir, ça peut t'aider à y voir plus clair. Crois-moi.

– D'accord, je vois ce que vous voulez dire, répondis-je même si je ne pigeais toujours pas.

Qu'est-ce que Than pouvait bien connaître de mes soucis ? Je ne savais pas ce que Blalock avait raconté à Khadjee, ni ce que Khadjee avait dit à son oncle. C'était la confusion la plus totale.

– Une dernière chose, dit-il en levant une main tremblante, l'index pointé vers moi. Ce type, Sunday. C'est pas un type bien, tu sais ?

Ça me faisait plaisir que ce vieil homme me prévienne mais je n'avais pas besoin du samatha pour savoir que Sunday ne pensait qu'à ses propres intérêts. Je hochai la tête pour montrer à Than que j'appréciais son conseil, avant de fermer la porte derrière moi.

À la salle de gym ce mercredi-là, tout le monde se tint à bonne distance de moi et je me défoulai sur deux albums de Metallica et Megadeth en entier. J'étais d'humeur à me calciner la tête au trash metal. Je travaillai d'abord le torse (développé couché et incliné), puis les épaules (développé militaire et haussements d'épaules) et enfin les bras (tirage vertical à la barre, flexion des avant-bras avec un vieux banc d'église qui me donnait l'impression d'être au confessionnal). Sur une machine qui aurait eu bien besoin d'un bidon d'huile, je fis des répulsions et des tirages poitrine à la poulie haute, en tirant sur la poulie qui grinçait et en laissant retomber les poids à la fin de chaque session. Je sautai à la corde à toute vitesse pendant vingt minutes, concentré sur son vrombissement, en essayant de ne penser à rien d'autre qu'à l'instant présent. Je me demandais si ce que je ressentais là ressemblait à ce que Than trouvait dans la méditation. Sur le tapis aussi, face à un adversaire qui vous en fait vraiment voir, on peut parfois avoir une perception très claire de ce que l'on recherche, une perception bien plus nette qu'en réfléchissant. On ne s'inquiète pas de tout ce qu'on a pu faire de mal dans le passé. On ne cherche pas non plus à faire de grandes projections dans l'avenir. On est simplement en train de se battre et, aussi dingue que ça puisse paraître, on est en paix.

Impatient de retrouver cette sensation, je décidai d'aller courir à fond. J'espérais qu'avec ma capuche rabattue sur la tête et ma barbe de trois jours je n'attirerais pas l'attention des flics. Je partis le long de la rivière, en gardant la tête baissée. L'eau qui coulait n'avait que faire de mes problèmes, et ma musique s'arrêta sans que je m'en rende compte.

À mon retour, Khadjee faisait ses devoirs sur le canapé et Than boitillait dans la cuisine où l'air était saturé d'odeurs appétissantes. Je voulus soulever le couvercle d'une casserole mais il me donna une tape sur la main avec une cuillère en bois en m'ordonnant d'aller me laver. Quand je sortis de ma douche, plusieurs plats étaient disposés sur la table comme dans un grand restaurant. Il y avait trois assiettes remplies de riz blanc, et devant nous, au milieu, des plats fumants pleins de couleurs. Je salivais déjà.

– Qu'est-ce que c'est, tout ça ? demandai-je.

Khadjee ferma le livre qu'elle lisait dans le séjour et vint nous rejoindre.

– Ton dernier repas si tu prends le combat de demain à la légère.

– La confiance règne.

Nous prîmes place elle et moi, et Than désigna la table d'un geste large en annonçant :

– Un dîner thaï traditionnel. Cuisine familiale.

Il me sembla, même si je n'en étais pas sûr, qu'il avait volontairement accentué le mot « familial ». Peut-être que je n'entendais que ce que j'avais envie d'entendre. Je recouvris mon riz de tout ce que Than avait préparé : du porc frit, des légumes cuits à la vapeur et une sauce au curry tellement forte que les larmes me montèrent aux yeux. Voyant cela, Than marmonna quelque chose en thaï qui fit bien rire Khadjee. J'avalai une gorgée d'eau et repris une bouchée.

Bien que rassasié, je tendis mon assiette pour être resservi, mais Khadjee dit :

– Ça suffit. Aide mon oncle à faire la vaisselle pendant que je vais faire une promenade avec Rosie. Ensuite il faudra qu'on voie une ou deux choses.

– OK, boss, dis-je en repoussant ma chaise.

Une demi-heure plus tard, Khadjee m'aida à faire de la place dans le séjour en poussant les meubles et elle continua à m'apprendre l'art subtil de la prise d'étranglement. Couchée sur le canapé, Rosie nous observait en aboyant de temps à autre. Depuis son fauteuil, Than nous donnait ses conseils entre deux quintes de toux. Parfois il disait quelque chose à Khadjee en thaï et ils rigolaient ou hochaient la tête en même temps. Mais il me lançait aussi des regards approbateurs et, à un moment, il leva même le pouce. À la fin de cet entraînement, je lui demandai :

– Vous pensez que je suis prêt pour ma grande première, demain ?

Revenant à son mauvais anglais, il répondit :

– Ce que moi crois, pas important. Avis Eddie ? Eh ? Toi décider, OK ?

Je regardai Khadjee du coin de l'œil, puis de nouveau Than.

– Ça, c'est plutôt du Yoda que du Miyagi, non ? Qu'est-ce que vous voulez dire ?

Than sourit.

– On s'en fout de ce que je pense. Il n'y a que toi qui puisses savoir si tu es prêt ou non. De toute façon, tu auras la réponse demain soir.

7

Vingt-quatre heures après notre séance d'entraînement improvisée dans le séjour, nous attendions tous les trois que Blalock se pointe. Khadjee ébouillanta un protège-dents dans une théière puis le glissa encore chaud dans ma bouche, en me demandant de mordre dedans et d'aspirer fort pour qu'il épouse bien la forme de mes mâchoires. Quand Blalock klaxonna dehors, je me levai et Khadjee attrapa un sac à dos. Than s'accrocha à son déambulateur pour se lever et me serrer la main. Il n'y avait aucune énergie dans sa poigne mais ses yeux brillaient.

– Tâche d'être fort, ce soir, hein ? Fort comme le Tiger King.

Un peu embarrassé, et persuadé qu'il voulait encore me faire enrager, je me contentai de lui assurer que j'allais faire de mon mieux.

Je m'assis à l'avant près de Blalock. On roula pendant trois quarts d'heure. Au moment où on s'engageait sur l'autoroute, Blalock demanda à Khadjee, assise à l'arrière, comment allait son oncle. Elle répondit :

– Ça va.

– C'est une bien fâcheuse maladie que le diabète, dit Blalock.

– Une vraie saloperie, oui, répondit Khadjee. Il a des tas de problèmes, le pauvre. Et il les règle à sa façon.

La veille, quelque chose m'avait frappé et j'eus envie de le dire :

– Hier, je l'ai vu faire de la méditation.

– Ça soulage sa douleur fantôme.

Blalock changea de file pour doubler une camionnette et jeta un coup d'œil dans le rétroviseur.

– Sa douleur fantôme ?

– À cause de son amputation, expliqua Khadjee. On lui a coupé la jambe il y a presque deux ans, mais le pied qu'il n'a plus le fait toujours souffrir. Parfois il le démange. D'autres fois il le brûle. Lésions des terminaisons nerveuses.

– Ça doit être insupportable, dit Blalock.

C'était aussi mon sentiment.

Blalock et moi échangeâmes un regard. Que dire après ça ? Cette notion de douleur causée par un membre absent, un membre littéralement arraché, me laissa une impression de déjà vu. Mais impossible de l'identifier. Un long silence se fit dans le SUV. Je vis un flic garé sur le bas-côté qui guettait les excès de vitesse. Je me tournai vers Khadjee :

– Qu'est-ce qu'il a voulu dire, Than, tout à l'heure, à propos du Tiger King ? Il voulait juste me faire marcher, c'est ça ?

Khadjee jeta un coup d'œil vers Blalock avec l'air de dire qu'elle aurait préféré que je ne pose pas la question en sa présence. Mais elle répondit quand même :

– Le Tiger King, c'est Sri Saan Petch, un ancien roi de Thaïlande. C'était un grand lutteur de boxe thaïe, littéralement invincible. Au bout d'un moment, il ne trouvait plus d'adversaire. Aucun de ses sujets ne voulait lutter contre lui, sachant qu'il était le roi. Alors il a décapité un tigre et s'est mis à porter sa tête en guise de masque pour dissimuler son identité.

– Tout à fait charmant, ce chapitre de mythologie, commenta Blalock.

Khadjee n'en dit pas davantage et je m'en réjouis. Je n'avais aucune envie de m'imaginer un homme à tête de tigre.

Je fus surpris quand Blalock quitta la 78 et suivit les pancartes « Taj Mahal Resort », un des tout premiers casinos ouverts en Pennsylvanie. Sur le panneau lumineux, au-dessus de l'entrée, clignotaient ces mots : « Ce soir, concert unique de Men at Work ».

– Si je comprends bien, je ne suis pas la tête d'affiche, dis-je.

Tout en se garant, Blalock répondit :

– La démonstration de ce soir est un évènement atypique.

Devant mon regard perplexe, il explicita :

– Pas ordinaire. Inhabituel.

– J'avais compris. C'est juste que je ne vois pas pourquoi vous parlez comme ça.

– Ton opinion n'est pas d'un intérêt crucial. Mais un conseil : évite de parler à tort et à travers en présence de M. Sunday. La bêtise est une chose qui le hérisse. C'est bien compris ?

Derrière moi, Khadjee se mit à respirer plus vite. Je me demandai ce qu'elle avait. Mais je répondis simplement :

– Carrément.

Blalock nous fit entrer dans le casino et nous le suivîmes à travers une foule de gagnants potentiels agglutinés autour des tables de roulette ou penchés sur des machines à sous. Une vieille dame portait un seul gant blanc dont le bout des doigts était noirci par les pièces qu'elle enfournait une à une dans la fente sans jamais rien gagner.

Il fallut se frayer un chemin jusqu'à un ascenseur « réservé au personnel ». Comme j'étais derrière Blalock, je ne vis pas sur quel bouton il appuyait, mais je sentis qu'on descendait dans les sous-sols. Les deux panneaux s'écartèrent pour dévoiler Grunt, campé devant nous tel un mur, les bras croisés, le regard vide. Pas un sourire, pas un salut, c'était manifestement son mode opératoire. Je voyais ce type pour la deuxième fois et quelque chose me sauta aux yeux avec encore plus d'évidence que la première : il n'avait quasiment pas de cou. Ses yeux profondément enfoncés dans les orbites étaient deux billes noires qui n'exprimaient pas le moindre signe de reconnaissance. Il fit volte-face et se mit en marche.

Nous suivîmes Grunt dans un couloir en béton à peine éclairé jusqu'à une porte où l'on pouvait lire : « Réserve pour réceptions ». Il l'ouvrit. J'aperçus des tables et des chaises entreposées le long des murs. Mais cette grande pièce basse de plafond était dégagée au centre où des néons éclairaient quatre silhouettes. M. Sunday, en costume blanc, son crâne chauve reflétant la lumière, était debout près d'un homme en fauteuil roulant. Derrière eux, à moitié dans l'ombre, se tenait une jeune femme : une infirmière ou une jeune épouse ou les deux. Les bras du vieil homme tressaillirent malgré lui, comme sous l'effet d'un spasme, et sa main trembla lorsqu'il porta une cigarette à ses lèvres fines. Il souffla la fumée en l'air et tapa des mains à notre approche.

Un peu plus loin, le quatrième personnage, mon adversaire manifestement, boxait dans le vide devant un pilier en béton. En entendant ces maigres applaudissements, il se retourna. Je le jaugeai d'un coup d'œil : cent dix kilos, un peu plus petit que moi. Il portait un débardeur noir, un short et des baskets.

– Monsieur Kaminski, votre rendez-vous est arrivé, lança Sunday, avant de nous rejoindre au milieu de cette arène en béton. Puis il ajouta :

– Monsieur Blalock, faites les présentations, je vous prie.

Blalock obéit en fronçant les sourcils :

– Monsieur Sunday, Edward MacIntyre. Edward, M. Sunday.

Sunday me tendit une main que je serrai. Sa paume était moite mais il avait pas mal de poigne, pour son âge. Me fixant de ses yeux bleus, il me dit :

– Ed MacIntyre Jr. je présume ? On ne m'a pas menti. Tu es bien le sosie de ton père.

Comme toujours, la comparaison me fit froid dans le dos. Il continua :

– Et il paraît que tu es aussi bagarreur que lui.

– Je me défends.

Il relâcha ma main.

– C'est ce qu'on va voir. (Il sortit une enveloppe de la poche de sa veste.) Deux mille pour le gagnant. Le perdant aura droit à un pack de glace et un coupon pour aller au snack.

Je ne pouvais pas négocier ces conditions puisque je n'avais pas discuté des détails avec Blalock. Une fois qu'il aurait prélevé sa part, il me resterait mille cinq cents dollars.

J'allai dans un coin enlever mon sweat à capuche et délacer mes baskets. Un portable vibra dans le sac à dos de Khadjee. Elle le sortit, un peu gênée, et lut le message.

– Qu'est-ce qu'il y a ?

Elle balaya ma question d'un geste mais répondit :

– Rien, c'est des copines du lycée. J'avais peur que ce soit Than.

Elle rangea son téléphone et sortit une bouteille d'eau de son sac à dos. J'en bus une gorgée. Khadjee avait des copains de lycée, logique. Elle avait une vie en dehors du monde du combat. Mais pour l'instant, elle était hyper concentrée.

– Prends le temps de t'échauffer, me dit-elle, d'un ton sévère. Ne les laisse pas te presser.

Elle me posa de la bande adhésive sur les poignets et les articulations des doigts. Puis elle mit mon protège-dents en place. Je n'y étais pas habitué, mais c'était indispensable si je ne voulais pas finir édenté.

– Avec ce type, tu t'en tiens à ce que tu sais faire. *Ground and pound*. N'essaie pas de boxer ou de jouer la finesse.

– Je fais jamais dans la finesse, marmonnai-je.

– D'accord. Enlève tes baskets.

Ça me faisait un drôle d'effet d'être pieds nus, de sentir le béton froid sous mes orteils et mes talons. Je sautillai sur mes pieds gelés, je fis quelques mouvements de tête à droite et à gauche et je me giflai les joues plusieurs fois pour faire circuler le sang. J'entendais encore mon ancien coach Gallaher : «Tes mouvements, tes mouvements.» À cinq mètres de là, mon adversaire m'observait et me toisait des pieds à la tête. Je lui donnais trente-huit, trente-neuf ans, peut-être quarante. Il avait un protège-dents noir et arborait des oreilles en chou-fleur, énormes, épaisses et bulbeuses. Je fis un signe de tête à Khadjee :

– Prêt.

Elle adressa un hochement de tête à Sunday.

Blalock avait déplié une chaise et s'était assis près du fauteuil roulant. Sunday se pencha pour murmurer quelque chose à l'oreille du vieux qui ôta sa cigarette de ses lèvres, esquissa un baiser pour faire un rond de fumée et croassa :

– Pas de pitié ! Prêts ? À l'attaque !

Je suppose que je n'étais pas encore digne des caméras ou du gong.

J'avançai en petite foulée vers le centre de la pièce, et, par habitude, je tendis la main pour serrer celle de mon adversaire. Kaminski en profita pour m'envoyer un crochet du gauche à me dévisser la tête. Je le pris en plein sur la joue. Je reculai, clignant des yeux pour chasser les trente-six chandelles. À travers un brouillard, je le vis venir sur moi. Il me martela les côtes de ses poings et ça me remit les idées en place. Le dos enroulé, dans la position du lutteur, je lui saisis le poignet, mais il recula brusquement et se mit en garde comme un boxeur. Tout chancelant, je me jetai en avant pour attraper son autre poignet, mais cette fois encore il esquiva.

On se tourna autour, jusqu'au moment où il se lança dans une combinaison pieds-poings ultra rapide. Comme je levais les avant-bras pour me protéger le visage, il me frappa au ventre m'obligeant à me plier en deux et à m'accroupir. J'envoyai au hasard quelques coups qui ne frappèrent que du vent.

Kaminski interrompit son assaut et, en levant les yeux entre mes poings en garde, je le vis reculer doucement, hors d'haleine. Il s'essoufflait vite. Chargeant à l'aveugle, je récoltai un coup de genou en pleine face. Maintenant, j'étais à quatre pattes. Mon protège-dents gisait par terre, sur le béton. J'allais le ramasser quand Kaminski m'envoya un coup de pied dans les côtes. Je basculai sur le côté et me retrouvai nez à nez avec les chaussures vernies noires à bouts golf de l'homme en fauteuil roulant. Il se pencha vers moi. Je plantai mes yeux dans les siens. Derrière lui, son infirmière (ou sa femme, ou sa maîtresse) baissa sur moi un regard apitoyé. S'adressant à Sunday, le vieux dit :

– Singulièrement banal.

Sunday lança un regard en coin à Blalock. Près de lui, Khadjee m'ordonna :

– Relève-toi, Mac !

Mais je ne me relevai pas, car à ce moment-là Kaminski fit l'erreur de sa vie, ou du moins de la soirée. Au lieu de m'attaquer tout de suite ou d'attendre que je me relève et que je revienne boxer, il se mit à tourner en rond, les mains sur les hanches. Sa gorge aspirait et expirait et je compris qu'il manquait d'air. Sûr de ça, je fis le mort : je roulai sur le dos et ne bougeai plus. Kaminski tomba dans le piège : toujours debout près de moi, il se pencha pour attraper mon poignet droit, tira sur mon bras et coinça mon coude entre ses genoux. N'importe qui paniquerait, pris par une clef de bras, mais pas moi. Aussi clairement que sur un écran de cinéma, je vis ce qui allait se passer. Tout en tirant sur mon bras, Kaminski, toujours debout, engagea un pied sous ma nuque et l'autre sous mon aisselle. Il allait s'asseoir sur mes fesses et me tirer sur le bras jusqu'à ce que je hurle de douleur et que j'abandonne. Mais au moment où il s'asseyait, je me réveillai brusquement, roulai vers lui, armai mon coude et lui portai un *jab* dans le ventre pour libérer mon bras. Je finis par me retrouver couché sur lui, torse contre torse. Je me redressai et, en position montée, je lui assénai une pluie de coups de poing marteau en pleine figure, en intercalant, dans cette salve, quelques coups de coude, histoire de montrer à Khadjee que j'avais écouté ses conseils. À bout de forces comme il l'était – et stupéfait par ma résurrection – Kaminski contra avec une défense merdique. C'est tout juste s'il arrivait à esquiver mes coups. Quand il comprit qu'il ne pouvait pas protéger son visage, il se débrouilla pour glisser sur le ventre et mit ses bras de chaque côté de sa tête, comme une tortue rentre dans sa carapace. Je m'acharnai sur ses bras pendant une minute. Blalock poussait des cris d'encouragement. Levant les yeux, je vis sourire Sunday et le vieil homme et son infirmière (ou sa femme ou sa maîtresse). Khadjee hocha simplement la tête, satisfaite de la tournure que prenait le combat.

Sous moi, Kaminski ne bougeait plus. Seule sa poitrine se soulevait et j'entendais sa respiration bruyante. Quand je cessai de frapper, il tourna légèrement la tête, leva les yeux vers moi. J'armai un coup de poing en disant :

– On arrête là ?

Mais il ne chercha ni à fuir ni à taper au sol. Il se recroquevilla et se mit en garde.

Blalock me glissa :

– Il n'y a pas de gong, ici, Edward. Tu dois l'obliger à abandonner.

– Force-le à taper au sol, me cria Khadjee.

Pas de problème : je lui infligeai sans trop de difficulté une clef de tête simple en rentrant ma main droite sous son aisselle pour aller l'accrocher derrière sa nuque. C'est un mouvement qui sert généralement à retourner l'adversaire sur le dos et à lui coller les épaules au sol. Mais, sans arbitre pour constater un *tombé*, ça n'avait pas d'intérêt. Je compris au même instant qu'aucun arbitre n'allait me sanctionner pour une double clef de tête.

Quelques secondes plus tard, j'avais toujours le bras gauche dans la même position, les deux mains à l'arrière de la tête de Kaminski. Lui avait les bras écartés et la face collée au sol en béton. Sans mon protège-dents, je pus lui dire très clairement :

– Tu sais où ça va nous mener, mec ?

Il ne fit pas le moindre signe montrant qu'il m'avait entendu. Il fallait que je le fasse réagir. À plat ventre sur son dos, la poitrine collée à ses omoplates, je soulevai sa colonne vertébrale et je nous fis ramper tous les deux vers l'avant en faisant taper son front sur le béton. Il tourna la tête sur le côté pour que ce soit sa joue qui prenne, mais ça faisait quand même un horrible bruit sourd. Blalock s'écria :

– Brutal !

J'entendis aussi le vieux au fauteuil roulant glousser. Le problème, c'est qu'avec les bras coincés comme ça,

Kaminski ne pouvait pas taper au sol. Alors je lui demandai haut et fort :

– T'en as assez ?

Pour toute réponse, il se mit à me rouer mollement de coups, mais ça ne me faisait rien. Il respirait fort et je compris que je devais être plus convaincant. Alors je lui tapai la tête par terre une deuxième fois, puis une troisième. J'étais dopé à l'adrénaline, maintenant, certain de ma victoire, je le contrôlais totalement. Je ne sais pas combien de fois je lui aurais cogné la tronche sur le sol si Khadjee n'était pas intervenue. Elle murmura quelque chose en thaï et je levai la tête vers elle. Ses yeux verts clignèrent plusieurs fois, comme si elle essayait d'analyser ce qui se passait. Mais je voyais bien que ça lui plaisait moyennement. Sous moi, le corps de Kaminski était tout mou, une poupée de chiffon de cent dix kilos. Quand je relâchai la double clef de tête, il s'avachit contre le sol. Je me relevai sur un genou et jetai un coup d'œil vers Sunday.

– Je dois être échauffé, maintenant, non ?

Visiblement Sunday n'aima pas mon ton. Il avança d'un pas.

– Retourne-le, m'ordonna-t-il.

J'obéis et tout le monde put voir le visage de Kaminski : on aurait dit du steak tartare. Ses yeux roulaient dans leurs orbites, mais il réussit malgré tout à nous lancer un regard mauvais. Blalock s'approcha de moi et me tapota l'épaule :

– Impressionnant, comme démonstration, Edward.

Le vieux demanda à la femme d'avancer son fauteuil et il se pencha pour regarder de plus près le vaincu. Puis il tendit le cou vers Sunday.

– On m'avait promis du sang.

– C'est exact, répondit Sunday. Fais donc plaisir à notre généreux mécène, petit.

– Maintenant ? m'étonnai-je.

– Frappe-le encore, insista Sunday.

Derrière lui, Khadjee retint son souffle. Quant à moi, je déclarai :

– Ce type a eu son compte. Le combat est terminé.

Sunday me dévisagea, les yeux agrandis par la colère.

– Ton adversaire n'a pas abandonné et il est encore conscient. Le combat est terminé quand je dis qu'il est terminé. Et là, je te dis de le frapper.

Je baissai les yeux vers Kaminski.

– C'est pas ton jour de chance, lui dis-je. Tu es fini. Abandonne.

Au lieu de quoi il tourna la tête sur le côté, cracha sur le béton et me dit :

– Va te faire foutre.

Il n'en fallait pas plus pour me motiver. À cheval sur sa poitrine, je lui envoyai un direct dans le nez. Ça fit le même bruit que quand on casse au billard. Kaminski esquissa un sourire sur lequel je balançai une gauche. Et pour couronner le tout, comme il continuait de sourire, j'armai mon coude droit au-dessus de mon épaule pour prendre de l'élan et je l'actionnai comme un piston pour lui marteler la face. Je m'entendis dire quelque chose. Peut-être un truc du genre « Et maintenant, tu souris encore ? »

Mon rêve éclata comme une bulle de savon lorsque quelqu'un me posa la main sur la nuque. Quand je revins dans le monde réel, je vis Khadjee, horrifiée. Sunday, au contraire, avait un petit sourire satisfait. Puis, j'entendis le vieux applaudir dans son fauteuil roulant. Je regardai de nouveau Kaminski : sa lèvre inférieure avait doublé de volume. Des filets de sang s'échappaient de ses deux narines et sous son œil, l'hématome avait éclaté et suintait.

Je me relevai en titubant. Khadjee dut me soutenir en passant un de mes bras par-dessus son épaule. Elle porta une bouteille d'eau à ma bouche. Je bus et je crachai, tandis qu'elle me guidait vers l'ascenseur. Blalock, qui nous précédait, appuya sur le bouton. Derrière nous, le vieux continuait à applaudir, exultant de joie.

– Là, j'en ai vraiment eu pour mon argent, dit-il à Sunday au moment où les portes de l'ascenseur s'ouvraient. Ce garçon a un talent inné.

Sur le chemin du retour, Khadjee, assise à l'arrière, ne desserrait pas les dents. Aucunes félicitations, aucun commentaire sur la façon dont j'avais combattu ni sur ce que je pouvais améliorer. Même une fois seuls dans l'appartement, Than dormant dans sa chambre, elle garda le silence, à part pour s'excuser quand elle alla dans la salle de bains. J'entendis la porte de l'armoire à pharmacie grincer. L'eau couler dans le lavabo. En ressortant, les yeux baissés, elle me dit :

– Tu ferais bien de prendre une douche.

C'est alors que je me rendis compte que j'avais les mains couvertes de sang, des taches écarlates sur les jointures. Sous le jet d'eau chaude, je frottai pour effacer les preuves.

Ce combat m'avait épuisé, pourtant la montée d'adrénaline m'empêchait de dormir. J'avais déjà fait saigner des adversaires, bien sûr. LeQuan Thompson, le type du lycée qui pesait quatre-vingt-dix kilos, sortait de tous nos entraînements avec le nez en sang. À tel point qu'il avait fini par porter un masque en mousse par-dessus son serre-tête. Mais ce qui venait de se passer avec Kaminski, c'était autre chose. Cette effusion de sang n'avait rien d'accidentel. Elle était voulue. Gallaher, notre coach au lycée, m'aurait reproché cette violence, je le savais. Et je n'avais aucun mal à imaginer le regard que ma mère m'aurait lancé si elle avait été témoin de la scène. Mais ni l'un ni l'autre n'y avaient assisté. Seules leurs ombres étaient présentes dans l'obscurité.

Ces esprits me hantaient si fort que je n'arrivais pas à trouver le sommeil. Ça devenait une habitude. Je pensai à la méditation de Than qui préconisait d'imaginer un ciel tout bleu, mais ça me paraissait trop bizarre. À un moment, j'allumai la télé et je regardai un match de basket sans le son, mais je n'avais jamais réussi à m'intéresser vraiment à ce sport. Trop de règles, pas assez de contact.

Finalement je lâchai l'affaire et je repris mon MP3 pour écouter *1984* de Van Halen. Au milieu de « I'll Wait » (ma chanson préférée, je crois, bien mieux que « Jump ») Rosie sortit de la chambre en trottinant et passa à côté de moi. Elle me flaira la main puis avança à pas feutrés jusqu'à la porte d'entrée. Elle grogna sourdement puis jappa deux fois.

On frappa très fort, avec insistance. Le four à micro-ondes indiquait quatre heures quinze.

Je me levai d'un bond et enfilai un short de sport, mais Khadjee fut plus rapide que moi. Elle attrapa Rosie par le collier et m'ordonna d'ouvrir.

La silhouette de Grunt s'encadra dans la porte, épousant ses contours rectangulaires. Quand il recula d'un pas, j'aperçus la limousine blanche de Sunday, les deux portières passagers ouvertes. Grunt pointa un doigt vers moi puis vers Khadjee, avant de redescendre l'escalier droit comme un I. Rosie grondait et tirait comme une folle pour se dégager. Je ne l'avais jamais vue aussi furieuse. Mais Khadjee parvint à la calmer suffisamment pour la traîner jusque dans la chambre. Elle en ressortit quelques minutes plus tard en tenue de ville.

– C'est quoi le plan, là ?

Elle passa devant moi en disant simplement :

– Viens. Et ferme la porte à clef.

Je me retrouvai sur le siège arrière avec Sunday qui, malgré l'heure, semblait avoir l'esprit tout à fait clair. Il ne dit pas un mot avant qu'on soit sur l'autoroute presque déserte. Là, il sortit de la poche de son veston une enveloppe qu'il jeta sur mes genoux.

– En général je paie Ray qui te paie. Mais pour cette première fois, je voulais procéder comme ça, pour que tu comprennes bien d'où vient l'argent. Il a déjà eu sa part.

Je soulevai le rabat de l'enveloppe pour y jeter un coup d'œil. Les réverbères de l'autoroute éclairèrent par flashes une épaisse liasse de billets de vingt dollars.

Sunday se pencha sur le large siège pour approcher son visage du mien.

– Eddie, certains hommes ont une propension à la violence. C'est un talent, un don, même. Ton père l'avait sûrement et d'après ce que j'ai vu et entendu, je suis prêt à parier que tu en as hérité.

– Mon père ?

Il se laissa aller contre son dossier avec désinvolture.

– Ce don que tu possèdes est très précieux pour un homme tel que moi. Tu es un sérieux atout. À condition que je puisse avoir confiance en toi et en ta loyauté. Puis-je compter sur toi, Eddie ?

– Qu'est-ce que vous croyez savoir de mon père ?

– Pas mal de choses. Je sais qu'on pouvait compter sur lui. Je sais qu'il était capable, comme toi, de faire souffrir.

– Alors mon père travaillait pour vous ?

– Pas tellement *pour* moi, plutôt *avec* moi. Nous étions des partenaires, en quelque sorte. Quand nous avons commencé, presque tous nos prêts allaient aux plus pauvres. Moi je fournissais les fonds et tenais les comptes. Ton père...

Je l'arrêtai d'une main.

– Je devine de quoi il se chargeait.

Mes yeux tombèrent sur l'arrière du crâne carré de Grunt.

La branche sud de l'autoroute 81 enjamba le Susquehanna. Grunt prit la première sortie pour descendre vers Enola. Khadjee, assise à l'avant, avait l'air d'écouter attentivement, mais gardait le silence. Nous longions les maisons alignées sur la rive ouest du fleuve. Il n'y avait aucune lumière aux fenêtres. Grunt bifurqua vers la gare de triage.

– Ton père était passionné mais impulsif, déclara Sunday. Il se laissait aveugler par ses émotions, il perdait son discernement, il devenait désordonné et imprudent. Moi, j'ai bâti ma carrière sur la prudence. En d'autres termes je veille scrupuleusement sur mes intérêts, et surtout je contrôle particulièrement mes employés. Tu comprends ?

La limousine bringuebala en passant sur des rails. Je fis oui de la tête pour répondre à Sunday. Il caressa la pointe de sa barbe blanche.

– D'où mon inquiétude, hier soir, lorsque tu as discuté mes instructions.

– Le type était pratiquement assommé, objectai-je. Il était fini, ça crevait les yeux.

Sunday se hérissa. On s'approchait de quelques voitures garées le long de la voie ferrée, dans l'ombre d'un wagon de marchandises. Grunt s'arrêta à côté et coupa le moteur, mais n'ouvrit pas la porte.

Sunday me tapota la cuisse.

– Écoute-moi bien, petit. J'ai une affaire en plein essor et il est clair que tu peux y avoir ta place. Tu as du potentiel, je le sais. Mais il faut que tu comprennes que c'est *mon* monde et que l'on doit suivre *mes* règles.

J'acquiesçai.

– Répète, m'ordonna-t-il en me serrant la cuisse au point de me faire mal.

– Votre monde, vos règles, dis-je avec un haussement d'épaules.

Il retrouva le sourire.

– Formidable. Je suis ravi que nous tombions d'accord. Et maintenant, nous allons conclure notre contrat.

À ces mots, Grunt descendit et ouvrit la portière de Sunday. Je compris que je devais descendre aussi. Je suivis Sunday dans le wagon de marchandises. Une porte coulissante s'ouvrit et une petite échelle en sortit. Je sentis Khadjee juste derrière moi.

Dans le wagon, une demi-douzaine de silhouettes attendaient, debout. Certaines tenaient des lampes-torches et, dans les faisceaux de lumière tremblotante, je vis Santana, Maddox, Dominic et d'autres que je ne reconnus pas. L'un d'eux tenait un téléphone d'où irradiait une petite lumière blanche : il filmait.

Bahadur avança jusqu'à la limite entre l'ombre et la lumière, mais pas assez pour que je voie son visage. Je le reconnus seulement à sa corpulence. Je l'entendis aussi renifler l'air avec ostentation et dire :

– Salut, Baby Blue. Je vous l'disais bien, les gars, que ça sentait la chair fraîche.

C'était donc ça, le contrat : une intronisation pendant laquelle je prenais une raclée. J'étais d'accord pour un bizutage, sachant qu'ils ne frapperaient pas trop fort, puisque je devais combattre prochainement, mais je me faisais du souci pour Khadjee. Ils n'allaient quand même pas lui faire de mal ?

C'est alors que j'entendis un grognement dans un coin plongé dans le noir. Les autres dirigèrent leurs torches dans cette direction et, à ma grande surprise, je vis un type recroquevillé par terre. D'âge moyen, chauve à part une couronne de cheveux autour du crâne, il portait un short et un débardeur blanc. Il resta tapi dans l'ombre. Son visage dégoulinait de sueur, de larmes et de la crasse du wagon.

– Monsieur Sunday, dit-il en reniflant. Laissez-moi vous expliquer.

Sunday serra tranquillement les poings.

– Le temps des explications est passé, Leonard. Tu ferais mieux de la fermer, maintenant.

– Qui est-ce ? demandai-je.

– Un homme qui pensait pouvoir vivre dans mon monde selon ses propres règles. Il va recevoir une importante leçon de vie. Bahadur, la batte, s'il te plaît.

Badder me tendit une batte en bois dont le manche était garni de gaffer gris. Il ne la lâcha pas tout de suite, ce qui m'obligea à tirer pour la dégager. C'était du bois dense, le bout de la batte se posa par terre. Leonard ramena ses genoux vers son menton, se blottit dans le coin et se recroquevilla en position fœtale.

– Pas le visage, me dit Sunday. Il est dans la vente et on ne voudrait pas qu'il manque son travail. Enfin, pas trop.

D'autres rires fusèrent, derrière moi. En me retournant, je vis Khadjee dans le triangle de lumière que la lune dessinait par la porte ouverte. Près d'elle, Grunt la tenait par le biceps.

Je regardai Leonard.

– Qu'est-ce qu'il a fait ? demandai-je.

– Tu ne devrais pas te surcharger d'informations. Tout ce que tu dois savoir c'est que tu es tenu de faire ce que je te demande. Parce que je le veux. Et si tu ne le fais pas, Grunt lui tirera une balle dans la rotule gauche. Ça ne lui rendrait pas tellement service, pas vrai ?

Je resserrai ma prise sur le manche, levai la batte et la posai sur mon épaule, tout en me dirigeant vers le coin sombre. Je me disais que je pourrais peut-être frapper le sol ou essayer de toucher le mur et le corps de Leonard en même temps, pour amortir un peu les coups. Mais quand je m'approchai de lui, je sentis une odeur âcre.

– Oh merde, s'exclama Badder. C'est dégueulasse. Cette espèce de raclure s'est pissé dessus.

Je me souvins des premiers mots que m'avait dits l'inspectrice Harrow. *Pauvre chou. Viens, on va nettoyer ça.*

– Arrête de chialer, criai-je à Leonard. Conduis-toi en homme.

En disant ça, je me souvins de la première fois que j'avais entendu cette phrase. Il y eut comme un éclair rouge dans ma tête, et la batte me parut soudain toute légère. Elle ne pesait plus rien quand je l'abattis sur Leonard, encore, encore et encore.

8

Après la séance du wagon de marchandises, je me réveillai tard dans la matinée. Je n'entendis même pas Khadjee se lever pour aller en cours, et quand j'émergeai, elle était déjà partie. Je fis donc mon jogging en solo, perturbé, lent, seul avec mes pensées plombantes. Plus tard, à la salle de gym, les autres *brawlers* me laissèrent un peu plus d'espace. L'après-midi, après avoir emmené Rosie faire une longue balade, je regardai des vidéos de combats. Than était dans son lit, trop mal pour se lever. Je lui réchauffai un bol de soupe mais il le refusa d'un revers de main, tout en crachant un horrible truc vert dans un mouchoir. Il avait le teint blafard et les yeux éteints. Sa maladie n'était peut-être pas seule en cause. J'ignorais ce que Khadjee lui avait dit, mais j'avais l'impression qu'il était au courant de ce que j'avais fait.

Dès que Khadjee rentra, je lui annonçai que son oncle avait passé une mauvaise journée. Elle lâcha aussitôt son sac pour aller le voir. En ressortant de la chambre, elle me dit qu'il se reposait.

– Qu'est-ce qu'il a ? lui demandai-je.

Elle se détourna pour que je ne voie pas son visage.

– Pour la faire courte, il est vieux et malade. Il dit lui-même qu'il devrait être mort depuis dix ans.

– Je lui ai proposé de la soupe.

Khadjee était clairement mal à l'aise. Elle ne tenait pas en place, et évitait mon regard. Ou alors, elle était encore sous le coup de ce qu'elle avait vu la veille au soir. Pendant une seconde, je me demandai où était Leonard et s'il arrivait seulement à tenir sur ses jambes après ce que je lui avais mis.

– Allez, on va courir, dit Khadjee.

– J'y suis déjà allé ce matin.

Elle se mit à genoux et passa un bras sous le canapé.

– Eh bien tu courras une deuxième fois. Enfile tes baskets.

Sous le canapé, elle avait attrapé une vieille balle de tennis. Rosie reprit du poil de la bête et trotta vers elle, mais Khadjee la détrompa :

– Non, ma fille. C'est pas l'heure de jouer. (Puis se tournant vers moi :) Il faut que tu travailles ta force de saisie. Hier soir au casino, tu as failli te faire ratatiner par ce type, parce que tu n'arrivais pas à le contrôler. Tu n'as pas l'expérience pour boxer avec ce genre de mec, alors il faut que tu les obliges à combattre comme tu sais le faire. Si tu arrivais à saisir fermement le poignet de ton adversaire, tu l'empêcherais de t'envoyer un coup de poing.

Tout ça était plein de bon sens, mais je répliquai quand même :

– Que je travaille ma force de saisie ? T'es sérieuse ?

Khadjee haussa un sourcil et envoya la balle dans la cuisine. Rosie se fit une joie de courir après. Et Khadjee se mit face à moi, en garde, bras levés.

– Essaie de m'attraper.

Je saisis ses petits poignets en encerclant de mes mains ses os tout frêles. Elle recula brusquement, m'obligeant à tendre les bras, tourna ses poignets et se libéra instantanément.

– Tu dois toujours tourner les poignets vers l'intérieur, m'expliqua-t-elle. Mais même si j'utilise cette défense, tu devrais avoir une prise assez forte pour ne pas me lâcher. Si tu n'y arrives pas avec moi, comment veux-tu y arriver avec un *brawler* ?

C'était clair. Un peu honteux, j'approuvai d'un signe de tête. Rosie revint près de nous et Khadjee regarda la balle gluante de bave.

– Maintenant, tu prends cette balle et, pendant qu'on court, tu la malaxes le plus fort possible. Main droite à l'aller, main gauche au retour. Lustrer, frotter. Comme dans *Karate Kid*. Compris ?

– Affirmatif, chef.

Toute la journée, j'avais espéré qu'on parlerait du combat de la veille, qu'on en ferait la critique, pour en arriver, peut-être, à l'épisode du wagon de marchandises. Curieusement, j'avais hâte de me confesser, alors qu'elle avait assisté à la scène. Mais ça n'avait pas l'air de l'intéresser.

Au lieu de suivre notre parcours habituel jusqu'au parc de Wildwood, elle prit le Harvey Taylor Bridge en direction de Camp Hill, là où j'habitais. Je stressai un peu quand une voiture de flics nous doubla. Je tirai sur le cordon de ma capuche pour la rabattre sur mon front, mais en fait je ne voyais pas pourquoi des flics de banlieue se lanceraient dans une vraie chasse à l'homme. Il n'y avait pas d'avis de recherche avec ma photo placardés partout. À un moment, il fallut grimper une colline, toujours au pas de course. Une fois en haut, on était à huit cents mètres de chez Perkins où ma mère travaillait de nuit. Ça me rappela que, quand elle était de l'équipe de nuit, elle avait droit à des repas à moitié prix et, souvent, le matin, je trouvais dans le frigo des croquettes de poulet roulées dans des serviettes en papier. Est-ce qu'elle continuait à rapporter de la bouffe à la maison, par habitude ? J'étais sûr et certain que ma mère se faisait du mauvais sang pour moi et j'avais très envie de la voir pour lui dire que j'allais bien. Même si ce n'était pas tout à fait la vérité.

Après avoir traversé toute la banlieue de Camp Hill, on arriva au Seibert Park où se trouvent une piscine municipale, un terrain de jeu et le stade de foot du lycée. Toujours en petite foulée, on courut jusqu'en bas de la colline très en pente. Mon père m'y emmenait faire de la luge quand j'étais en primaire. Après, on allait faire une pause près des ruines de la vieille cabane en pierre, et là, il sortait de la poche de son gros manteau d'hiver des barres de céréales au chocolat : on aurait dit un tour de magie.

Khadjee continua jusqu'au petit bois isolé au milieu du parc et nous fit traverser un ruisseau. Comme tous les gosses de Camp Hill, je connaissais bien ce chemin. Il suivait le filet d'eau qui s'écoulait jusqu'à la rivière Conodoguinet nichée entre deux coteaux boisés. Quelque chose dans ce bois, peut-être la façon dont les hautes branches des arbres s'entrelaçaient pour former une canopée, faisait que l'on s'y sentait comme dans une cathédrale déserte, sereine et sacrée. Je ne sais pas pourquoi j'ai toujours mieux senti la présence de Dieu seul qu'au milieu d'autres gens. Khadjee courait au milieu du chemin. Finalement elle s'arrêta près d'un banc qui rendait hommage à « Cecilia qui aimait marcher en forêt », comme l'indiquait la plaque.

– On va à la rivière ? plaisantai-je. Tu veux pêcher l'écrevisse, ou quoi ?

Son visage se détendit, s'adoucit presque. Puis elle dit, d'un ton mélancolique :

– Ma mère et moi on descendait parfois sur la Conodoguinet avec une grosse bouée, on se laissait porter par le courant, au soleil. Une fois on a même vu un pygargue à tête blanche.

– À t'entendre, c'était une époque heureuse, avançai-je en pesant bien mes mots.

Ses traits se crispèrent. Elle semblait perdue dans ses pensées. Elle secoua la tête et reprit son expression normale.

– Ça va, ta main ? me demanda-t-elle.

Plutôt que de lui demander ce qui lui avait traversé l'esprit, je regardai ma main qui tenait la balle de tennis. Est-ce que je l'avais malaxée constamment ? Oui, presque tout le long du chemin.

– Ça va, répondis-je. (Je tapai plusieurs fois sur mon avant-bras.) Ça commence à chauffer sérieux.

– Et c'est pas fini, répliqua-t-elle avant de s'enfoncer dans le sous-bois en se frayant un passage entre les épais fourrés. Je la suivis sur une trentaine de mètres, jusqu'à une paroi rocheuse verticale haute comme un immeuble de trois étages. Je savais qu'au-dessus il y avait un quartier chic où j'allais quémander des bonbons, le soir de Halloween, quand j'étais petit. Les familles riches donnaient des grosses barres chocolatées, pas seulement les mini.

Sans un mot Khadjee s'approcha du mur, leva un bras, trouva une prise et se hissa au-dessus du sol. Je la regardai grimper, faisant une pause ici et là pour étudier ses options, enfoncer ses baskets dans des fissures, chercher une prise du bout des doigts. On aurait dit une sorte de Spider-Woman qui escaladait un gratte-ciel.

En moins de dix minutes elle avait atteint le sommet. Elle se retourna et me regarda de là-haut.

– À toi, maintenant.

– T'es malade ?! hurlai-je.

– Possible. Mais tu vas quand même grimper. Essaie.

Je revis la corde lisse de la salle de sport du lycée, Gallaher, en bas, qui m'ordonnait de ne pas utiliser mes jambes, et moi qui galérais pour aller toucher la cloche, tout en haut. L'escalade n'a jamais été mon truc. Mais, depuis le sommet de la paroi, les yeux verts de Khadjee me fixaient avec une telle insistance que j'avançai jusqu'au pied du mur. Vu d'ici, il paraissait encore plus haut. J'étendis un bras pour trouver ma première prise. Je me soulevai et j'entamai mon ascension.

Au début je me débrouillais mieux que je ne l'aurais cru. C'était bon de sentir la fraîcheur de la roche contre ma joue. Évidemment, mes doigts s'écorchaient sur les arêtes et mes genoux nus râpaient contre la pierre. Mais mon corps apprit vite que le seul moyen de grimper était de soulager la main ou le pied qu'il fallait déplacer, et déplacer vite, pour trouver la meilleure prise. Mes muscles se connectaient peu à peu pour participer à l'effort. Bientôt il me sembla que tous, deltoïdes, grands dorsaux, quadriceps, avaient complètement fusionné.

La sueur qui dégoulinait sur mon front me piquait les yeux. Mais je ne pouvais que cligner des paupières pour la chasser. Plus je montais, plus j'avais de mal à trouver un bon ancrage. Je commençai à être moins sûr de moi quand j'étirais un bras pour trouver une prise, j'allais chercher moins loin. Je ralentissais. Du coin de l'œil, j'aperçus Khadjee sur une pente, à côté de la paroi rocheuse. Elle se laissait glisser sur un lit de feuilles pour redescendre. Revenue au pied du mur, elle me dit :

– Tu t'en sors bien. Tu as presque fait un tiers. Ne t'arrête pas.

Un tiers ? Pas possible ! Je pensais être beaucoup plus haut. Mais en regardant en bas, je vis bien que le tapis de feuilles n'était qu'à trois mètres au-dessous de moi. Accroché par le bout des doigts et des orteils, je jurai tout bas.

– J'y arriverai jamais.

– J'y suis bien arrivée, moi.

– Tu es plus petite que moi.

– C'est vrai, admit-elle. Et mes muscles aussi sont plus petits.

Quelque chose me frappa les fesses. Je me tordis le cou pour voir. Elle me fouettait avec une longue branche.

– Monte, m'ordonna-t-elle. La pause est finie. Au lieu de penser « il faut que j'aille jusqu'en haut », concentre-toi sur ton prochain mouvement. Quelle que soit la difficulté de la tâche à accomplir, on y arrive étape par étape.

– D'où tu sors ça ? D'un manuel de développement personnel ?

– C'est mon oncle qui me l'a appris, dit-elle en me donnant un coup de baguette qui faillit me faire lâcher le pied gauche. S'il était là, il te remonterait les bretelles. Non mais sérieusement, c'est pas différent d'un match. Tu penses un seul mouvement à la fois.

Après quelques brèves inspirations, j'aperçus une étroite saillie, à trente centimètres de ma main gauche, en diagonale. J'étendis le bras pour l'atteindre, j'assurai ma prise, puis je tâtonnai avec ma basket gauche jusqu'à ce que la semelle s'accroche à un minuscule affleurement rocheux. En me déplaçant ainsi, je pris un peu de hauteur. Mais chaque centimètre gagné me coûtait. La brûlure, dans mes muscles, devenait plus cuisante, plus aiguë. Ça me faisait du bien d'être concentré sur quelque chose de physique, absorbé par une tâche simple et exemplaire. De nouveau je me demandai ce que Than trouvait, dans le noir, quand il méditait.

J'avais de plus en plus de mal à m'accrocher sans douter de mes prises. Je comptais toujours davantage sur mes jambes pour porter mon poids. Résultat, mon mollet droit se mit à tressauter et à trembler, comme avant une crampe. Je soulevai la jambe, j'essayai de la secouer, mais du coup je n'étais plus accroché que par une main et ça devenait intenable.

– Je vais tomber, dis-je.

– C'est une possibilité, répondit calmement Khadjee.

– Qu'est-ce que je dois faire ?

J'étais à cinq mètres de haut et sur le point de lâcher prise. Au bruit de ses pas dans les feuilles, je devinai qu'elle reculait pour s'éloigner de là où je risquais d'attérir.

– Je te conseille d'éviter les gros rochers.

Avant que mes bras ne m'abandonnent tout à fait, je fis de mon mieux pour me soulever et m'écarter le plus possible de la roche. Mais la pesanteur eut raison de moi. Je m'écrasai au sol, au milieu des brindilles, des feuilles et des cailloux moussus.

Je vis Khadjee se pencher sur moi et, au-dessus, le mur et le ciel.

– Tu tombes bien.

Je roulai sur moi-même pour m'éloigner de la pierre grosse comme un pamplemousse que j'avais sous la nuque et je me redressai.

– J'ai de l'entraînement.

– Il faut continuer, dit Khadjee, en me tendant une main pour m'aider à me relever. Elle repartit à travers les fourrés en levant haut les pieds, enjamba un arbre mort et nous ramena sur le chemin. Arrivés au banc de Cecilia on s'assit tous les deux. Au-dessus de nos têtes, les oiseaux voletaient de branche en branche. À côté le ruisseau coulait avec un doux clapotis. Il tourbillonnait autour des pierres en gargouillant.

– C'est toujours apaisant, d'être au bord de l'eau, dis-je.

Khadjee se leva brusquement.

– Parle pour toi.

J'avais encore gaffé. Khadjee semblait tendue et gênée d'avoir répondu aussi sèchement. Aussi j'essayai de bifurquer vers un terrain moins miné.

– Ce serait bien qu'on travaille mon coup de pied.

– Tu n'as pas besoin des coups de pied. Les coups portés à distance, c'est pas encore pour toi. Il faut des années pour les maîtriser vraiment. Ton prochain match est dans deux jours, alors il vaut mieux que tu te battes à ta façon.

C'était logique, mais j'avais quand même envie de découvrir autre chose.

– Je sais, je sais. *Ground and pound.* Mais bon, quand

est-ce que tu m'apprendras une bonne vieille prise secrète qui me rendrait invincible ?

Elle se retourna, l'air terriblement grave, tout à coup. Puis, revenant s'asseoir près de moi, elle posa solennellement une main sur ma cuisse.

– En escaladant ce mur, tu vas me montrer ce que tu vaux. Ensuite seulement je te révélerai un mouvement secret qu'on appelle la Griffe du Tigre. (Elle plia légèrement les doigts et fit mine de griffer l'air.) Il date du roi Sri Saan Petch et se transmet de père en fils depuis le XVIIIe siècle. Ça s'arrête à la treizième génération, celle de mon oncle, puisqu'il n'a pas de descendant mâle. Lui et moi avons le même rêve. Et c'est toi que nous avons choisi. Tu es l'élu.

Je la dévisageai, ébahi. Elle soutint mon regard pendant au moins trente secondes, sans ciller, puis un sourire rayonnant illumina son visage et elle me dit :

– Tu regardes trop de films.

Son rire résonna avec douceur dans la forêt.

– Ça n'engage à rien de demander.

– Tu dois frapper plus fort que l'adversaire. C'est ça le secret.

– Je m'en souviendrai.

– Bien. Et la prochaine fois que tu regardes un de ces films stupides, demande-toi pourquoi les élus sont toujours des petits Blancs.

Je fus pris au dépourvu. Khadjee en profita pour passer ma garde et continuer.

– Sérieusement, tu ne t'es jamais demandé pourquoi ce n'est pas quelqu'un dans mon genre qui a pour mission de sauver le monde ?

Je réfléchis une minute avant d'avancer :

– Peut-être que le cinéma américain s'en tient toujours aux mêmes recettes. Peut-être qu'ils ont peur de prendre des risques ?

– Oui, je sais bien, fit-elle. Le monde est comme ça. Rien ne change jamais. Ce qui ne veut pas dire que c'est juste. Au printemps dernier, au lycée…

Khadjee s'interrompit et se mordit la lèvre. Un étrange silence tomba. Haussant les épaules, je dis :

– Moi non plus, je trouve pas ça juste. Mais je n'y avais jamais vraiment réfléchi.

– Non, dit Khadjee en regardant autour d'elle. Pourquoi quelqu'un comme toi réfléchirait à ça ?

Je pris une inspiration et je joignis les mains.

– Bon, et alors, tu trouves que je devrais m'excuser d'être un petit Blanc ?

Elle tourna la tête vers moi, l'air sérieux. Sans que j'aie le temps de réagir, elle m'envoya, du plat de la main droite, un coup dans le nez qui fit partir ma tête en arrière. Je m'étais à peine redressé qu'elle se leva d'un bond et me gifla violemment la joue avec la main gauche.

– Non, dit-elle. Tu devrais plutôt t'excuser d'être trop lent et de ne pas être foutu de balancer un bon coup de pied.

On éclata de rire tous les deux. Je reniflais à cause du

coup dans mon nez et me frottai la joue. Puis très calmement, elle me dit :

– Je ne te demande pas de tout comprendre, mais c'est bien, Mac, tu sais écouter. La plupart des garçons comme toi n'en sont pas capables. Avec toi, au moins il y a de l'espoir.

À son ton, je compris qu'elle n'avait aucune suggestion à me faire sur la façon de transformer cet espoir en réalité. Dans le silence qui suivit, j'eus envie de lui demander ce qui s'était passé au lycée. Mais à cet instant, elle me faisait penser à un lutteur qui veut conserver son avantage dans la troisième *période* : elle restait à distance et protégeait sa garde. Au même moment, deux joggeurs apparurent au bout du chemin. Ils avancèrent lentement puis passèrent entre nous avant de descendre vers la rivière. Je sentis Khadjee se raidir.

– Mac, à propos d'hier soir...

– Je n'en suis pas fier. Je préférerais oublier Leonard.

– Ce n'est pas ce que je voulais dire.

– Mais... ?

– Ça m'inquiète. Ça m'a tracassé toute la journée. En cours, je n'arrêtais pas de penser à la façon dont tu...

– J'y étais, coupai-je encore. Pas la peine de me raconter.

Khadjee raclait le bord du chemin avec son talon.

– C'est juste que... (Elle hésita avant de poursuivre.) Pour bien se battre, il faut être passionné. Et bien sûr, un peu de colère peut t'aider. Mais si la haine, la rage, ou je ne sais quel instinct animal s'empare de toi, ça risque de t'aveugler. Quand tu ne vois pas les choses clairement...

Je me levai et fis quelques pas vers la rivière.

– C'est cette rage qui m'a permis de remporter plus d'une centaine de matchs ces quatre dernières années.

– Tant mieux. Mais alors essaie de la voir comme un adversaire. Soit tu la domines, soit c'est elle qui te domine, d'accord ? Je me demande simplement d'où vient cette colère et je m'inquiète de savoir où elle peut te conduire.

Elle se rapprocha de moi et quand elle posa gentiment la main sur mon bras, je me dégageai brusquement. Puis je me retournai pour lui faire face.

– Qu'est-ce que tu veux que je te dise ? Que mon père a perdu son sang-froid et qu'il est devenu incontrôlable ? Que les flics ont été obligés de l'enfermer ? C'est pas compliqué, comme histoire.

Elle hocha pensivement la tête.

– Je suis désolée. Sincèrement. Tu ne l'as pas vu depuis combien de temps ?

Est-ce qu'elle était désolée qu'il soit en prison ou désolée qu'il ait agi comme ça ?

– Huit ans. Huit anniversaires. Huit Noëls. Comme tu vois, je compte même plus.

Après un silence elle me demanda :

– Et tu lui as rendu visite ?

Je lui lançai un regard noir aussi violent qu'une gifle. Mais avant que j'aie le temps de m'excuser, des voix, plus loin sur le chemin, attirèrent notre attention. Trois jeunes garçons venaient dans notre direction. Deux d'entre eux avaient des bâtons, le troisième regardait son téléphone. Ils passèrent près de nous et disparurent vers la rivière.

Khadjee attendit qu'ils ne puissent plus nous entendre.

– Je ne te demande pas de me raconter ta vie. Seulement… écoute, je sais que ça va te paraître ringard, mais dans le bureau de la conseillère d'orientation de mon lycée il y a une affiche qui dit : « La vie, c'est comme les barres parallèles. Il faut en lâcher une pour attraper la suivante. »

Les muscles de mes avant-bras étaient encore endoloris par l'escalade. Je les frottai l'un après l'autre.

– J'en reviens pas que tu m'aies fait escalader ce putain de mur.

Elle s'avança et massa mes muscles pour les décontracter jusqu'à ce qu'ils se relâchent, comme un poing qu'on desserre.

– Tant mieux, me dit Khadjee. Il sera encore là demain et on pourra réessayer. C'est comme ça, avec ce genre de paroi.

– Quoi ?

– Elles vous laissent toujours la possibilité de recommencer.

Là-dessus, elle reprit le chemin en sens inverse, en courant plus tranquillement. On refit le même parcours à travers le parc et je m'aperçus que notre conversation m'avait perturbé. Ça ne me plaisait pas qu'elle m'ait vu aussi bouleversé par l'histoire avec mon père. En général courir me vide la tête, mais grâce à Khadjee, je n'arrivais plus à oublier à quel point ma vie était merdique. J'avais déçu ma mère, foutu toute ma scolarité en l'air, sans parler du pétrin dans lequel je m'étais mis avec Sunday. C'était comme un mur d'un kilomètre et demi de haut qui se dressait devant moi et que je ne pourrais jamais escalader. Ma vie était cassée et j'étais incapable de la réparer.

Après avoir traversé le complexe hospitalier, on prit un raccourci pour rejoindre le pont et, de l'autre côté de la montée, j'aperçus le gigantesque drapeau américain qui flottait devant chez Perkins. Je pensai à ma mère, à ce qu'elle avait dû vivre ces derniers jours. Et même si je ne savais pas du tout comment j'allais pouvoir escalader ce mur infranchissable, je savais ce que j'allais faire tout de suite.

– Hé, criai-je à Khadjee qui courait devant. J'aurai peut-être un service à te demander, ce soir.

9

Quand on est rentrés à la maison, Than était endormi dans son fauteuil, dans le séjour. À la télé, il y avait l'émission de télé-réalité *Judge Judy*. Khadjee fila dans la douche et je me surpris à rôder derrière la porte, en tendant l'oreille. J'avais un peu l'impression d'être un obsédé. Comme je m'y attendais, une fois la douche ouverte à fond, un léger fredonnement se fit entendre. Fredonnement qui devint bientôt une chanson d'une douceur que je n'avais jamais encore entendue. Il y avait de la souffrance dans la voix de Khadjee, et de la tristesse aussi. Mais par-dessus tout ça, une détermination farouche.

La douche s'arrêta. Pour ne pas être pris en flagrant délit, j'allai promener Rosie. À mon retour je fis un peu de ménage pendant que Khadjee réchauffait au micro-ondes un plat surgelé de bœuf aux brocolis. Manger revigora un peu Than. J'aurais bien aimé complimenter Khadjee pour sa chanson, sans paraître trop lourd, mais Than et elle n'arrêtaient pas de discuter en thaï. De temps à autre, ils me regardaient tous les deux. Than hochait la tête et pinçait les lèvres, visiblement ennuyé.

On avait presque fini de dîner quand il se tourna vers moi.

– Ma nièce me dit que tu aurais besoin de cours pour contrôler ta colère, Eddie. C'est quoi le problème ?

Je ne voulais rien cacher au vieil homme, mais comment lui raconter pourquoi ma mère avait un œil abîmé et pourquoi mon enfance tenait plus du cauchemar que du conte de fées ? C'était une longue histoire et je ne savais pas par où commencer.

– Peut-être que je suis foncièrement méchant.

Sortant sa fourchette de sa bouche, il secoua la tête.

– Tu n'es pas plus méchant que Rosie.

En entendant son nom la chienne, qui dormait en boule par terre, se leva et vint poser son museau sur les cuisses du vieil homme.

Than reprit :

– Tu es violent mais aussi loyal et tendre.

Je posai brusquement mon verre d'eau.

– Faut pas me traiter de tendre ! m'écriai-je.

– Du calme, dit Khadjee en posant sa main sur la mienne. C'est un compliment dans sa bouche. Gentil, si tu préfères.

Than était décontenancé par mon coup de gueule. Il caressa Rosie sur la tête et dit :

– La colère est pareille au feu. Avec un peu de feu, tu peux faire cuire ta nourriture ou te chauffer. Mais un feu qu'on n'arrive pas à maîtriser peut brûler une maison ou un quartier, tu sais ? Un feu peut calciner le flanc d'une montagne.

Je me levai et attrapai mon bol.

– Ne le prenez pas mal, oncle Than, mais j'ai déjà eu droit à ce sermon aujourd'hui dans la forêt. Donnez-moi ma pénitence tout de suite et qu'on n'en parle plus.

J'avançai d'un pas lourd jusqu'à l'évier. J'entendis Khadjee, derrière moi.

– Si quelqu'un te sermonne, c'est peut-être qu'il y a certaines choses que tu dois entendre, Mac. Et pour information, nous sommes bouddhistes.

Là, je n'avais pas de réponse.

Après le dîner, Khadjee feuilleta un livre qu'elle avait pris à la bibliothèque de son lycée : *50 carrières médicales*. Ensuite elle se replongea dans un autre test d'aptitude scolaire (est-ce que je connaissais la différence entre *corollaire* et *ancillaire* ?). Pendant ce temps, je regardai des vidéos de boxe thaïe avec Than. Il avait déjà repris des couleurs, ça allait nettement mieux que la veille, à tel point que plusieurs fois il s'énerva après la télé, en thaï. Je tentai de trouver une occasion de m'excuser d'avoir perdu mon sang-froid, au dîner, même si Than n'en avait visiblement rien à faire.

À un moment, entre deux combats, il me lança :

– Mon frère disait toujours qu'un bon combattant est comme un guerrier. (Il frappa sa cuisse et ses deux bras.) Des boucliers, pour la défense. (Il tendit un bras tout maigre.)

Une épée pour l'attaque. (Il replia le bras, fit un mouvement de balancier avec son coude puis tapota son avant-bras.) Un couteau pour frapper de près. (Et enfin, il déplia la seule jambe qui lui restait, pointe de pied tendue.) Et la lance.

– Pas de coups de pied ! cria Khadjee depuis la cuisine.

Than sourit en haussant les épaules, puis il passa la main le long de sa jambe, celle qui se terminait par un moignon au niveau du genou.

– Ça sert à rien de toute façon, ma lance est cassée, dit-il en riant de sa propre blague.

Quelques heures plus tard, Khadjee aida son oncle à se coucher, après quoi on retourna tous les deux vers la rivière, à Camp Hill. Il faisait nuit et l'air était plus frais. On partit en petite foulée. Au milieu du pont, je lui demandai ce qui était arrivé à la jambe de Than.

– Le diabète. Son pied s'est gangrené et il a fallu l'amputer.

– Et sa toux, alors, c'est le diabète ?

– Non. Mais il a pris froid et ça ne passe pas. En plus, il se procure des cigarettes, je ne sais pas comment. Si je trouve le fumier du quartier qui lui en file, je te montrerai une prise d'étranglement comme tu n'en as jamais vu.

Comme elle regardait fixement ma gorge, je ressentis le besoin de lui avouer que j'avais acheté à Than des Peppermint Patty.

– Je l'aime bien. Mais il n'a pas maltraité seulement son corps. Pour quelqu'un qui parle autant d'actions justes, il a fait beaucoup de mauvais choix, tu peux me croire. Des choix qui lui ont sacrément compliqué la vie.

Je faillis ajouter « et la tienne » mais je crois que c'était sous-entendu. Khadjee avait l'air de ruminer.

De l'autre côté du pont, sur la rive ouest, il fallait marcher sur la bande d'arrêt d'urgence pour grimper vers Camp Hill. On passa sous un pont qu'un train traversait en ferraillant. Les voitures roulaient vite et tellement près de nous qu'on sentait à chaque fois un appel d'air. Je reculai dans l'ombre et passai une main sur ma barbe. Elle était assez fournie maintenant pour que je n'aie plus tout à fait le même visage. En plus, je rabattais toujours ma capuche sur ma tête. Ce n'était pas un déguisement génial, mais je n'allais quand même pas me teindre les cheveux ou une connerie comme ça. Ce silence entre nous commençait à me taper sur les nerfs. Surtout que je ne voulais pas trop penser à notre destination. Aussi pour faire diversion, je demandai à Khadjee :

– Ce que tu as dit tout à l'heure, que vous êtes bouddhistes, c'était une blague ou quoi ?

Elle me jeta un regard mauvais et s'arrêta.

– Ça y est, Mac. Tu recommences à te mettre dans la peau d'un petit Blanc qui a grandi dans un cocon douillet.

– Pardon, dis-je. Je suis curieux, c'est tout.

Elle secoua la tête et se remit à marcher.

– Tu vas pas me dire que tu n'as jamais rencontré de bouddhiste ?

– Comment tu as deviné ? Tu lis dans mes pensées, grâce à tes pouvoirs mystiques ?

Ma blague la dérida. Elle s'efforça de dissimuler son sourire, tandis qu'on recommençait à courir. Cinq mètres plus loin, je repris :

– C'est vrai. J'aimerais bien savoir. C'est quoi, au juste ? La statue en bronze qui est dans le séjour, c'est Bouddha ?

Soit elle en avait marre de mes questions, soit elle comprit que je ne déconnais pas.

– Je te fais la version courte ? Le Bouddha vivait au VIe siècle avant Jésus-Christ. C'était un prince, l'héritier légitime du trône, mais il renonça à la richesse pour chercher la vérité. Ce qu'il a découvert, c'est que la plus grande cause de toutes les souffrances est le désir. Donc pour ne plus souffrir, il faut cesser de désirer.

– C'est pas possible, commentai-je.

Elle me lança un regard froid.

– D'après ce que j'ai entendu, votre type à vous veut que vous cessiez de pécher.

– Très juste.

Quand on arriva au sommet de la colline, je pensai à saint François qui, comme Bouddha, avait rejeté une vie de richesse pour se rapprocher de la paix.

– Je vais te dire autre chose, ajouta Khadjee, derrière moi. Bouddha enseigne que l'esprit est la source de tout : le bonheur, le chagrin, la colère.

Je m'arrêtai pour lui faire face.

– Je te parie un dollar que Bouddha ne s'est jamais fait cogner par son père.

Khadjee laissa son regard errer dans la forêt. Mon commentaire lourdingue mit brutalement fin à notre conférence sur les religions du monde.

Le panneau lumineux de Perkins disait « Essaye znos nouveau xmen us ». Ça n'avait aucun sens, mais je finis par comprendre que quelqu'un avait fait n'importe quoi avec les lettres. Ce restaurant se trouve sur un immense parking, près d'un hôtel Radisson et d'un ensemble d'immeubles de bureaux. Juste à côté, en bas d'une petite pente herbeuse, il y a une station-service derrière laquelle on se faufila, Khadjee et moi, pour finaliser le plan. Je lui donnai un billet de cinq dollars avec un petit mot caché dedans, en lui disant :

– À cette heure-ci, il n'y a pas tellement de monde. Tu rentres et tu donnes ça à la personne qui est derrière le comptoir, n'importe laquelle. T'as qu'à lui dire que c'est Janice qui t'a servie tout à l'heure et que tu as oublié de lui laisser un pourboire.

Khadjee acquiesça en prenant le billet et le mot.

– Si quelqu'un te regarde de travers, un flic ou autre, tu te barres. Sinon, va jusqu'au tunnel qui passe sous le train. J'y serai dans quinze, vingt minutes, selon l'heure à laquelle ma mère prend sa pause.

– Sois prudent, me dit Khadjee, sans bouger.

Derrière la station d'essence, il y avait peu de lumière, et dans l'ombre, je ne voyais pas distinctement son visage. Mais il me sembla qu'elle m'envoyait un baiser, juste pour me souhaiter bonne chance. Cette idée me fit chaud au cœur et je me penchai pour approcher mon visage du sien. Nous nous figeâmes alors l'un et l'autre. Nos lèvres se touchaient presque. Khadjee recula d'un pas.

– Bon, on se retrouve sous le pont de chemin de fer, me dit-elle en attaquant la colline.

Seul à présent derrière cette station-service, même tapi dans l'ombre, je me sentais en danger, j'avais peur. De la sueur perla dans ma nuque. Si on me demandait ce que je faisais là, je n'avais aucune raison valable à donner. Je songeai à entrer acheter quelque chose dans la boutique, genre une canette de soda, juste pour avoir une excuse. Mais dans ce genre d'endroits, il y a des caméras au plafond. Tout est filmé et enregistré. Je ne savais pas si les flics me recherchaient activement ou pas. Je n'avais pas commis de meurtre ni de hold-up, pas de quoi lancer une chasse à l'homme avec des hélicoptères et des chiens. Mais, d'un autre côté, Camp Hill c'est tout petit, et ma baston avec l'arbitre avait fait beaucoup de bruit, on en avait parlé dans le journal local. Donc il était tout à fait possible que Harrow surveille ma mère de loin.

C'est pourquoi dans mon mot j'avais simplement écrit : « C'est moi. Si la voie est libre, descends vers la station d'essence à ta prochaine pause. Je suis près de la benne à ordures. »

J'étais sûr qu'elle prendrait une pause tout de suite, si on le lui permettait. Et c'est exactement ce qui se passa. Khadjee n'était pas partie depuis cinq minutes que je vis ma mère apparaître en haut de la pente. Elle courait vers moi, dans son uniforme de serveuse. Elle faillit trébucher dans la partie mal éclairée et elle courait tellement vite qu'elle serait tombée si je ne l'avais rattrapée quand elle arriva en bas. Elle s'effondra dans mes bras en sanglotant. Je l'enlaçai en faisant attention de ne pas serrer trop fort. C'était chaud, c'était bon, cette étreinte, je n'avais pas envie qu'elle s'arrête, mais je savais que maman avait peu de temps et qu'on pouvait nous surprendre à tout moment. Quand je me dégageai, elle tamponna ses yeux et me caressa le visage.

– Tu n'es pas rasé.

Je ris, et là, elle me bombarda de questions.

– Où étais-tu ? Pourquoi tu es parti ? Tu dors où ? Qui était cette fille ?

Je levai les deux mains et chuchotai :

– Attends. Tout ce qui compte c'est que j'aille bien. Je suis en sécurité et je m'occupe de moi. Je m'en veux de ne pas avoir pu te dire au revoir.

– Alors, c'est tout ? Tu es juste venu me dire que tu repars ? Il faut que tu viennes avec moi. Maintenant. On va téléphoner à l'inspectrice Harrow. Elle se fait du souci pour toi. Elle dit que l'avocat commis d'office, M. Quinlan, pense toujours que…

– Maman, on n'appelle pas la police. Je ne vais pas me rendre. Il n'est pas question que j'aille en prison, même pas une journée.

Elle ravala ses larmes, troublée et un peu en colère.

– Qu'est-ce que tu vas faire, alors ? Te cacher toute ta vie ? Fuir ?

Je croisai les bras.

– J'essaie d'arranger les choses, pour que tout rentre dans l'ordre, dis-je d'une voix aussi chaleureuse que possible.

Elle ne dit plus rien. Une jeune employée de la station-service, maigre comme un clou, apparut par une porte latérale qui nous éclaira faiblement en s'ouvrant. Elle traîna un sac poubelle jusqu'à la benne qui se trouvait à quatre mètres de nous, l'ouvrit et y jeta le sac. Le couvercle métallique fit un gros bruit en retombant. S'éloignant de nous, la jeune fille marcha vers le parking. J'étais presque sûr qu'elle ne nous avait pas vus. Dès qu'elle fut loin, ma mère murmura :

– Tu me fais peur, Eddie. Je croirais entendre ton père.

Maman savait qu'elle me blesserait en disant ça et, en effet, ces mots me frappèrent avec la force d'un direct dans le ventre. J'avais envie de partir, mais il fallait que je fasse ce pour quoi j'étais venu. Je sortis de ma poche arrière l'enveloppe que Sunday m'avait donnée. Elle contenait quatre-vingts billets de vingt dollars. Je la lui tendis et elle la prit.

– Qu'est-ce que c'est que ça ?

– C'est pour toi. Il y en aura d'autres, plus tard. Peut-être beaucoup d'autres.

Elle souleva le rabat de l'enveloppe et plongea les doigts dedans. Elle en sortit plusieurs billets et, malgré la pénombre, je vis ses yeux s'agrandir. Elle secoua la tête.

– Eddie ! Ça vient d'où ?

– Aucune importance.

Elle laissa l'enveloppe tomber par terre et enfouit son visage dans ses mains. Ses cheveux poivre et sel tombaient de chaque côté de ses joues comme un voile.

– Je t'en prie, je t'en supplie, reviens avec moi à la maison.

Je ramassai l'enveloppe et la lui tendis de nouveau.

– Non, je ne vais pas revenir. Je veux que tu prennes ça.

– Ça ! s'écria-t-elle, les joues baignées de larmes. Je n'y toucherai pas ! Je ne comprends pas ce qui t'arrive !

– Qu'est-ce qui se passe là-bas ? Il y a un problème ? demanda une voix.

L'employée maigrichonne se tenait près de la benne à ordures, un carton dans les mains.

Maman se retourna vers le snack Perkins, au-dessus de nous.

– Il faut que j'y retourne. Kevin va me demander pourquoi je suis partie si longtemps.

Comme elle commençait à remonter, j'avançai une main et lui saisis le poignet, l'obligeant à s'arrêter. Elle baissa les yeux vers moi et j'agitai l'enveloppe sous son nez.

– J'ai travaillé dur pour gagner cet argent. Il te sera utile. Prends-le.

Elle tira un peu pour se dégager, mais spontanément je maintins ma prise avec fermeté. Je sentais ses os tout fins sous mes doigts.

– Lâche-moi, Eddie. (Elle s'inclina en arrière pour essayer de libérer son bras.) Tu me fais mal !

Quelque chose passa dans ses yeux et dans sa voix, quelque chose comme de la peur.

Effaré, je lâchai son poignet et je retirai ma main, comme si j'avais touché un réchaud brûlant. Maman avait tiré tellement fort que, maintenant, elle chancelait. Elle tomba à la renverse. Les billets s'éparpillèrent dans l'herbe.

– Hé ! cria l'employée en laissant tomber son carton.

Les genoux ramenés sous son menton, maman leva vers moi des yeux inondés de larmes. Son œil paresseux regardait la colline, cherchant peut-être une issue. Elle ramena son bras sur sa poitrine, comme une aile cassée, et posa son autre main dessus.

– Maman ! Oh merde. Attends. Je ne voulais pas...

Elle se racla la gorge et dit :

– Va-t'en ! Va-t'en !

Je ne savais pas si elle s'adressait à moi ou à la fille, mais celle-ci répondit aussi sec :

– Tu parles que je vais m'en aller !

Elle commença à avancer vers nous en sortant un portable de sa poche arrière. Je sentis en moi un déclic. Je bondis comme un lapin effrayé, m'arrachai illico, laissant là la fille et ma mère, honteux de ce que je venais de lui faire. Je slalomai entre les pompes à essence et disparus dans la circulation dense. Une voiture freina brutalement, une autre klaxonna, mais je me gardai bien de ralentir ou de me retourner. Je courus à toute allure, traversai le terrain de sport de l'école privée et m'enfonçai dans les broussailles, sur le bas-côté de la route. Une minute plus tard, des sirènes se mirent à hurler au loin derrière moi. Je me demandai si c'était une voiture de police lancée à ma poursuite ou une ambulance de l'hôpital du Saint-Esprit envoyée pour ramasser ma mère. Même quand je rejoignis Khadjee, je ne m'arrêtai pas. Je passai près d'elle à toute vitesse et elle m'emboîta le pas. Traversée du pont au pas de course, entrée dans Harrisburg, passage au-dessus de la rivière. Je crois que Khadjee me posa des questions, mais je ne répondis pas. Je courais, je courais, je fuyais ce que j'avais fait, je fuyais ce que j'étais en train de devenir.

10

Comme prévu, mon premier combat officiel eut lieu quelques jours plus tard, un dimanche soir. Blalock nous embarqua en voiture, Khadjee et moi. Il roula vers le sud en empruntant l'autoroute 83, presque jusqu'à York. Cette fois encore, il prit une sortie qui bifurquait vers une route de campagne sinueuse au bout de laquelle se trouvait une casse automobile. «Vic'Casse» indiquait le panneau terni accroché à la grille. Grunt nous y attendait, comme le soir du combat dans la grange. Blalock avança au milieu d'un océan de voitures abandonnées dont l'avant était défoncé, les pneus absents ou le pare-brise en miettes.

À côté du bureau, un espace dégagé servait de parking. Une douzaine de voitures de luxe y étaient garées, dont la limousine de Sunday. Étrange contraste avec le cimetière d'épaves. Une cinquantaine de spectateurs s'agglutinaient autour de quelque chose qui brûlait. Blalock passa devant au ralenti.

– Que le spectacle commence ! lança-t-il.

Mon cœur se mit à cogner comme un fou dans ma poitrine.

Il gara la voiture près d'un compacteur entouré de cubes de tôle compressée. En passant à pied devant le bureau – une caravane miteuse près de s'effondrer – des dobermans nous firent sursauter. Ces chiens noirs comme du charbon foncèrent sur nous en mordant l'air à grands coups de mâchoires. Je m'interposai entre eux et Khadjee, mais en fait, ils étaient attachés assez court à des chaînes fixées à un poteau trois mètres plus loin. Pour un peu ils auraient tordu les maillons, tellement ils tiraient fort. Et ils aboyaient férocement. Khadjee passa devant moi, s'accroupit et avança la main.

– Tranquilles, leur dit-elle.

Les dobermans se calmèrent et baissèrent la tête. Ils semblaient perplexes, visiblement peu familiarisés avec la tendresse. Mais ensuite l'un d'eux grogna, l'autre montra les dents et ils se remirent à grogner tous les deux, dressés sur leurs pattes arrière, tirant à s'étrangler sur leurs colliers.

– Venez, dit Blalock, en nous pressant de le suivre. Empêcher un chien de se battre ne tue pas en lui la rage de combattre.

Je ne voyais pas trop ce que ça voulait dire, mais je m'en foutais. On aurait dit une citation ou un proverbe.

Quand on s'approcha de la foule, tout le monde se retourna. Ceux qui s'étaient écartés pour nous laisser passer applaudirent mollement en me toisant comme si j'étais un quartier de viande.

Au milieu du public, quatre barils délimitant vaguement un carré crachaient du feu. Les flammes envoyaient des escarbilles rouges et orange dans le ciel nocturne sans nuage, là où la Grande Ourse et la Ceinture d'Orion siégeaient aux premières loges.

De l'autre côté du ring, entre deux de ces barils, Dominic se tenait près d'un homme qui portait une caméra à l'épaule. Une femme toute mince s'affairait autour d'une seconde caméra posée, elle, sur un trépied. Derrière Dominic j'aperçus Maddox, sans doute pressé de coacher son protégé, lequel commença à sautiller sur place en secouant les bras. Ses dreadlocks suivaient le mouvement, fouettant l'air, comme si elles étaient vivantes. Ça me rappela un chapitre de la mythologie grecque, Méduse, la Gorgone, que ma mère me lisait. Mais quand je croisai le regard de Dominic, je ne fus pas changé en pierre. Je lui adressai un sourire méprisant et, lui, il avança dans la lumière du feu pour exécuter une série de coups de pied retournés en lançant la jambe très haut. La foule applaudit frénétiquement.

Blalock me glissa :

– Je ne saurais trop te recommander d'éviter les pieds de Dominic.

Puis il s'éclipsa, probablement pour aller chercher Sunday. Il longea la foule en passant devant Badder posté derrière un des barils. Les flammes faisaient onduler ses tatouages autour de son regard d'acier. Je savais qu'il était là pour prendre des notes, au cas où il m'aurait un jour comme adversaire.

J'ôtai vite fait mon T-shirt et mes baskets. Khadjee me massa les épaules en pétrissant les muscles avec insistance.

– Combats à ta façon, me souffla-t-elle. *Ground and pound*.

Je serrai les poings. Après ma première tentative d'escalade du mur, j'avais réessayé plusieurs fois sans succès, pourtant je sentais que ma force de saisie s'était déjà améliorée.

Sapé tout en blanc, comme toujours, Sunday sortit de la caravane et monta sur une caisse en bois pour être vu du public. Son crâne chauve reflétait la lueur des flammes. La foule commença à l'acclamer. Il leva une main pour la faire taire.

– Mes amis, le spectacle proposé ce soir est tout à fait inédit. Vous connaissez tous le tueur de haute volée qu'est Dragon, mais ce soir un nouveau *brawler* va entrer dans l'arène. (Il pivota pour me désigner d'un geste théâtral, amenant tous les yeux à se poser sur moi.) On applaudit Wild Child[1], s'écria-t-il.

Je n'étais pas très fan de mon nouveau surnom, pas plus que du « Brute Boy » inventé par le journaliste sportif, mais à en juger par le tonnerre d'applaudissements, il plut au public. Khadjee m'aida à enfiler mes gants, mit

1. Enfant sauvage.

en place mon protège-dents, puis elle me gifla les joues, fort, deux fois, avant de me marteler la poitrine de coups de poing. Je ne pouvais m'empêcher de sentir, autour de moi, l'énergie qui émanait de la foule excitée. Je savais ce qu'elle voulait : voir la violence de près, regarder deux *brawlers*, Dragon et moi, se battre jusqu'au sang. Cette fièvre me gagna, comme elle l'avait fait si souvent dans les grandes salles où avaient lieu les matchs des lycées.

Sunday leva son petit gong. Au premier coup, les spectateurs hurlèrent « Pas de pitié ! » et au second « Prêts ? ». Il marqua une pause pour ménager son effet, avant de frapper le disque doré pour la troisième fois. Le public cria alors à l'unisson « À l'attaque ! ».

Je me mis en garde, dos enroulé, poings devant le visage. Curieusement, Dominic cessa de sauter sur la pointe des pieds et reposa ses deux pieds à plat, comme si c'était la fin du combat et non le début. Il crut peut-être que cette action inattendue me ferait baisser la garde, mais je connaissais assez ce genre de feinte pour me méfier. Je gardai donc ma posture, et j'avançai. J'étais à moins de deux mètres de lui quand il se jeta sur moi, la jambe gauche pliée et la droite tendue comme cette lance dont Than m'avait parlé. La plante du pied de Dominic me frappa de plein fouet à la poitrine, me faisant reculer de trois pas. Dès que ses orteils revinrent au sol, il sauta, pivota vers la gauche, fit un tour complet sur lui-même et lança son talon vers le côté de ma tête. Je le bloquai avec un avant-bras, mais la force du coup suffit à me faire vaciller. Les fans rugirent.

À l'aveugle, je m'élançai en avant, espérant le ceinturer pour l'amener au sol, mais il esquiva en dansant, léger et insaisissable. Il feinta un autre coup de pied retourné, m'obligeant à garder ma position, puis, passant ma garde, il attaqua avec un *jab* en plein sur le nez. Ce genre de coup ne fait pas très mal, le but étant de déconcentrer l'adversaire, mais là, il s'était ménagé une belle ouverture pour m'envoyer son genou droit dans le ventre. Le coup fut assez fort pour me plier en deux.

Gallaher, mon coach, disait toujours qu'un match ne se gagne pas sur le tapis mais dans la salle d'entraînement, qu'il arrive un moment où on doit faire confiance à son instinct et à sa pratique. Ça me revint en mémoire comme un flash lorsque je m'aperçus que mes deux bras avaient instinctivement accroché la jambe droite de Dominic au moment où il m'avait envoyé son coup de genou. Se voyant dans une position vulnérable, il m'asséna plusieurs coups sur l'arrière du crâne avec ses poings et ses coudes, mais j'avais la tête rentrée, étroitement collée contre sa cuisse, et je n'étais pas près de lâcher prise.

J'envoyai un coup de pied pour tenter de balayer sa jambe gauche mais il l'esquiva en sautant habilement pardessus. Sur quoi je me jetai en avant. Il bondit en arrière avec une souplesse de gymnaste. On se précipita ensemble vers un des barils de feu et là, je m'arrêtai et me redressai. Il me sourit et tira sur sa jambe pour essayer de la libérer, mais à mon tour je tirai en arrière de toutes mes forces. Je compris, mais trop tard, qu'il avait anticipé cette action.

Dominic utilisa mon énergie pour la retourner contre moi, il souleva son torse vers mon épaule et enroula son bras gauche autour de mon cou. Il engagea aussitôt son autre bras entre nous et verrouilla ses mains. Enfin il se cambra et ma respiration fut bloquée. J'eus l'impression qu'il allait m'arracher la tête, ce qui était peut-être bien son intention.

Dans la lutte normale, l'étranglement est totalement illégal, si bien que je n'étais pas habitué à la sensation de vertige causée par le manque d'oxygène. Mais j'avais participé à des tas de matchs bien costauds au fil des années, et mon sentiment de panique s'estompa rapidement. J'avais toujours les bras enroulés autour de sa jambe gauche, et sa jambe droite était en l'air. Il n'avait aucun pied posé au sol. Changeant de prise, je saisis sa jambe libre, ce à quoi il réagit en resserrant sa prise d'étranglement, preuve qu'il se savait en mauvaise posture.

À ce stade, dans un match de lutte au lycée, l'arbitre interrompait l'action en criant « mise en danger ». À cet instant, je contrôlais Dominic alias Dragon, il n'avait pratiquement aucun moyen de défense. Mais on n'était pas au lycée. Et aucun officiel ne viendrait à son secours.

Le hissant le plus haut possible, je nous fis tomber tous les deux au sol et je poussai de toutes mes forces. D'un mouvement d'épaule je modifiai ma prise de façon à peser de tout mon poids sur son ventre. Mais, soyons juste, Dominic eut le bon réflexe : à la dernière seconde il tira d'un coup sec sur ma tête de façon à ce que mon visage subisse une partie de l'impact. Pas au point de me mettre KO mais suffisamment pour que je lâche prise. Je me retrouvai à quatre pattes, légèrement flageolant, et je voyais des étoiles. Près de moi, Dominic, chancelant, reculait à quatre pattes comme un crabe, ventre en l'air. Je rampai vers lui, bien décidé à l'empêcher de se remettre debout. Il me planta un talon dans la mâchoire. Ma tête fit un quart de tour.

– Lève-toi, Dragon ! hurla Maddox.

– Arrache-lui la tête, à Baby Blue ! cria un autre, peut-être Badder.

Mais dans cette cacophonie, j'entendis aussi la voix de Khadjee, calme, flegmatique.

– Bon boulot, Mac.

Dominic se remit sur pied, je vis sa silhouette noire se dresser juste devant un baril de feu.

Je me dégageai par la gauche, et notre danse recommença. J'esquivai quelques coups de pied timides, contrai avec un ou deux *jabs* pas bien méchants mais qui ralentirent tout de même son attaque. Je tentai de crocheter sa jambe droite. Voyant le coup venir, il pivota facilement pour esquiver, en me balançant au passage un coup de poing derrière la tête. Il était rapide, je dois le reconnaître.

– Allez Dragon, cria une femme dans la foule, arrête de jouer avec ce *noob*[1] !

1. *Noob* : abréviation de *newbie* utilisée dans les jeux vidéo pour désigner un joueur débutant.

Puis elle commença à scander « Dra-gon ! Dra-gon ! » Tout le monde reprit en chœur, et un mur sonore s'érigea autour de nous. Dragon sourit. Éclairées par les flammes, ses dents scintillaient. J'avais l'habitude que le public acclame mon adversaire pendant des matchs, et au lieu de me déconcentrer, ça me stimulait. Je lui rendis son sourire et je lui fis signe d'approcher. Il tapa ses poings l'un contre l'autre, en avançant vers moi comme s'il était monté sur ressorts, léger, élastique. Pressentant une attaque, je reculai, en garde haute, jusqu'à ce que je sente de la chaleur sur mon dos nu. Dragon cessa de sautiller juste devant moi, me mettant au défi de l'attaquer. Comme je ne mordais pas à l'hameçon, il déplaça son poids sur le pied arrière, exécuta une brusque rotation du buste – et là, je compris quel coup il préparait – puis il se tourna subitement dans l'autre sens, en pivotant sur son pied d'appui pour m'envoyer un coup circulaire rapide et puissant avec l'autre jambe. Déjà accroupi, je me baissai un peu plus pour l'esquiver. Son pied passa au-dessus de ma tête et alla percuter le baril de feu. Le coup de Dominic était d'une telle puissance que le baril se renversa et répandit par terre des bûches incandescentes et des braises. Le public applaudit à tout rompre.

Content de lui et certain qu'il avait repris le dessus, Dominic se rua en avant, jusqu'au centre de l'arène, et me lança :

– Viens, que je t'en mette un, viens !

Pour exciter la foule, il envoya plusieurs coups de pied retournés, très hauts. En faisant ça, non seulement il gaspillait son énergie mais il me laissait deviner ses intentions. Il arrive qu'un type ait un mouvement favori, sa signature, un bon mouvement, d'ailleurs, mais qui peut aussi le perdre. Au moment où je me disais ça, j'eus une de mes visions, aussi claire qu'un rêve qui vous réveille. L'avenir était écrit noir sur blanc. Je savais exactement comment j'allais mettre fin à ce combat.

Un protège-dents, ça étouffe un peu la voix, mais on arrive quand même à se faire comprendre. Donc Dominic m'entendit très bien lorsque je lui dis :

– T'as culbuté un baril, OK, mais tu ferais aussi bien sur une cible mouvante ?

Mon sarcasme le piqua au vif, et j'eus ce que je voulais. Il traversa comme une flèche l'espace qui nous séparait puis se posta devant moi en garde, et j'attendis que ma prophétie se réalise. On échangea quelques coups de poing formels, chacun bloquant aisément l'autre, mais de toute évidence il attendait que j'ouvre ma garde. Je lui fis ce plaisir.

Jusque-là, j'avais toujours regardé entre mes poings, en garde haute, comme Khadjee me l'avait appris. Cette fois, je les baissai un peu et je les écartai. Comme je m'y attendais, Dominic saisit cette occasion pour me frapper au menton, un *jab* rapide destiné à me surprendre pour me déconcentrer. Je ne fus ni surpris ni déconcentré, mais feignis de l'être, en reculant d'un pas.

Ce pauvre Dominic changea ses appuis et pivota au niveau de la taille, comme la fois d'avant. Quiconque nous avait observés savait ce qu'il s'apprêtait à faire et, pour ma part, je l'avais observé de très, très près. Aussi, quand il fit un tour sur lui-même et sauta en lançant de nouveau sa jambe gauche en l'air, j'attaquai, sans chercher à le bloquer ni à reculer. Les bras tendus, je le saisis avant qu'il ait fait son tour complet. J'engageai mon bras droit en crochet sous sa jambe en extension et mon bras gauche autour de sa tête, puis je croisai les mains, et claquai le visage de Dominic contre son genou. Ensuite, je hissai à bout de bras son corps sans résistance et je le maintins en l'air, en tournant sur moi-même, pour montrer à tout le monde que j'avais de la force à revendre. Après quoi je m'agenouillai, faisant de mon genou droit une enclume sur laquelle je précipitai la colonne vertébrale de Dominic. Il hurla quand ses vertèbres craquèrent, mais je ne le lâchai pas pour autant. Je me relevai et le soulevai une fois encore à bout de bras, sourd à ses gémissements.

Les braises renversées étaient tout près, et comme il ne se débattait plus, je n'eus aucun mal à le porter jusque-là. Debout au-dessus des bûches enflammées, je sentais la chaleur irradier sur mes cuisses nues, et Dominic comprit sans doute qu'il allait bientôt rôtir. Il se tortilla faiblement en disant :

– Qu'est-ce que tu fous ? Lâche-moi ! J'abandonne, j'abandonne !

À travers les tourbillons de fumée âcre, je distinguais assez clairement les visages des spectateurs, leurs yeux agrandis et leurs bouches ouvertes. Même Blalock et

Badder avaient l'air interloqués. À leurs côtés, Sunday me regardait droit dans les yeux. Il hocha la tête une fois et je levai les bras en signe de victoire.

Dominic tomba sur les braises.

Il se releva instantanément, bien sûr, et si vite que sa chair avait à peine senti la chaleur, comme ces gens qui sautent par-dessus des charbons ardents. Mais son short était légèrement roussi et, en prime, quelques-unes de ses dreads prirent feu. Il hurla et partit en courant, ce qui eut pour effet d'attiser les flammes et de paniquer ses fans qui se dispersèrent en tous sens. Il courut une ou deux fois tout autour de l'arène, jusqu'à ce que Maddox l'arrête pour étouffer les flammes avec le manteau d'un spectateur. Il vida une bouteille d'eau sur les cheveux en feu qui avaient un peu raccourci. Dominic était secoué mais, au grand soulagement de tout le monde, il n'avait rien.

Le public reporta aussitôt son attention sur moi. Toujours debout au centre de l'arène improvisée, je levai de nouveau les mains en signe de victoire. La foule pouvait désormais applaudir frénétiquement et pousser des acclamations. Je tournai lentement sur moi-même, pour que tout le monde me voie bien : tous les gros parieurs, les autres *brawlers* et Sunday aussi. En passant devant la caméra sur pied, je la saisis à deux mains et la soulevai pour qu'elle cadre bien mon visage. Plutôt que de crier victoire, je regardai les spectateurs en ligne, droit dans les yeux, en leur lançant :

– À qui le tour ?

Ensuite, tout en continuant à cadrer sur mon visage, je me mis à tourner sur moi-même, si bien que tout l'arrière-plan était pris dans ce tourbillon. Derrière leur écran, les spectateurs devaient avoir le tournis. Maintenant, le surnom de Wild Child m'allait comme un gant.

Dominic s'éloigna en boitant, un bras appuyé sur l'épaule de Maddox. C'était bizarre de ne pas se serrer la main, après un match, mais visiblement l'esprit sportif n'existait pas chez ces *brawlers*. Je retrouvai Khadjee derrière un des barils de feu encore debout. Elle me tendit une bouteille d'eau pleine que j'engloutis en quelques goulées. Après m'être épongé avec une serviette, j'enfilai un T-shirt et savourai les regards ébahis des gens qui ne pouvaient pas détacher leurs yeux de moi. Après une victoire pareille, on ne se sent pas seulement fort. On se sent invincible.

Quelques types ramassèrent les braises tombées par terre et remirent le baril debout. Ils devaient préparer l'arène pour le match suivant.

Une poignée de gros parieurs faisaient cercle autour de Sunday et Blalock. Ils me regardaient du coin de l'œil, en hochant la tête et en souriant. D'autres spectateurs vinrent jusqu'à moi pour me taper dans le dos et me serrer la main en me félicitant. « Super match. » « Beau boulot. » « C'est un plaisir de te voir travailler. »

Quand nous fûmes seuls, Khadjee parla enfin.

– On dirait que tu cartonnes.

– J'aurais pu faire pire, c'est vrai.

– Dragon a perdu son sang-froid, dit Khadjee. Tu as eu de la chance.

– La chance compte plus que le talent, répondis-je en haussant les épaules. Tu n'as jamais entendu dire ça ?

– Non, je ne connaissais pas. Et je ne suis pas vraiment d'accord. Il faut qu'on travaille ta frappe, surtout les coudes.

– C'est toi le boss.

Blalock vint me féliciter.

– Pour un premier match, c'est exemplaire, dit-il, avec un hochement de tête approbateur.

Le deuxième match opposait deux *brawlers* que Khadjee et Blalock n'avaient jamais vus, des types d'un autre État qui dansaient l'un autour de l'autre comme les derniers concurrents de *Danse avec les stars*. Au bout de dix minutes, l'un d'eux tenta un décalage arrière foireux et ils s'effondrèrent par terre en tas, épuisés. L'autre exécuta l'étranglement arrière que Khadjee m'avait montré. Elle vit la même chose que moi et murmura :

– Pas assez serré.

Malgré tout, l'autre abandonna rapidement.

Sunday ne cacha pas sa déception : il tourna le dos aux combattants et quitta l'arène.

Le combat vedette opposait Badder à un type de Paterson, soi-disant champion du New Jersey. Peut-être qu'il n'était pas en forme ou que le cinéma de Badder l'impressionnait, en tout cas Jersey se montra mauvais dès le coup de sifflet : il ne se défendit pas quand Badder l'attrapa par un bras, le traîna en lui tordant le coude, puis se glissa derrière lui. Ensuite, Badder croisa les mains, bloqua et les emmena tous les deux au sol. Son adversaire réagit en s'aplatissant et en plaquant ses avant-bras autour de son cou. Comme Khadjee me le fit remarquer, c'était une assez bonne couverture. Dans la position de la tortue, tête rentrée, Jersey parvint à bloquer les tentatives de Badder pour lui faire un étranglement ou une clef de bras. Résultat, celui-ci s'énerva et lui asséna une série de coups de poing marteau sur l'arrière du crâne.

Tous ces échanges durèrent une minute, et là, Jersey fit une erreur d'une stupidité inouïe. Il releva les genoux, ce qui permit à Badder d'enrouler sa jambe gauche autour de celle de Jersey, par l'intérieur, en accrochant le pied autour de son talon. Puis, basculant sur le côté, Badder passa ses deux mains autour du genou droit de Jersey. Je n'avais pas besoin de mon talent de devin pour savoir ce qui allait se passer ensuite.

– Ça va faire mal, commenta Khadjee.

Badder tendit le cou en arrière, se cambra, retourna l'autre sur le dos. Ensuite il tendit la jambe qu'il avait enroulée autour de celle de son adversaire et tira l'autre jambe de ce dernier dans la direction opposée.

Les jambes de Jersey s'écartèrent violemment et il hurla en frappant le sol pour signifier son abandon. Badder tira encore pendant dix secondes, histoire d'imprimer la douleur dans le cerveau de son adversaire, puis il le lâcha et se releva d'un bond. Il hurla et fit ses grimaces de guerrier, pour la plus grande joie de la foule. Puis il avança vers la caméra fixe et, quand le technicien équipé d'une caméra à l'épaule le suivit, il lui tira la langue et proféra sa menace de mort.

Je remarquai le regard étrange que Jersey jeta à Badder en quittant le ring : une sorte de connivence dont le sens m'échappait.

Tous les matchs étant terminés, les cameramen remballèrent leur matériel et la foule commença à se disperser.

J'allais demander à Khadjee si elle avait remarqué, comme moi, quelque chose de particulier dans l'expression de Jersey, lorsque Blalock arriva derrière elle.

– M. Sunday serait très honoré de te voir, me dit-il. Seul.

Il jeta un coup d'œil vers la caravane dont la porte se refermait. Il n'y avait plus personne alentour. Toutes les autres voitures étaient parties.

– Pourquoi ? Il veut une interview ?

– On ne demande pas à M. Sunday ce qu'il veut, répliqua Blalock. Il le dit lui-même.

Je regardai Khadjee. Les dernières lueurs du feu dansaient dans ses yeux verts où perçait une sorte d'inquiétude.

D'un geste du menton, Blalock désigna la caravane.

– Il est déconseillé de faire attendre son employeur.

– Je veux bien le croire, dis-je avant de traverser l'arène déserte.

De l'intérieur, Grunt ouvrit la porte de la caravane en grommelant. Une unique ampoule crasseuse ou teintée en jaune éclairait l'intérieur. Sunday était assis derrière un bureau en métal qui devait provenir d'un surplus militaire, dans un fauteuil à haut dossier muni d'accoudoirs. Il n'y avait pas d'autre siège, aussi j'avançai jusqu'à lui et restai debout à regarder un agenda de bureau ouvert à une page du mois d'août, deux ans plus tôt.

Sunday me sourit.

– Tu nous as fait une fameuse démonstration, ce soir. Ce n'est pas facile de m'impressionner, mais tu as réussi, petit.

Je cherchai quoi répondre et finalement je me contentai d'un :

– OK.

– J'ai particulièrement aimé la façon dont tu m'as regardé avant de lui donner le coup de grâce. Ça m'a rappelé l'habitude des gladiateurs qui se tournaient vers César pour qu'il décide du sort de leurs adversaires.

– Je ne vous demandais pas la permission, dis-je. Je voulais être sûr que vous regardiez, c'est tout.

La paume de sa main caressa son crâne chauve et il esquissa un petit sourire moqueur.

– Tu es une forte tête, n'est-ce pas ?

J'étais encore dans l'excitation du combat et la montée d'adrénaline me rendait particulièrement sûr de moi.

– Vous êtes le commandant en chef, rétorquai-je. Si vous le dites, ça doit être vrai.

Sunday se leva et fit nonchalamment le tour du bureau.

– Un sacré numéro, celui-ci, hein, Grunt ?

Grunt grommela.

Sunday s'assit sur un coin du bureau, pile en face de moi.

– C'est justement ton attitude qui fait de toi quelqu'un de spécial. Tu es impatient d'attaquer le monde entier, de montrer que tu es un dur à cuire ? Tu le portes sur toi, et il y a des gens à qui ça fait peur. Tu me fais penser à un chien impatient de mordre.

J'avais envie de lui rétorquer que je n'étais le chien de personne, mais j'en avais marre de cette joute verbale.

– Vous m'avez fait venir pour quoi ?

Sunday ne s'attendait pas à ce franc-parler. Mais pour ne pas perdre la face, il devait répondre.

– Très bien, dit-il. Allons droit au but, alors. J'ai beaucoup apprécié ta prestation, l'autre soir, dans le wagon de marchandises, et le spectacle d'aujourd'hui n'a fait que confirmer ce que je pensais. Tu peux m'être utile.

– Je suis content que vous appréciiez ma façon de combattre.

– Non seulement je l'apprécie, mais j'ai l'intention de te faire grimper les échelons plus vite. J'ai calé ton prochain match dans quatre jours. Tu affronteras Santana.

– Quatre jours ? répétai-je.

J'avais l'habitude de lutter deux fois par semaine, et parfois même le week-end, pour les tournois, mais ce genre de combat exigeait des temps de repos plus longs.

Je voyais bien que Sunday n'aimait pas être remis en question.

– Si tu veux prendre quelques mois de congés entre chaque combat, tu n'as qu'à postuler à la ligue de MMA.

– Je n'ai pas dit ça, répliquai-je. Je me sens capable de tenir ce rythme.

N'empêche que je comprenais, maintenant, pourquoi les vieux *brawlers* étaient si peu nombreux. Sunday changea d'expression et tira sur la barbe en pointe qui tapissait son menton.

– Ray est convaincu que tu peux racheter les pitoyables prestations des derniers combattants. Connaissant tes antécédents et ayant été témoin de tes exploits, je suis assez d'accord avec lui. Mais à vrai dire, je pourrais utiliser tes talents à d'autres fins.

Je me demandais où il voulait en venir, mais je gardai le silence. Les types du genre de Sunday aiment s'écouter parler et c'était exactement ce qu'il faisait.

– Il s'agit là d'une autre branche de mon organisation. De temps à autre, Grunt rend visite à des individus qui me doivent de l'argent et qui ont besoin qu'on leur remette les pendules à l'heure. Dans ces moments-là, il n'est pas inutile qu'il ait quelqu'un pour assurer ses arrières. Bien entendu, tu serais indemnisé pour ta participation.

Je ne dis rien. Sunday me dévisageait fixement et j'entendais la respiration de Grunt. Il me vint à l'esprit que c'était le genre de boulot que devait faire mon père quand Sunday et lui étaient associés.

– Ça ne m'intéresse plus trop de jouer de la batte de baseball, si c'est bien de ça qu'il s'agit.

– Oh, c'est rarement aussi spectaculaire. Mais parfois les situations se compliquent, et il est bon d'avoir des amis sur qui compter. Grunt brûle de te montrer les ficelles du métier.

Le géant tourna la tête vers moi sans afficher le moindre enthousiasme.

– C'est un ordre ou une proposition ?

Sunday se leva du bureau et posa une main sur mon épaule.

– Tu n'es pas obligé de me répondre tout de suite. Je t'offre une occasion d'exercer ton talent et de gagner un peu plus d'argent. Appelons cela un travail d'appoint. Mais il se peut qu'un jour je ne te demande plus ton avis, sache-le.

Il renforça la pression sur mon épaule.

– Je crois que tu ne mesures pas le bénéfice que tu pourrais retirer, à terme, de cette entreprise. J'ai beaucoup d'amis, qui ont des amis. Jusqu'à la prison de Fort Indiantown Gap. Si tu refusais, cela pourrait avoir des conséquences désagréables pour ton père.

À ces mots, je me dégageai brutalement et je reculai vers Grunt qui me chopa par l'arrière du biceps. Il était aussi fort qu'il en avait l'air.

– Que les choses soient bien claires. Si vous pensez pouvoir me forcer à faire quelque chose en menaçant mon père, vous vous fourrez le doigt dans l'œil. Vous êtes là avec votre voiture de luxe, et vos tenues de bourge, et vous croyez tout savoir sur tout le monde. Vous voulez flanquer une dérouillée à cet enfoiré ? Allez-y, putain, ne vous privez surtout pas !

Sunday écouta mon coup de gueule sans broncher, après quoi il cligna plusieurs fois des yeux comme s'il réexaminait ses options.

– J'ai sans doute mal compris la situation. (Il me dévisagea quelques secondes.) Mais, dans ce cas, que dirais-tu d'administrer toi-même la dérouillée en question ?

Derrière moi, Grunt ricana et relâcha sa prise.

Je me penchai en avant.

– Vous pouvez répéter ?

Sunday pivota légèrement pour retourner derrière le bureau et il se rassit dans son grand fauteuil, comme sur un trône.

– Je ne te promets pas un wagon de marchandises ni une batte de baseball Louisville Slugger, mais il n'est pas impossible que je parvienne à organiser des retrouvailles. Une réunion très privée. Ça te plairait, non ?

Il accrocha son regard au mien en haussant les sourcils, comme pour me convaincre de céder à la tentation.

La réponse à cette question devait se lire sur mon visage. Cent fois j'avais rêvé de casser la gueule à mon père. J'aurais fait n'importe quoi pour en avoir l'occasion. Mais préférant la jouer décontracté, je répondis :

– Bof. De toute façon, c'est sûrement du baratin, tout ça. Je vais rentrer, à moins que vous ayez autre chose à me dire ?

Il s'appuya sur le dossier de son fauteuil.

– J'ai dit ce que j'avais à dire. Mais je te laisse méditer sur une phrase que j'ai lue un jour dans un livre : *Dans le monde, il n'y a que des moutons et des loups.* Nous savons, toi et moi, à quel camp tu appartiens.

11

Le lendemain de ma première victoire officielle en tant que *brawler*, je me réveillai dans un sale état : les muscles à vif et le dos en feu. Mais j'étais gonflé à bloc, décidé à m'entraîner à fond et j'avais hâte de voir ce que Khadjee voulait m'apprendre. Au petit matin, en tenue de sport, je faisais les cent pas dans le séjour. La porte de la chambre restait désespérément fermée. Plusieurs fois dans la nuit, j'avais été réveillé par les quintes de toux de Than. Elles le prenaient maintenant à intervalles réguliers. De temps en temps, j'entendais Khadjee lui parler à voix basse avec insistance. Je ne sais pas s'il lui répondait. Je finis par frapper à la porte pour demander si je pouvais faire quelque chose.

Quand Khadjee l'entrebâilla, il s'échappa de la chambre une odeur d'hôpital et de produit antiseptique.

– Tu vas travailler seul, ce matin. (Un silence.) Il a passé une mauvaise nuit. Il faut que je m'occupe de lui.

Elle avait dit ça d'un ton à la fois attendri et pragmatique. Je l'imaginais très bien en infirmière ou en médecin, quelqu'un sur qui on peut compter, en cas de problème.

– Je peux t'aider, affirmai-je.

Mais elle refusa d'un signe de tête.

– Je vais m'occuper de lui maintenant et ensuite j'irai en cours. Mais je ne partirai que s'il va bien. Toi tu vas courir, tu te refais un coup d'escalade et ensuite tu files à la salle de gym. À l'heure du déjeuner, tu vérifieras qu'il va bien. Et ne le laisse pas fumer.

– Bien sûr que non.

Je me frottai vigoureusement le cou, là où mes muscles étaient noués et durs comme la pierre.

Khadjee s'absenta une seconde et revint avec la balle de tennis qu'elle posa dans la paume de ma main. Elle était toute gluante de bave. Rosie avait dû dormir avec. J'entendis au loin la voix de Than :

– *Kà-nŏm bpang mâi dtông. Ao kâe nám sôm gôr por.*

Khadjee ferma la porte. Je ne pouvais rien faire d'autre. Je savais bien que le vieil homme était malade, mais j'aurais voulu lui décrire moi-même le combat de la veille. Chassant de mon esprit cette pensée idiote et égoïste, je me préparai pour aller courir. Than était l'oncle de Khadjee, pas le mien. Je n'aurais pas dû avoir un besoin aussi urgent de son approbation, ni de celle de personne, d'ailleurs.

La journée passa relativement vite. J'enchaînai trois tentatives d'escalade du mur du Seibert Park. À chaque fois, j'arrivai un peu plus haut, mais sans jamais atteindre le sommet. À la salle de gym, ma victoire me valut une petite dose de considération supplémentaire. Je ne vis ni Badder, ni Maddox, ni Dominic, mais les quelques autres *brawlers* présents ne se bousculaient pas pour m'approcher. Santana me serra la main en disant qu'il avait hâte de m'affronter. Le sourire qui éclaira son visage balafré semblait sincère. Je me demandai encore une fois si c'était quelqu'un qui l'avait tailladé comme ça, ou si sa tête était passée à travers le pare-brise dans un accident de voiture. Avant de s'éloigner, Santana caressa sa barbe, reluqua la mienne et me gratifia d'un sourire approbateur. Entre mes séries, je le regardai sauter à la corde et travailler au ballon de frappe. Il était moins musclé que Dominic et plus petit que Maddox. Mais ce mec était aussi rapide qu'un serpent à sonnette.

Vers midi, je rentrai vérifier que Than allait bien. Il était dans les vapes. Au premier coup d'œil, quand je le vis inerte sur son lit, j'imaginai le pire. Mais en m'approchant, je fus rassuré : une respiration rauque s'échappait de sa bouche ouverte et soulevait le drap léger posé sur sa poitrine. Dans le séjour, je tergiversai devant la table d'angle où trônait la statue en bronze du Bouddha : est-ce que je pouvais prier pour Than ? Mes prières catholiques parviendraient-elles jusqu'au paradis bouddhiste ?

Je me souvenais que, petit, je priais dans le noir en joignant très fort les mains pour que Jésus vienne calmer la violence de mon père. Une année, pendant le carême, je récitai un chapelet entier avant de me coucher. Ça me faisait un bien fou.

Je m'éloignai de l'autel et m'assis sur le canapé, des questions plein la tête. Toute la journée, une foule de pensées s'étaient bousculées dans mon crâne : l'arbitre que j'avais blessé, Leonard, dans le wagon de marchandises, la proposition de Sunday de devenir une sorte d'homme de main. À présent, je ne pouvais m'empêcher d'imaginer ma mère avec le bras en écharpe et j'avais horriblement honte. Je décidai de réessayer la méditation de Than. Installé sur le canapé, je fermai doucement les yeux. J'imaginai un ciel d'été tout bleu, bleu turquoise. Au début c'était agréable et apaisant. Je sentis même une légère brise effleurer mes joues. Mais inévitablement, les soucis revinrent. Je me concentrai pour faire de chacune de ces pensées un petit nuage et, à force de volonté, je les fis disparaître. Je les déchiquetai comme des boules de coton. Seulement les images négatives recommençaient à s'empiler les unes sur les autres et très vite des nuages d'orage s'amoncelaient dans mon ciel bleu. J'entendis un coup de tonnerre et un éclair me fit rouvrir les yeux.

Je retrouvai Blalock chez *Crêpes et Crépinettes* pour un déjeuner tardif. Cette fois, je commandai moi-même un cheesesteak et je le trouvai toujours aussi bon. Blalock me passa sous la table une enveloppe pleine de billets. Avec, m'expliqua-t-il, un petit extra, une prime offerte par Sunday, une sorte de « mise en bouche ». C'était clairement pour m'encourager à accepter sa proposition, Blalock n'eut pas besoin de me l'expliquer. Il se mit à me parler de Santana. Il l'avait vu un jour envoyer un type au tapis d'un simple coup de pied de *balayage* tellement rapide qu'on aurait dit que quelqu'un lui avait tiré dessus.

Je lui demandai, simple curiosité, où aurait lieu le prochain combat. Blalock se tortilla sur sa chaise. Il jeta des coups d'œil autour de lui et se pencha par-dessus nos assiettes vides.

– Cette information n'est communiquée qu'aux personnes directement concernées. Le principe de précaution nous impose le secret quant à l'emplacement retenu. Même les gros parieurs ne l'apprennent que le jour même. Il faut toujours se méfier des langues trop bien pendues.

Il avait l'air super sérieux. Je hochai la tête juste pour lui assurer que je ne poserais plus la question. De toute façon, je m'en foutais.

Avant de me quitter, il m'expliqua aussi que les paris en ligne étaient ouverts et que ça se présentait bien. Malgré mon écrasante première victoire, Santana avait commencé comme favori à cinq contre un, mais maintenant, les gens misaient beaucoup d'argent sur moi. J'aurais voulu en savoir plus sur le site web offshore, sur la taille de l'organisation, comment elle trouvait les gros parieurs, mais Blalock était sur ses gardes.

En rentrant après les cours, Khadjee me trouva vautré sur le canapé. Sur l'écran de télé se déroulait un combat de MMA. J'avais trouvé cette cassette parmi celles de muay-thaï. Je sursautai quand la porte se referma. Je vis Khadjee poser son sac à dos ainsi qu'un sac de la pharmacie sur la table, puis elle éteignit la télé et vint s'asseoir près de moi.

– Tu essaies l'entraînement subliminal ou quoi ? (Je me redressai.) Ça a été ?

– Très bien. Oui, bien. Il s'est reposé toute la journée, pour autant que je sache.

Elle me tendit un minuscule pot en verre octogonal sur lequel on pouvait lire « Baume du Tigre ».

– C'est très fort, me dit-elle. Tu en prends un petit peu pour te masser la nuque, ça va détendre tes muscles. Mais fais gaffe de ne pas t'en mettre dans les yeux.

Elle disparut dans la salle de bains et je suivis ses instructions. Son baume sentait très fort et j'avais la peau toute rouge, pourtant je sentais que ça me faisait du bien.

Quand Khadjee revint je la remerciai et elle me dit :

– Il a faim mais la fièvre l'abrutit. Un bain lui fera du bien.

Elle fit couler l'eau dans la salle de bains. Ce bruit me rappela les fois où Khadjee avait chanté. Ça n'était pas arrivé depuis plusieurs jours.

Je lui proposai de l'aider à le mettre dans la baignoire mais elle refusa.

– On va se débrouiller. C'est un homme très pudique, tu comprends ? Tu trouveras de quoi nous faire à manger dans le congélateur, OK ?

– Oui, bien sûr.

Je n'avais pas encore digéré le cheesesteak, mais je réchauffai quand même des lasagnes surgelées, pendant qu'elle lui donnait un bain. Au prix d'un énorme effort, Than réussit à venir à table en s'appuyant de tout son poids sur son déambulateur et en sautant à cloche-pied. Il me salua et leva le pouce pour me féliciter.

– C'est bien que tu aies cette première victoire en poche ! me dit-il.

Khadjee sourit, mais je me demandais si elle lui avait raconté tout ce qui s'était passé, entre autres le coup du baril de feu renversé et le fait que j'aie perdu le contrôle. Finalement, Than n'avait pas tellement d'appétit. Il remuait sa part de lasagnes du bout de sa fourchette et buvait à petites gorgées une boisson protéinée que Khadjee avait faite au mixeur.

Après le dîner je fis la vaisselle, tandis que Khadjee feuilletait des livres de maths ou tapait sur sa calculatrice. Je ne savais pas si elle faisait encore un test d'aptitude scolaire ou des devoirs. J'installai Than dans son fauteuil et on regarda tous les deux des épreuves olympiques de judo sur une cassette VHS. À la fin du deuxième combat, il dormait déjà.

Après l'avoir raccompagné jusqu'à son lit, je rejoignis Khadjee à la table de la cuisine, pour lui poser une question.

– Il y a un truc qui m'intrigue. Est-ce que le samatha agit sur sa douleur ?

Khadjee leva un sourcil surpris.

– C'est Than qui m'a appris ce mot, dis-je avec un clin d'œil. Il pourrait me coacher. Non mais sérieusement, ça l'aide à ignorer la douleur ?

Khadjee secoua la tête.

– Non. La méditation t'aide à clarifier les choses, pas à te faire des films. Elle te permet d'admettre que tu ressens de la douleur ou que tu as des idées noires, mais après, tu les laisses partir, tu passes à autre chose.

– Ça m'a l'air difficile.

– C'est vrai. C'est même plus difficile que ça n'en a l'air.

Je me souvins que ma mère me suppliait de pardonner à mon père comme elle lui avait pardonné, d'accepter l'idée que nous sommes tous des pécheurs qui ont besoin de la grâce du Christ. Mais je m'étais construit sur la colère que j'éprouvais contre lui. Que serait-il resté de moi si j'y avais renoncé ?

Cette pensée devait se lire sur mon visage, car Khadjee s'inquiéta :

– Ça va ?

– Oui, oui, mentis-je, avant d'ajouter quelque chose de vrai : Je suis sincèrement inquiet pour ton oncle. Je sais qu'il n'aime pas les docteurs, mais j'ai l'impression qu'il va de plus en plus mal.

– Il est têtu, répondit Khadjee en regardant vers la chambre. Et en plus, les médecins, ça coûte cher.

Le plus silencieusement possible, j'allai dans le séjour et plongeai la main sous le coussin du canapé. J'en sortis l'enveloppe contenant l'argent que j'avais gagné en combattant. L'après-midi même, je l'avais compté, sur la table de la cuisine. Il y avait cinq mille dollars. Je n'avais jamais eu autant d'argent entre les mains.

– On en a, de l'argent, lui dis-je.

Khadjee me regarda avec de grands yeux pendant une minute.

– Je ne…, commença-t-elle. Je ne pourrais jamais… (Elle baissa la tête, avala sa salive, puis leva de nouveau les yeux vers moi.) Ce n'est pas dans mes habitudes d'accepter des aumônes.

– Je ne te fais pas l'aumône. Appelons ça plutôt un prêt ou…

– Je ne veux rien devoir à personne.

Et elle tourna les talons. Sans un mot, elle enfila ses baskets, appela Rosie, lui mit son collier et sa laisse. Parfois, dans un combat, il faut savoir maintenir la pression, alors j'enfilai moi aussi mes baskets et, quand Khadjee ouvrit la porte pour sortir, je lui emboîtai le pas.

Nous marchâmes en silence dans les rues sombres en passant devant les bennes à ordures et les sacs poubelles qui attendaient le passage des éboueurs. Rosie avait envie de sentir chaque sac et Khadjee devait tirer sur la laisse pour la faire avancer.

– Avance, bon sang ! s'énervait-elle.

Et Rosie, obéissante, se remettait à trottiner, tête basse, vexée de s'être fait gronder.

– Hé, lui dis-je au bout d'un moment. Pas la peine de t'en prendre à la chienne.

Khadjee me lança un regard noir, et on continua à marcher, mais elle laissa Rosie s'attarder au pied des arbres et des bornes d'incendie. On traversa Front Street pour prendre la piste cyclable où marchait une dame avec une poussette. Je remarquai les « modules sportifs » que la ville avait installés pour inciter les gens à faire de l'exercice. On se demandait ce que faisaient là ces structures étranges qui semblaient provenir d'une aire de jeux vraiment spéciale.

Les lumières du City Island, le stade de baseball, étaient allumées. Bizarre, puisque les joueurs de la ligue, les Harrisburg Senators, avaient certainement fini leur saison. En été, ils ont coutume de tirer un feu d'artifice en cas de victoire. Certains soirs, quand maman n'était pas de service, on montait tous les deux jusqu'au Negley Park d'où on voit toute la rive ouest. C'était marrant d'essayer de suivre le match de loin. On restait là jusqu'au bout, croisant les doigts pour qu'ils gagnent et que le ciel s'illumine de fusées multicolores. Ce souvenir fut délogé par un autre, enfoui au fond de ma mémoire : mon père me tenant par la main pour m'emmener jusqu'à nos places, dans le stade. Il s'était fendu de ce cadeau, une année, pour mon anniversaire. On avait partagé des nachos, on avait fait la ola, on s'était tordu le cou pour voir les chandelles du feu d'artifice tomber en cascade au-dessus de nous. En retournant à la voiture, j'étais tellement fatigué qu'il m'avait porté.

Khadjee s'arrêta près d'un banc à première vue déjà occupé. En fait, la silhouette que je voyais était une statue, un nouvel élément de « mise en valeur » imaginé par la municipalité dans son plan de rénovation des quais. Cet homme de bronze confortablement installé, jambes croisées, lisait un journal de bronze. Je restai debout entre eux et le fleuve Susquehanna qui coulait vers le sud. Deux joggeurs passèrent près de nous d'un pas lourd avec des lampes frontales. Sous la lumière brillante de la lune, on voyait distinctement les ondulations du courant.

– Tu as vu comme l'eau est…, commençai-je, mais je m'interrompis, me souvenant de la surprenante réaction que Khadjee avait eue, au bord de la rivière.

Est-ce parce qu'elle devinait mes pensées ou parce que le passé lui pesait particulièrement ce soir-là ? En tout cas, elle se mit à parler à voix basse, en regardant le fleuve.

– Quand j'avais huit ans… une amie de ma mère nous a invités à passer le week-end sur l'île de Chincoteague, en Virginie. Le premier soir, je me souviens, on est tous descendus sur la plage avec des lampes de poche pour chasser des crabes fantômes. C'était trop drôle. Mais le samedi…

La voix de Khadjee s'étrangla et je crus deviner la suite. Je me souvenais que ses parents étaient morts mais elle ne m'en avait pas dit plus. Sans bien comprendre pourquoi elle me racontait ça, je voyais que ça lui coûtait. Ses phrases étaient pareilles à de lourdes pierres qu'elle devait extraire d'un puits profond. Elle renifla et se redressa.

– Le samedi, il ne faisait pas très beau mais ils nous ont quand même emmenés sur leur nouveau bateau à voile. Il y avait six adultes et moi. Je sens encore sur moi les doigts de ma mère qui serraient les bretelles de mon gilet de sauvetage orange, le même genre que celui qu'elle m'obligeait à porter quand on descendait la rivière sur une grosse bouée.

Khadjee se tut. Je ne savais pas quoi dire.

– La suite est très glauque. Les vagues sont devenues de plus en plus grosses et tranchantes, elles nous secouaient dans tous les sens. J'ai vomi. Les adultes ont commencé à se disputer. Je me souviens qu'il y avait des éclairs, que ma mère pleurait, que mon père me serrait contre lui, que le bateau tanguait et se cabrait comme un cheval sauvage. Ensuite, je me débattais dans l'eau, toute seule. Le ciel était noir, comme dans une nuit sans lune.

J'imaginai une petite fille toute seule dans l'océan et j'eus envie de lui dire que je connaissais cette obscurité. Et là, aussi étrange que cela puisse paraître, dans la brise venue du fleuve, je sentis l'odeur familière du cagibi.

– Khadjee, murmurai-je en tendant le bras vers elle.

– Non, dit-elle en se dégageant. Laisse-moi finir, sinon je n'y reviendrai peut-être plus jamais. Au bout d'un temps infini, l'orage s'est calmé. Le ciel s'est éclairci, et je me souviens d'un bateau de sauvetage et d'une femme qui me frictionnait avec une serviette en me disant : « Il faut que je te réchauffe. »

– Mon Dieu, lâchai-je, comme un juron et une prière à la fois.

– Mon oncle m'a recueillie. Il a quitté Atlantic City pour venir habiter ici. C'était un touche-à-tout, dans son genre. Il a été pêcheur, maçon, barman, électricien. Mais c'était surtout un joueur invétéré, et il s'est endetté jusqu'au cou envers Sunday. Mon oncle n'avait aucun bien à saisir, ça ne servait à rien de le menacer. Alors Sunday l'a mis au boulot. Il a fait le coursier pendant un temps, puis il est monté en grade et il est devenu son chauffeur personnel. Quand Sunday a lancé le business des Brawlers, Than faisait en plus des entraînements de muay-thaï, dans cette salle de gym pourrie.

Combien pouvaient-ils devoir à Sunday ?

– C'est quoi, cette dette ? demandai-je.

Khadjee se frotta les yeux avec les poings.

– Du genre avec des intérêts qui courent. Quand la santé de mon oncle a commencé à décliner, Grunt était devenu chauffeur et Than s'occupait surtout des entraînements des types qui combattaient. À ce moment-là, Sunday lui a dit qu'il continuerait à payer nos factures à condition que je rentre dans le circuit. Si j'étais un garçon, tu vois, je serais sur le ring et je gagnerais vraiment de l'argent, au lieu de rembourser la dette au compte-gouttes.

– Évidemment, approuvai-je. (J'étais convaincu que, dans mon équipe de lutte, Khadjee aurait battu n'importe qui.) Mais c'est fou. Il te traite comme une esclave moderne, au fond.

Elle haussa les épaules.

– Ne le prends pas mal, Mac. Je t'aime bien et tout, mais quand même, si je t'entraîne, ce n'est ni par bonté d'âme, ni pour muscler mon CV.

J'encaissai le coup, mais la phrase *je t'aime bien et tout* scintilla dans ma tête comme un néon.

– Sunday paie notre loyer et nous donne de l'argent pour manger et pour quelques petits à-côtés. Je ne sais même plus ce qu'on lui doit encore, au juste, ni combien de temps je vais mettre à tout rembourser. Si je le dénonce aux flics, qui paiera les factures le mois prochain ? Comment j'achèterai la bouffe et les médocs ?

Khadjee avait sa fierté. Je savais à quel point cet aveu lui coûtait. Ça me rappela ma mère quand elle sortait son petit tas de bons alimentaires de son porte-monnaie, à la supérette. Elle les tendait à la caissière en baissant la tête.

– Je comprends, dis-je, même si ce n'était pas tout à fait vrai.

Je ne pouvais pas savoir ce que c'était que de prendre en charge un adulte tout en allant au lycée. Khadjee se mit à sangloter sans bruit. Rosie posa sa tête sur ses genoux. C'était certainement plus réconfortant que tout ce que j'aurais pu lui dire. Mais elle m'avait confié quelque chose d'important et j'aurais trouvé injuste de ne pas lui rendre la pareille.

– Je ne suis allé le voir qu'une fois.

Khadjee ravala ses larmes.

– Quoi ?

– Mon père. Tu m'as demandé si j'étais allé le voir en prison. La réponse c'est : juste une fois. Et encore, on s'est vus sur un parking, à travers un haut grillage. Ma mère m'avait convaincu de lui rendre visite. Mais quand on est arrivés là-bas, j'ai paniqué. J'ai refusé de sortir de la voiture.

Khadjee sembla piger. Je me demandais ce qu'il y avait de pire pour bousiller un gosse : voir ses parents mourir comme elle avait vu mourir les siens ou avoir un père comme le mien. Je crois qu'on était tous les deux des cas désespérés.

– Et tu n'y es jamais retourné ?

Je secouai la tête.

Elle était là, à me fixer de ses yeux verts.

– Tu n'attends rien de ton père ?

– Qu'est-ce que tu veux que j'attende ? Qu'il m'explique qu'il regrette ? Il ne le fera jamais.

– Qu'est-ce que tu en sais ?

– Les gens ne changent pas. Même en prison il a fait des conneries. Il s'est pris quelques années en plus parce qu'il s'était battu, ou un truc du genre. Crois-moi. Tout ce que je peux attendre à son sujet, c'est une occasion de lui casser la gueule. (La proposition de Sunday me traversa l'esprit. Pour Khadjee, j'ajoutai :) Mais il y a peu de chances que ça arrive, à cause des gardiens et tout ça.

– C'est vrai que la prison n'est pas le meilleur endroit pour commettre un délit, commenta-t-elle.

– Ce ne serait que justice de mettre une raclée à ce type.

Je sentais la colère m'envahir à nouveau.

– Allez, on y va, dis-je finalement. J'ai les jambes qui s'ankylosent.

Nous revînmes sur nos pas dans un silence gênant. Un père aidait ses trois enfants à grimper sur un portique du parcours de santé. Assise au pied d'un arbre, une femme sans abri aux vêtements crasseux caressait un chat couché sur ses genoux. Bientôt on se retrouva de nouveau dans les rues de notre quartier. Rosie se mit à flairer tous les sacs poubelles devant lesquels on passait. On longea une enfilade de bars. De la musique s'échappait par leurs portes ouvertes, des groupes live parfois. On entendit une chanteuse massacrer « Ring of Fire » de Johnny Cash. Je me tournai vers Khadjee :

– Ils feraient mieux de faire du karaoké. Quand je pense qu'on paye des gens aussi nuls pour chanter.

– À part quelques fausses notes ici et là, elle n'est pas si mauvaise que ça, dit Khadjee.

– Tu rigoles ? Tu chantes cent fois mieux.

Elle s'arrêta net et Rosie faillit s'étrangler.

– Je chante mieux ?

Je cherchai mes mots.

– Tu sais bien. À l'appart. (Je n'osai pas prononcer le mot *douche*.) Pendant ta toilette.

Elle rougit et accéléra le pas.

Je lui courus après.

– Arrête ! La super guerrière qui joue les timides. C'est trop mignon.

Elle me tapota la poitrine du revers de la main, en souriant.

– Laisse tomber. Je ne savais pas que tu m'entendais. Je ne le ferai plus.

D'une main posée sur son bras, je l'arrêtai :

– Ce serait dommage. Tu as une voix magnifique.

Elle soutint mon regard pendant une seconde, puis détourna les yeux.

– Ce n'est pas l'avis de tout le monde.

– Tout le monde, c'est-à-dire ?

– M. Wertzman, par exemple. (Elle dégagea son bras.) Oublie. Je n'ai pas envie de ressasser le passé.

Un camion poubelle passa en ferraillant et Rosie lui aboya après. Je voyais bien que Khadjee en voulait à ce Wertzman, mais pour le moment, je préférais respecter son souhait. Pour rompre ce silence tendu, je dis :

– Bon alors, qu'est-ce qu'ils ont de si nul mes coups de coude ?

Khadjee se retint de pouffer de rire. Elle redressa la tête et s'essuya les yeux.

– Tout. Mais bon, ils sont mieux que tes coups de pied.

Je lançai un pied en l'air, même pas à hauteur de la taille. Khadjee secoua la tête.

– Ça me fait mal de te voir faire ça. Arrête.

Je ris et nous repartîmes. À l'entrée d'une ruelle, Rosie s'intéressa sérieusement à je ne sais quelle odeur et nous la suivîmes.

– Non, mais sérieusement. On a Santana à la fin de la semaine. Si tu me donnais quelques tuyaux ?

– D'accord, dit-elle en me tendant la laisse de Rosie.

Elle se mit en garde, genoux légèrement fléchis, poings serrés et levés au niveau du menton.

– Tu dois être comme ça, regarde, m'expliqua-t-elle.

Elle lança avec les coudes une série de coups remontants, puis quelques coups crochetés. Enfin, elle pivota d'un quart de tour et envoya son coude droit en avant, comme on ferait pour casser une fenêtre.

– Pour tous ces mouvements, tu dois bien rapprocher les mains au départ. Ça te permet de te protéger le visage et d'assurer la fermeté de tes coups. (Elle recommença sa démonstration en reprenant sa position de garde du début.) Mais toi, voilà comment tu te tiens, regarde. (Lentement elle écarta ses mains de quinze centimètres.) Ça fait une ouverture énorme, surtout pour Santana qui est un *striker* hors pair. Et en plus ça limite les mouvements de torsion de tes coudes, ça affaiblit leur impact.

Elle me reprit la laisse, attacha la chienne à un tuyau qui courait le long du mur de briques et regarda dans ma direction. C'était à moi de jouer. Me ramassant sur moi-même, je soulevai légèrement les épaules et plaçai mes poings comme elle me l'avait montré.

– C'est mieux, dit-elle. Maintenant envoie quelques coups de coude.

Même si on était au milieu d'une petite rue où les passants pouvaient nous voir, Khadjee n'avait aucun complexe. Moi, j'étais moins à l'aise, mais je décidai de jouer le jeu. Je me mis à boxer dans le vide. Khadjee fronça les sourcils.

– Pivote au niveau de la taille. Tu n'envoies pas un coup de poing avec le bras, c'est tout ton corps qui initie le mouvement... rapproche encore tes mains, ça te donnera plus de force.

Comprenant qu'on en avait pour un bon moment, Rosie, toujours attachée à son tuyau, se coucha en rond. Khadjee commença à sautiller et à onduler face à moi pour m'inviter à répéter ses mouvements, et je l'imitais en miroir. Elle envoya un direct poing gauche suivi d'un direct coude droit, j'en fis autant. Au ralenti, elle fit mine de me balancer un crochet du droit en pleine face et instinctivement je reculai. Le bras toujours en extension, elle me dit :

– Même si tu rates ta cible, parfois, ça peut créer une ouverture.

Avec le coude, elle me frappa tout doucement le menton. Si elle l'avait envoyé pour de vrai, il m'aurait cogné avec la force d'un coup de marteau.

– Mets-toi dans la bonne position, pour envoyer un coup. Un genou trop écarté affaiblit ta garde. Prépare des combinaisons.

Elle arrondit le dos et envoya un coup de genou du côté gauche de ma cage thoracique. Je me recroquevillai en baissant un peu le bras, et là, son coude droit vint frapper mon crâne, juste au-dessus de l'oreille.

– Tu dois enchaîner les actions et non pas les considérer comme des mouvements individuels. Représente-toi toute la constellation, pas seulement les étoiles.

Comme je me redressais pour recommencer, elle continua :

– Une fois que tu as frappé ton adversaire, une feinte peut être aussi efficace qu'un coup, on est d'accord ?

Mais à condition d'engager ton regard, pour faire croire à l'autre que c'est une vraie attaque.

Elle avança sur moi et envoya un direct vers mon visage. Je réagis en me penchant en arrière. Elle s'accroupit et enveloppa un de mes genoux de ses deux bras. Elle était aussi rapide que Santana.

– En utilisant bien sa force et son habileté, un gars comme toi peut faire beaucoup avec une jambe.

– *Ground and pound*, répondis-je.

– Exactement, confirma-t-elle en me lâchant la jambe. Je te le dis franchement, la plupart de ces types, tu ne peux pas les affronter en face à face. Dans un match de boxe classique, tu n'aurais aucune chance. Bien sûr, ils sont aussi capables de frapper avec les pieds, mais c'est pas grave. Une fois que tu les auras amenés au sol, tu auras l'avantage.

Comme les meilleurs coaches, Khadjee savait trouver les mots pour exprimer ce que mon corps savait déjà. Mais elle m'aidait aussi à préparer le plan de bataille de mon prochain match. Même si Sunday l'obligeait à faire ça pour rembourser sa dette, elle était sacrément douée pour ce job.

– Allez, dit-elle en levant les mains. Entraîne-toi à feindre un coup que tu vas transformer en *single leg* ou en *double leg*.

On a recommencé le petit manège de se tourner autour, suivant un rythme naturel. Raides au début, nos mouvements sont devenus de plus en plus fluides. Bien que deux fois plus petite que moi, Khadjee était une super partenaire d'entraînement, elle exagérait ses actions, restait ouverte, me laissait voir mes erreurs, mais elle se montrait taquine, aussi : de temps en temps, elle me giflait au menton ou m'envoyait un coup de pied au ventre.

– Ta garde, ta garde, insistait-elle. *Stick and move*. Reste sur la pointe des pieds. Pas de pieds à plat. Tu pourrais être pris au dépourvu.

Absorbés par nos exercices, comme on peut l'être quand ça fonctionne bien, on avait perdu la notion du temps. Parfois, un bon coup me valait un sourire approbateur, et là je me laissais distraire par le joli visage de Khadjee. Je l'avais toujours trouvée très mignonne, mais quand elle combattait, sa vraie beauté ressortait. En plus, elle m'avait dit qu'elle m'aimait bien. Il n'en fallait pas plus pour que je me mette à imaginer fugitivement que nous pourrions peut-être devenir plus que des amis. Ce qui me déconcentra assez longtemps pour qu'elle puisse m'envoyer un coup de poing fulgurant au menton, suivi d'un autre, carrément violent, sur le sternum. Je reculai, la respiration coupée, et Khadjee me dit :

– Si tu te déconcentres comme ça dans un match, tu es foutu.

Je fonçai en avant, l'obligeant à reculer jusqu'au mur, d'un côté de la ruelle. Je souris d'un air espiègle en plaçant mes mains de part et d'autre de son corps. Elle était prise au piège entre mes bras. Nos deux visages étaient très proches, à présent. Elle pencha la tête et me regarda d'un drôle d'air, comme si elle se demandait à quoi je pensais. Moi aussi je me le demandais. À cet instant, il aurait pu se passer quelque chose, j'ignorais quoi. Mais le hasard en décida autrement.

À nos pieds, Rosie se leva en grognant et tira sur sa laisse. Puis j'entendis une voix grave demander :

– Qu'est-ce qui se passe, ici ?

Dans l'obscurité, je distinguai trois silhouettes, simples ombres noires qui se détachaient sur la circulation des voitures, à l'arrière-plan. Au milieu, la plus grande des trois reprit :

– On dirait des amoureux qui se bastonnent.

Je baissai les bras pour libérer Khadjee. Rosie, les poils du dos hérissés, montra les dents. Khadjee se baissa pour lui caresser la tête, tandis que je me mettais en garde, dans la position d'un bandit armé. Mon enfance m'avait appris au moins une chose : à deviner qu'un type cherche la bagarre rien qu'à sa façon de parler. Si j'en jugeais par sa voix, celui-ci était bourré, méchant et prêt à en découdre. Même si j'étais sûr de ne pas le reconnaître, sa voix ne m'était pas inconnue. Et je décidai, sur-le-champ, que si lui et ses potes cherchaient les embrouilles, ils étaient à la bonne adresse.

12

Près du grand type, un autre plus petit, chaussé de bottes, porta une bouteille à ses lèvres, la vida et dit :

– On voudrait pas vous déranger. Vous êtes tellement mignons.

Ils avancèrent tous les trois, toujours côte à côte. J'examinai les murs qui nous entouraient. Il y avait bien un escalier de secours zigzaguant le long du bâtiment en briques, mais l'échelle se trouvait à trois mètres cinquante du sol. Le seul moyen de sortir de là était de passer au milieu d'eux. Rosie grogna. D'une voix parfaitement calme, Khadjee lui dit « Tranquille, ma fille ». Elle détacha la laisse du tuyau et l'enroula autour de son poignet.

Quand ils s'approchèrent, je constatai qu'ils n'étaient pas tout jeunes.

– Retiens ton clébard, lança le grand. Sinon, on va s'en occuper.

Maintenant Rosie aboyait et montrait les dents. Le troisième larron, une casquette de baseball rabattue sur le front, pointa un index tremblotant vers Khadjee et balbutia :

– Ça vaut pour elle aussi. C'est une chouette petite ninja, non ? Et bagarreuse avec ça. J'aime bien les nanas bagarreuses, moi.

Je fis un pas vers eux et me mis devant Khadjee pour lui faire un rempart de mon corps. Je n'avais aucun espoir de pouvoir parlementer pour nous sortir de là, mais je levai quand même les mains en disant :

– On se faisait un petit cours comme ça, au pied levé. On allait justement partir.

Épaule contre épaule, les trois types formaient un mur.

– Un cours ? On s'inscrit où ? demanda le plus petit, celui qui avait des bottes.

Je scrutai leurs visages pour essayer de deviner si l'un d'eux était sur le point d'attaquer.

– Écoutez, dis-je, vous êtes tous bourrés, et c'est pas la peine que ça dégénère. Vous allez souffrir si vous vous magnez pas le cul de retourner dans le bar d'où vous venez. Vous feriez mieux de rentrer chez vous retrouver vos meufs.

– Il est marrant, non ? railla le grand.

Il avala sa dernière gorgée de bière et saisit la bouteille vide par le goulot. Son pote à la casquette sortit quelque chose de sa poche arrière. Il faisait trop sombre pour que j'en aie la certitude, mais je vis briller un objet métallique. Je penchai pour un couteau. Nous sentions tous que la tension allait crescendo. Rosie jappait de plus en plus fort et tirait sur sa laisse comme une enragée. Je tournai légèrement la tête de côté, tout en gardant un œil sur les autres et je soufflai à Khadjee :

– Je m'occupe de ces bouffons. Filez, toutes les deux.

Mais Khadjee se pencha, tapota la tête de Rosie et lança à haute voix :

– La réponse, c'est à peu près dix-huit centimètres de long.

– Tu peux répéter ? dit le plus grand des ivrognes, en penchant la tête.

Je ne voyais pas du tout de quoi parlait Khadjee. Mais quelque chose venait de basculer dans cette atmosphère tendue à l'extrême.

Elle se redressa et contourna mes bras protecteurs pour se mettre à côté de moi. Rosie se trouvait devant nous.

– Les aiguilles qu'ils utilisent pour soigner la rage, poursuivit Khadjee.

Les trois types eurent l'air perplexes. Khadjee posa une main sur son ventre.

– En fait, ils font une série de piqûres, assez profond, dans l'abdomen. À raison de quatre à six par semaine. C'est très douloureux, à ce qu'on m'a dit.

Rosie tira sur sa laisse, et se dressa sur ses pattes arrière. Le type à casquette commença à reculer mais le grand, le chef, l'arrêta d'une main sur l'épaule.

– C'est une mytho ! Ce clebs a pas la rage.

– Probablement pas, rétorqua Khadjee. Mais cette chienne a été élevée dans une fosse avec des chiens de combat, et ses maîtres la battaient. À voir dans quel état elle se met, là, je parie qu'ils avaient la même odeur que vous.

Les mâchoires de Rosie claquèrent furieusement dans l'air et, même dans cette ruelle sombre, on vit ses dents étinceler. Khadjee mit un genou par terre, glissa la main le long de la laisse, remonta jusqu'à l'attache du collier. Elle actionna le mousqueton.

– On laisse tomber, dit le plus petit en s'éloignant à reculons.

– Allez, Pete, lança le chef, tu vas pas te dégonfler devant cette petite…

Khadjee leva la main, et Rosie s'élança vers les trois hommes en aboyant férocement. Ils faillirent tomber les uns sur les autres quand ils firent demi-tour en courant. Rosie était sur leurs talons quand ils atteignaient la rue principale. Khadjee cria :

– *Yùt !*

Rosie s'arrêta net, revint vers Khadjee en trottinant, lécha la main que celle-ci lui tendait et se laissa rattacher.

Tout ça s'était passé tellement vite que je n'avais pas eu le temps de réagir.

– On ferait mieux de se tirer avant qu'ils reviennent, dis-je.

Khadjee me regarda du coin de l'œil.

– Ces trouillards ? Ils ne reviendront pas. Mais on va

quand même rentrer. Il faut que j'aille voir comment va mon oncle.

Après être passés devant un petit groupe de clients devant le bar, on suivit les trottoirs défoncés du quartier.

Khadjee marchait devant moi, étrangement silencieuse compte tenu de ce qui venait de se passer.

– C'était chaud, là, hasardai-je. Comment tu as eu l'idée de cette histoire ?

– J'en sais rien. Je dois être une bonne menteuse.

– Sûrement. Même moi, j'ai failli y croire. Remarque, je maîtrisais la situation, tu sais.

Elle s'arrêta et fit volte-face.

– Absolument pas. Ils étaient trois et ils étaient saouls. On ne maîtrise rien, dans ce genre de situation. Il aurait pu arriver n'importe quoi.

Elle avait dit ça d'un air totalement stoïque et d'un ton neutre.

– Arrête, protestai-je. Je les aurais réduits en bouillie, ces connards. Je les aurais ratatinés les doigts dans le nez, et c'est même pas…

Khadjee pivota sur un talon et s'éloigna en entraînant Rosie qui renâclait. Quand je la rattrapai, elle ne daigna même pas tourner la tête vers moi.

– Je sais me défendre toute seule, dit-elle. On n'est pas dans un conte de fées et je ne suis pas une damoiselle en détresse.

– J'ai jamais dit ça, rétorquai-je. Qu'est-ce que tu voulais que je fasse ? Que je les laisse nous cogner dessus ?

Elle secoua la tête et accéléra le pas pour mettre plus de distance entre nous. Je ne voulais pas lui courir après pour lui faire une scène. Je la suivis simplement. La circulation était dense et, à un feu, elle fut obligée d'attendre. Quand je la rattrapai, elle me répondit :

– Tu ne voyais donc aucune autre alternative ? Soit c'était eux qui te frappaient, soit c'était toi, c'est ça ? Tu les provoquais plus ou moins, tu le sais très bien. On ne peut pas régler tous les problèmes avec ses poings, Mac.

Le feu passa au rouge et le petit bonhomme vert apparut sur le signal pour les piétons, mais Khadjee ne bougea pas.

– Je ne sais pas pourquoi mais vous, les mecs, on dirait que vous avez la violence dans le sang.

– Qu'est-ce que tu racontes ? lui demandai-je.

– Oh, ça va ! s'exclama-t-elle. Tu l'as bien dit, tout à l'heure, à propos de ton père à qui tu voudrais casser la gueule. Tu ne fais même pas la différence entre la justice et la vengeance.

Elle planta ses yeux dans les miens, attendant une réponse. Je ne pouvais pas lui dire, à ce moment-là, que depuis dix ans, quand je matraquais un lutteur au cours d'un match, j'imaginais que j'étais en train de frapper mon père. C'était son bras que je tordais, sa joue que j'enfonçais dans le tapis. Je préférai me taire. Et quand Khadjee tourna la tête et traversa la rue, je restai au bord du trottoir. D'autres gens me dépassèrent et bientôt, je fus entraîné par le flot de passants.

Les poings enfoncés dans les poches, je traînai aux abords d'une supérette ouverte toute la nuit devant laquelle un type pieds nus faisait la manche. Je croisai un couple sortant d'un restaurant chic en se chamaillant pour savoir qui avait oublié de réserver. De jeunes skaters s'entraînaient sous les réverbères d'un parking, un groupe de joggeurs vêtus de gilets de sécurité jaune fluo me dépassa. Une ambulance traversa en hurlant. Je voyais tout cela, mais en fait je me battais dans ma tête avec les paroles de Khadjee.

Je savais que le sang de mon père coulait dans mes veines. Khadjee ne l'avait pas dit explicitement, mais je me demandais quand même si j'avais ou non le choix d'être comme j'étais. Un code génétique avait décidé que j'aurais les cheveux bruns et les yeux bleus, pourquoi en aurait-il été autrement de ce qui faisait ma personnalité : mon instinct, mon caractère ? C'est peut-être pour ça qu'il m'est aussi facile parfois de lire dans l'avenir, parce que tout ceci est prédéterminé.

Je rentrai par des chemins détournés. Je pris mon temps, traînais en suivant vaguement la direction de l'appartement en essayant de démêler tout ça. Je n'avais pas les réponses aux questions de Khadjee, mais je me dis qu'au moins, je devais commencer par m'excuser.

Arrivé au coin de la rue où se trouvait son immeuble, je vis un gyrophare tourner en silence, rouge/blanc/rouge. Une ambulance était garée juste devant chez elle, les deux portes arrière ouvertes. Je me précipitai dans l'appartement. Deux ambulanciers étaient agenouillés près de Than allongé sur une civière, par terre dans le séjour, les yeux fermés. Debout près d'eux, Khadjee pleurait. La télé restée allumée diffusait les championnats du monde de poker.

Les ambulanciers soulevèrent la civière. J'entendis Than geindre doucement : au moins il était vivant. Rosie, enfermée dans la chambre, aboyait comme une folle.

– Qu'est-ce qui s'est passé ? demandai-je, dans la confusion générale.

Personne ne me répondit. Les ambulanciers sortirent avec Than. Khadjee attrapa son sac à dos et leur emboîta le pas, mais s'attarda assez longtemps avant de sortir pour me glisser :

– Je l'ai trouvé par terre en rentrant. (Ses yeux verts étaient mouillés de larmes.) Ils ont parlé de défaillance respiratoire mais je ne sais pas trop. Ils l'emmènent aux urgences.

Elle s'arrêta avant de franchir la porte et se retourna vers moi. Derrière elle, je voyais l'intérieur de l'ambulance tout éclairé et les ambulanciers penchés sur Than. Tout en se tordant les mains, Khadjee regardait autour d'elle, comme si elle cherchait quelque chose qu'elle avait égaré. Puis elle avança d'un demi-pas vers moi et me demanda :

– Tu peux venir avec moi, Mac ?

Des heures plus tard, nous étions assis côte à côte dans la salle d'attente des urgences de l'hôpital de Harrisburg. Depuis longtemps j'avais la phobie des hôpitaux. Avant d'y entrer je retenais ma respiration comme pour plonger dans l'eau profonde. Mais Khadjee m'avait demandé d'être là, alors je pris sur moi. Devant elle, sur la table basse, il y avait le café que j'étais allé lui chercher à la cafétéria. Elle n'y avait pas touché.

Des blessés et des malades déambulaient devant nous. Un jeune père faisait les cent pas avec un bébé en pleurs, un homme rondouillard en costard hurlait dans son portable sous un panneau interdisant l'usage du téléphone. Une femme latino-américaine lisait tranquillement le journal, assise, la jambe enflée allongée sur une table basse. La télé accrochée dans un angle du mur diffusait une émission dans laquelle des célébrités de seconde zone jugeaient des gens ordinaires désireux de percer dans le showbiz. Parmi les candidats, il y avait un type qui jonglait avec des cercles enflammés tout en roulant sur un vélo à une seule roue, une équipe de trois magiciennes qui se changeaient en hommes, et un garçon de ferme du Nebraska en salopette qui chantait un rap sur le thème de la vie à la campagne. Lui, il avait beaucoup de succès.

Je vis Khadjee sourire en regardant ce garçon.

– Tu crois qu'il peut gagner ?

Elle haussa les épaules.

– Il a déjà gagné, à mon avis.

Elle s'agitait et n'arrêtait pas de scruter l'écran de son portable. Un peu plus tôt, une infirmière nous avait expliqué que Than était hors de danger pour l'instant, mais qu'ils allaient le garder. Ils nous appelleraient quand il serait possible de le voir. Khadjee avait aussitôt envoyé un texto. Je n'avais pas demandé à qui mais, en tout cas, elle n'avait pas eu de réponse. Elle remit le portable dans sa poche et se leva.

– Mais pourquoi c'est si long, à la fin ? Je vais aller demander.

Je posai doucement la main sur son bras.

– Ça sert à rien. C'est pas en les tannant qu'on aura une réponse. Il faut attendre, c'est tout.

Elle baissa les yeux vers moi, plus contrariée que furieuse. Je n'arrêtais pas de m'interroger, comme elle sans doute, sur la signification d'une expression comme *hors de danger pour l'instant*.

Elle se rassit à côté de moi. À la télé, un autre chanteur montait sur scène. Je savais que c'était un sujet sensible, mais je me dis que ça valait le coup de faire une diversion, alors je dis :

– Parle-moi un peu de ce connard de Wertzman.

– Quoi ?

– Wertzman, celui qui dit que tu ne sais pas chanter.

Un sourire désabusé fendit son visage de marbre.

– Sterling Wertzman. Il met en scène les pièces de théâtre, au lycée. Il se prend pour le génie de la scène théâtrale de Harrisburg.

– Tu es comédienne ?

– Au printemps dernier, j'ai parfaitement réussi mon audition pour *Cendrillon*. En toute objectivité, je la tenais, cette chanson. Elle était pour moi.

– Et alors, ce type ne t'a attribué aucun rôle ?

– Si, celui de la souris numéro trois, répondit Khadjee. Même pas eu le droit d'incarner une des méchantes sœurs. Le rôle de Cendrillon est allé à Jenny Haskel qui chante comme une casserole mais qui a l'avantage d'être très grande, très blonde, très belle à tout point de vue, comme le sont toujours les rôles-titres. C'est comme ça, que veux-tu.

Ce qu'elle m'avait dit, dans les bois, à propos des héros de Hollywood, prenait tout son sens, à présent. Elle continua :

– Une de mes... amies m'a dit qu'il fallait qu'on démissionne en signe de protestation et c'est ce qu'on a fait. La souris numéro deux et moi. Ça n'a rien changé, remarque : ils ont trouvé d'autres souris, et la Terre ne s'est pas arrêtée de tourner. Cette année, je n'ai même pas pris la peine de passer l'audition. Elle non plus, pourtant c'est une super danseuse.

– Tant pis pour eux, dis-je. Je te le répète : tu as une voix superbe.

– N'importe qui chante bien sous la douche, objecta Khadjee en accentuant son sourire.

Quelques secondes plus tard, elle ajouta :

– Mais c'est quand même sympa de me le dire.

Il y eut un étrange moment de flottement. Un mélange de complicité et de gêne, comme dans la ruelle. Mais cette fois encore nous fûmes interrompus. Un infirmier venait vers nous.

– Voulez-vous me suivre, je vous prie ?

Nous nous levâmes d'un même élan et, à ma grande surprise, Khadjee me prit la main. L'infirmier nous précéda le long d'un couloir jusqu'à l'ascenseur. Arrivés au deuxième étage on le suivit dans un autre couloir. À chaque pas, je sentais les doigts de Khadjee dans les miens. Devant elle, c'était l'inconnu. Et j'étais là pour la soutenir. Trop content de lui rendre service à mon tour.

L'infirmier entra enfin dans une chambre. Than, très pâle, les yeux clos, gisait sur un lit médicalisé. Un masque en plastique relié à un réservoir d'oxygène était plaqué sur son nez et sa bouche. Khadjee s'effondra sur lui en sanglotant et l'infirmier dit :

– Le Dr Ngoyo viendra dès que possible.

Je hochai la tête et l'infirmier nous laissa. La pluie battait les carreaux. Près de Than pendait un sac transparent contenant un liquide qui tombait goutte à goutte dans un tube relié à la pliure de son coude. Khadjee rapprocha du lit une chaise qui couina sur le lino et prit le poignet de son oncle. Elle lui murmura quelque chose en thaï.

Le médecin, un homme mince à la peau brune, entra peu après. Il nous salua, scruta un écran où s'affichaient des chiffres en vert puis se tourna vers Khadjee.

– Qu'est-ce qui est arrivé à mon oncle ? lui demanda-t-elle.

– Il souffre d'une infection pulmonaire due à une bactérie, le pneumocoque. C'est assez fréquent chez les diabétiques, malheureusement, bien qu'il existe un vaccin. Mais j'imagine que votre oncle n'a jamais été vacciné.

C'était salaud de lui dire un truc pareil. À quoi ça servait ? Le médecin continua :

– Il en a résulté non seulement une pneumonie, que nous allons essayer de traiter avec une assistance respiratoire, mais aussi ce qu'on appelle une sepsie, une infection qui touche tout l'organisme. Nous disposons d'antibiotiques qui vont traiter cela, je l'espère.

– Comment ça, vous l'espérez ? Tous ces traitements vont le guérir ou pas ?

Khadjee avait quasiment crié. Le médecin me regarda, comme pour me demander de l'aide. Khadjee baissa la voix et demanda :

– S'il vous plaît, dites-moi la vérité. Il va mourir ?

Le Dr Ngoyo répondit :

– Ce n'est pas moi qui décide. Mais son état est alarmant. Nous allons l'hospitaliser, bien entendu. Il faudrait que vous envisagiez un séjour prolongé.

– Nous n'avons pas d'assurance, avoua Khadjee, la tête basse.

Le médecin eut un froncement de sourcils qu'il tenta de réprimer.

– Que vous soyez en capacité de payer ou pas, légalement nous ne pouvons pas le laisser sortir. Mais je vais être honnête avec vous : les soins nécessaires sont assez coûteux. Même s'il guérit, ses reins seront sans doute atteints. S'ils ne tiennent pas le coup, ce qui est probable, il faudra envisager une dialyse.

Un signal sonore tinta dans la poche du Dr Ngoyo. Il sortit un téléphone, jeta un coup d'œil à l'écran. Puis il dit :

– Le moment venu, quelqu'un vous expliquera comment fonctionnent les plans de remboursement, et les options possibles. En attendant, restez auprès de lui aussi longtemps que vous le souhaitez.

Il fourra son téléphone dans sa poche et sortit. Je me mis derrière Khadjee et posai les mains sur le dos de sa chaise. Pendant un long moment elle ne dit rien. Nous écoutions la respiration irrégulière de Than et le bourdonnement de l'appareil posé près de lui. La pluie avait cessé. De temps en temps on entendait de loin une annonce diffusée dans les haut-parleurs de l'hôpital. Un message codé pour une urgence au quatrième étage. Khadjee serra la main de son oncle. Je n'aurais pas pu dire si Than la sentait.

Je me penchai pour toucher l'épaule droite de Khadjee.

– L'argent, je l'ai, dis-je, il est à toi.

Elle plia l'avant-bras, tapota ma main, me prit les doigts.

– Ça ne suffira pas. Je sais ce que coûte l'hôpital. La dialyse, tu imagines ? On n'a pas de carte de crédit, on n'a pas un seul objet de valeur à vendre. Il faudrait que j'arrête le lycée et que j'essaie de trouver un second job.

Je me déplaçai à côté de sa chaise sans lâcher sa main et posai un genou sur le linoléum froid. Khadjee avait des traces de larmes sur les joues.

– Tout ira bien, lui dis-je. Je peux arranger ça.

Elle secoua la tête et me dévisagea, comme si j'étais naïf ou stupide.

– On en a déjà discuté, Mac. Ce n'est pas ton boulot de me sauver. Je n'ai pas besoin que tu sois mon héros.

Je me relevai et répondis :

– Ça, je le sais. Mais je peux être ton ami.

Le médecin leva la main, une main très fine.

– J'ai vu comme vous, oui. Seulement sa fonction rénale décline, ses poumons sont très atteints et il souffre toujours d'une insuffisance respiratoire importante. L'assistance respiratoire a permis d'enrayer la pneumonie, mais la cause de cette infection était d'abord l'état de ses poumons. L'infection pulmonaire est galopante.

Khadjee s'avachit légèrement. Je la pris par l'épaule pour la soutenir.

– Qu'est-ce que vous dites ?

– Je ne fais que répéter ce que j'essaie de vous faire comprendre depuis l'autre jour. Nous en sommes à un stade où nous pouvons le soulager, mais je ne veux pas vous donner de faux espoirs.

– Comment l'espoir peut-il être faux ? interrogea Khadjee à voix basse.

Clairement, elle n'attendait pas de réponse. Le médecin promena son regard dans le couloir.

– Than a l'air tellement en forme, dis-je.

– Je ne devrais peut-être pas vous dire ça, mais à ce stade, il arrive parfois que les patients aient un sursaut d'énergie, comme une sorte de prélude à la phase terminale. Ils ont l'air guéris et débordants de vitalité. Je sais par expérience qu'il vaut mieux profiter de leur compagnie pendant cette période. Vous devriez retourner auprès de lui, d'accord ?

Khadjee marmonna quelque chose et dégagea son épaule de ma main. Elle se dirigea d'un pas lent vers la chambre de Than. Je dévisageai le médecin.

– La vérité est parfois dure à entendre, me dit-il. Mais j'ai pensé qu'elle devait la connaître.

Je rejoignis Khadjee qui était adossée au mur, juste à côté de la porte de la chambre de Than. Elle pleurait en silence. À mon approche elle renifla et se redressa. Elle s'essuya les yeux et dit :

– Les médecins ne savent pas tout. Il va se remettre. D'ici une semaine, on sera à la maison.

Elle ne croyait pas un mot de ce qu'elle disait, ça se voyait. Elle essayait juste de s'en convaincre. Et j'aurais voulu pouvoir contrôler mes visions pour savoir ce qui allait se passer et la conforter dans ses rêves. Mais au fond de moi, je savais que si j'arrivais à lire dans le futur, ce que j'y verrais ne me plairait probablement pas.

16

Khadjee m'annonça qu'elle n'assisterait pas à mon combat contre Badder. Elle ne pouvait pas laisser son oncle, ce que je comprenais très bien. Than était reparti dans sa léthargie, et elle voulait rester, au cas où il aurait un nouveau moment de lucidité. Le lundi après-midi, elle avait fait un saut à la maison pour prendre une douche (sans chanson), se changer et voir comment nous allions, Rosie et moi.

– Ne laisse pas Badder te choper au bras, me recommanda-t-elle au moment de partir, un sac de couchage sur l'épaule. Il a des prises de soumission redoutables. Je l'ai déjà vu casser un coude comme une aile de poulet.

– Il ne se remettra pas de mon coup de pied avant, fanfaronnai-je.

Khadjee secoua la tête.

– Tu n'as pas de coup de pied avant. Mais tu as raison, Badder ne s'attendra pas à ce que tu lui balances un coup de pied aussi foireux.

– C'est mon arme secrète.

– Admettons. Tâche d'en faire bon usage.

– Entendu, boss, dis-je. C'est comme si on l'avait, notre ceinture de championnat.

– Ne sois pas trop sûr de toi, rétorqua-t-elle.

Appuyée à l'encadrement de la porte d'entrée, Khadjee n'avait pas l'air d'avoir envie de partir. Elle caressa le paillasson du bout du pied.

– Ce type est réellement dangereux. Sunday a un plan.

– Sunday veut se faire du fric. Et je n'ai pas peur de Badder.

– Ce serait pourtant bien que tu aies un tout petit peu peur.

Je secouai la tête.

– La peur, c'est pas mon fort, répondis-je.

J'entendis un petit rire moqueur, quelque part dans ma tête. Khadjee me ramena au présent en me caressant le bras.

– Sérieux, dit-elle. Fais attention à toi ce soir.

Heureusement qu'elle m'avait mis les pendules à l'heure en me disant qu'elle n'était pas en quête d'un petit ami dans mon genre, ni d'un petit ami tout court. Sinon j'aurais mal interprété son inquiétude.

– Toi aussi, répondis-je, certain que sa soirée serait bien plus dure que la mienne.

Le lundi, en début de soirée, je me retrouvai sur un terrain vague envahi de mauvaises herbes qui m'arrivaient à la taille. À mes pieds, un grand panneau écroulé proclamait : « Sur ce chantier, vingt-huit jours sans un seul accident ! » Quatre semaines sans accident, je ne voyais pas ça comme un exploit et je me demandais dans quelles circonstances le chantier avait fermé.

Blalock avait roulé en direction du sud, jusqu'à cette zone industrielle pas du tout éclairée, pleine de bâtiments qui ressemblaient à des hangars. Au bout d'une route sinueuse d'au moins un kilomètre et demi, on était arrivés sur ce chantier de construction perdu au milieu de nulle part, au centre duquel se dressait un bâtiment inachevé qui me fit penser à un Meccano géant. Sur quatre étages des poutrelles métalliques s'élevaient vers le ciel, mais il n'y avait ni sols, ni plafonds, ni murs.

Blalock alla chercher Sunday pendant que je découvrais l'arène de combat. Des fondations creusées depuis longtemps formaient la base de la structure. Comme souvent, le ring improvisé dans ce soubassement était délimité par des parpaings. Dans deux angles opposés, des projecteurs puissants éclairaient le sol en béton, et les deux autres coins étaient occupés par des caméras qui attendaient, en position de repos. Des feuilles et autres débris jonchaient la fosse et un larbin de Sunday était descendu par une échelle avec un sac poubelle pour la nettoyer.

Certains gros parieurs s'agglutinèrent autour de moi. Ils me tapaient dans le dos, me demandaient comment je me sentais. Je répondis « bestialissime » et ça les fit marrer. Mais je voyais bien à leurs regards, aux coups d'œil qu'ils échangeaient, à leurs sourires forcés que la plupart d'entre eux avaient parié contre moi. Badder était considéré comme imbattable. Dégoûté par leur hypocrisie, je m'excusai et disparus dans l'ombre qui entourait le lieu du combat.

C'est là que Blalock me retrouva, debout sur ce grand panneau.

– La rencontre initiale de la soirée a débuté, me dit-il. Maddox et un jeune pugiliste du Maryland sont engagés dans une démonstration passionnée.

– Et vous croyez m'allécher avec ça ?

– À quoi peux-tu bien t'occuper, ici ? me demanda-t-il en regardant alentour.

Je levai les yeux vers le ciel.

– J'essaie de voir les étoiles.

Blalock leva les yeux.

– Il me semble qu'il n'y en a pas une seule.

– Bien sûr que si, mais on ne les voit pas, c'est tout.

Il rajusta ses lunettes et se massa le nez à l'endroit où elles étaient posées.

– Je te trouve singulièrement philosophe. Les guerriers poètes appartiennent davantage au mythe qu'à la réalité. Je te conseille plutôt de te focaliser sur le principal match de la soirée.

– Ouais.

– Tu mérites une certaine reconnaissance, Edward. En un laps de temps très court, tu as accompli plus de choses que n'importe quel autre *brawler*.

– Il se passe plein d'autres choses dans le monde, ce soir, alors vous m'excuserez si j'ai mieux à faire que de penser à un combat.

Blalock se tut. Derrière lui, un cri monta, sans doute un moment clef du match.

– La mauvaise santé de Than est profondément regrettable. C'était quelqu'un de bien.

Ça me choqua que Blalock parle de lui au passé.

– Il l'est encore, rectifiai-je, en lui lançant un regard noir.

– Sans aucun doute, concéda-t-il, un peu mal à l'aise.

Profitant de son embarras, je lui balançai une question à laquelle il ne s'attendait pas.

– Qu'est-ce qui est arrivé à Marco ?

Blalock sursauta et regarda au loin dans l'obscurité qui entourait le chantier.

– Ce qui est arrivé à Marco, il l'avait bien cherché. Ce jeune homme avait un potentiel élevé, mais une extrême outrecuidance. Il est passé à côté d'un concept crucial, à savoir que, dans la vie, on est parfois contraint de faire des choses qui peuvent vous paraître désagréables ou répugnantes.

– Comme quoi, par exemple ? insistai-je. Des trucs qu'on ne veut pas faire ?

Derrière Blalock une nouvelle clameur s'éleva, suivie d'applaudissements.

– Le premier match est terminé. Nous devrions nous rapprocher de l'arène.

Le deuxième match fut d'une barbarie sans nom : deux brutes de Pittsburgh essayant de régler un contentieux. Ils combattaient en face à face, pas de finesse, aucun style, échangeant des uppercuts dévastateurs, sans même faire semblant de se défendre. Je crois que je n'avais jamais rien vu d'aussi brutal. Finalement, ils s'effondrèrent tous les deux, en sang. L'un des deux rampa pour se coucher sur l'autre et lui infliger une série de coups de poing sans ressort. Malgré son épuisement, il réussit à balancer un ou deux coups assez puissants pour que l'autre perde connaissance. Pour prouver qu'il était KO, il souleva un de ses bras qui retomba comme un chiffon. Le vainqueur eut toutes les peines du monde à grimper à l'échelle pour sortir de l'arène et il fallut un bon bout de temps pour remonter le perdant, complètement sonné.

Pour éliminer tout ce sang, quelqu'un eut la bonne idée de nettoyer le béton de l'arène à grands coups de jet. L'eau s'évacua en tourbillonnant au milieu. Pendant cette opération de ménage, j'observais Badder de l'autre côté de l'arène, pile en face de moi. Ses groupies se pressèrent autour de lui, mais il les repoussa d'un revers de main, préférant me regarder fixement par-dessus cette fosse qui faisait penser à une tombe géante. Il y avait quelque chose d'inhabituel dans son attitude. Il ne fronçait pas les sourcils, ne faisait pas ses horribles grimaces qui, au fond, n'avaient pas tellement de sens. Peut-être savions-nous tous les deux qu'il était temps de passer aux choses sérieuses et de régler notre différend. On allait enfin jouer dans la cour des grands.

Sunday émergea de la foule et se posta devant une des caméras. Dans un micro attaché à un haut-parleur, il souhaita la bienvenue à tous ceux qui étaient venus assister au principal évènement de la soirée. Puis il fit son laïus habituel à propos de la pureté du combat au corps à corps, de l'esprit guerrier, etc. Je l'entendis vaguement crier :

– Badder, le champion, contre notre nouvelle recrue, Wild Child !

Je rajustai les bandes Velcro de mes gants, sortis mon protège-dents de la poche de mon short de gym. Avant de le mettre, je me tournai vers Blalock.

– Quelques dernières paroles d'encouragement ?

La lueur de son portable colorait son visage en bleu.

– Ce qui pourrait peut-être te motiver, c'est de savoir que les parieurs te sous-estiment. Actuellement, tu es donné perdant à huit contre un. Prouve-leur qu'ils ont tort.

Je descendis par une échelle métallique, un échelon après l'autre. Sous mes pieds nus le béton était frais et glissant. Au-dessus de moi, Badder me désigna du doigt en hurlant « Je t'aurai ! », puis il sauta en bas, certainement pour montrer à quel point il était puissant. Sans se quitter des yeux, on avança l'un et l'autre vers le centre où on se retrouva avec de l'eau jusqu'aux chevilles, dans la mare sanglante qui stagnait autour de l'évacuation bouchée. Ses tatouages, que je n'avais pas vus d'aussi près depuis longtemps, n'étaient plus tout à fait les mêmes que dans mon souvenir, comme si les arabesques de ses joues étaient plus grandes. Je chassai cette pensée pour me concentrer sur les fans alignés au bord de l'arène, qui scandaient leur impatience, les poings levés.

Sunday frappa le gong et tous les spectateurs rugirent : « Pas de pitié ! Prêts ? À l'attaque ! »

Même s'il jouait les durs, Badder commença prudemment. Il tourna en rond, à bonne distance, et attaqua timidement en *jabs*. Je fis de même, pressé de mouiller mon maillot, mais tout en conservant ma garde haute. Courbé derrière mes poings, je me déplaçai en pas chassé. Badder recula vers le mur puis, sans prévenir, il me chargea comme un taureau enragé. Pas le temps de lui choper les jambes pour neutraliser son attaque, alors je reculai vite fait au moment où il passait les bras autour de ma taille, la tête enfoncée dans mon ventre. Comme il ne pouvait pas m'attraper les jambes pour m'amener au sol et que j'étais incapable de me libérer, on se déplaça tous les deux en diagonale d'un bout à l'autre de l'arène. Arrivé dans le coin, il me flanqua contre le mur tellement fort que mon crâne heurta un parpaing. Ma tête se mit à tourner et je sentis le goût du sang dans ma bouche.

Badder se pencha devant moi et me bourra les côtes de coups de poing, gauche, droite, gauche encore, des swings ultra violents. Avec la pointe du coude je lui frappai l'arrière du crâne, trois ou quatre fois, avant de lui balancer un coup de genou dans la figure. Par réflexe il sauta en l'air. Je l'attendais avec un *jab* du gauche dans le nez qui le fit reculer. J'avançai pour rentrer avec un crochet du droit. Loupé : Badder baissa la tête et le coup passa juste au-dessus, mais ça me permit de m'écarter du mur. Il me poursuivit, accroupi, et je tournai en rond, un peu étourdi. Je n'arrivais pas à respirer sans avoir une violente douleur au niveau du plexus : je me demandais s'il ne m'avait pas fêlé une côte. Badder me vit probablement grimacer, car il frappa dans ses mains puis tambourina sur son large torse. Il cria en direction du public qui répondit par des hurlements approbateurs, ce qui l'incita à se retourner vers moi et à me faire sa grimace maorie, yeux exorbités, langue tirée. À ce moment-là, il avait les pieds posés à plat au sol, la tête projetée en avant et les bras le long du corps. Mon ouverture était parfaitement claire. C'était une erreur de débutant, un cadeau.

Dans le feu de l'action, on ne réfléchit pas. Ce n'est pas comme aux échecs, où on anticipe plusieurs coups en pesant le pour et le contre avant de prendre sa décision. Dans un combat, en général, on se fie à son instinct, on y va avec ses tripes. Parfois, on se rend compte qu'on a amorcé un mouvement avant même de savoir ce que ce sera, comme si le guerrier qui sommeille en vous avait pris le contrôle des opérations, passant outre à votre conscience. Quand je vis Badder exposé comme ça, je ne réfléchis pas. La douleur dans mes côtes disparut et je me jetai en avant. Tout en chargeant, je pivotai latéralement, je plantai mon pied droit dans le sol, puis je me cambrai pour envoyer l'autre pied dans son torse massif. Un coup de pied de côté dont Khadjee aurait été fière. Badder se plia en deux. Il avait le visage au niveau de la taille. Je fis un tour sur moi-même, trois cent soixante degrés, et je l'atteignis à la joue avec un coup de pied crocheté dont je ne me pensais pas capable. Badder tomba sur un genou et j'eus l'impression d'abattre un arbre énorme d'un seul coup de hache. Debout devant lui, j'attrapai une touffe de ses cheveux crépus de la main gauche et levai le poing droit au-dessus de mon épaule. Il regarda cette épée de Damoclès : ses yeux brillaient plus que je ne l'aurais imaginé. Mon poing s'abattit sur son menton avec la force d'un coup de tonnerre venu de l'Olympe, après quoi je pivotai de l'autre côté pour lui balancer un crochet du gauche dans la figure. Comment réussit-il à ne pas tomber ? Aucune idée.

Je reculai un peu, stupéfait qu'il ne soit pas KO, et je tentai de reprendre mon souffle. Mes côtes me faisaient souffrir, mais je les ignorai. De dépit, je pivotai à nouveau et, imaginant sa face comme une cible, je balançai un coup de pied retourné en plein dans le mille. Dans mon imaginaire, j'envoyais aussi sa tête dans le public et quelqu'un l'attrapait, peut-être Sunday. En fait, Badder croisa ses deux bras musclés devant sa poitrine pour parer mon coup et il m'attrapa le pied. Il le coinça comme dans un étau et se redressa, m'obligeant à sauter à cloche-pied. La foule explosa.

Quand un adversaire vous tient la jambe, vous êtes pratiquement à sa merci. Il y a toutes les chances pour qu'il vous amène au sol, à moins que vous n'arriviez à sortir du tapis, mais c'était impossible dans cette arène entourée de parpaings. Je me retournai et je tentai le coup de pied de l'âne pour libérer ma jambe, mais Badder était beaucoup trop fort. Il me repoussa, espérant pouvoir me saisir plus haut, au-dessus du genou. Je me souvenais du coup impressionnant de Dominic, et lorsque Badder me tira de nouveau violemment vers lui, je profitai de l'élan, levai la jambe que j'avais encore au sol et lui balançai un coup de pied en pleine poitrine. Il lâcha ma jambe et s'écrasa sur le béton.

Je me remis rapidement sur pied pendant qu'il titubait encore, puis envoyai un coup de pied de côté assez médiocre et le frappai aux côtes grâce à une assez belle combinaison, avant d'enchaîner sur un coup de genou dans son abdomen. Badder recula jusqu'à un coin de l'arène et protégea sa tête avec ses avant-bras. Au lieu d'essayer de passer sa garde à coups de poing, je pris la position du lutteur : d'une main je lui saisis la nuque, de l'autre le bras et Badder en fit autant. Nos deux têtes reposaient sur l'épaule de l'autre.

Dans cette position, on était agrippés l'un à l'autre, face vers le sol, Badder murmura d'un ton très calme : « Tu es vraiment bon. » Pourquoi me disait-il ça ? Pour m'intimider ? Pour me faire marcher ? Sa motivation m'échappait, mais avec cette remarque, il réussit à me déconcentrer, et même quand il me téléphona son attaque en disant « C'est mon tour, maintenant », je fus surpris par son coup de pied de *balayage*. Mon corps se trouva déporté vers ma gauche, Badder bloqua mon pied gauche et je basculai sur le côté. J'atterris dans la flaque d'eau immonde. J'essayai de me mettre à quatre pattes, mais Badder fut plus rapide : il arriva par derrière et se mit à cheval sur mon dos. Il me faucha le bras et je me retrouvai à plat ventre dans l'eau. Quand je voulus me relever, il me fit un *full Nelson* en passant les bras sous mes aisselles et en plaquant ses mains derrière mon crâne : la prise que j'avais faite à Kaminski. Mauvais karma, vraiment.

Il appuya de tout son poids sur moi pour me forcer à mettre la tête dans l'eau. J'étirai le cou dans l'intention de le frapper avec l'arrière de mon crâne, mais impossible : il était aussi lourd et aussi fort qu'un cheval. Mon menton commença à tremper dans la flaque crasseuse qui puait atrocement. Quand mes lèvres s'en approchèrent, je tournai la tête de côté, mais Badder maintenait sa pression. Bientôt j'eus la joue mouillée puis la moitié de la figure immergée. Si la flaque avait été un peu plus profonde, il aurait certainement pu me noyer. En tout cas, il fallait que je serre les lèvres et que je respire par le nez. Badder dut se rendre compte qu'il ne pouvait pas m'asphyxier complètement. Dépité, il roula sur le dos, m'entraînant avec lui, puis il nous fit brusquement basculer tous les deux en avant. Ma tête alla frapper le béton, au fond de la flaque d'eau. J'étais abasourdi, épuisé. Approchant son visage du mien il colla sa bouche contre mon oreille et chuchota :

– C'est juste pour que tu saches à quoi t'en tenir, d'accord Baby Blue ?

Sur quoi il tira sur ma tête et la flanqua de nouveau par terre, puis il fit une chose complètement inattendue. Il me lâcha.

Je fus soudainement allégé de son poids, comme si quelqu'un avait soulevé le rocher que j'avais sur le dos. Je me retournai : il était au-dessus de moi et je voyais aussi les étoiles au-dessus de sa tête, à travers les poutrelles. Il leva les mains en signe de victoire en tournant lentement sur lui-même pour savourer l'adulation de la foule. L'espace d'une seconde, je me dis que le public croyait peut-être que j'avais demandé grâce – ce qui n'était pas le cas – mais à cet instant, Badder me donna un coup de pied en criant «T'en veux encore ? Alors viens ! » Il était tellement sûr de lui qu'il avait relâché sa prise qui était parfaite car je ne pouvais absolument pas la contrer. Il me traitait comme j'avais traité Dunkirk au Giant Center, pressé de remporter une victoire spectaculaire. Je me remis à genoux et je repris mon souffle. Il allait me le payer.

Je repris ma position de combat. Badder garda ses distances. Planté à trois mètres de moi, il m'observait. Puis, hilare, il me montra du doigt en singeant ma garde. Il tourna ensuite la tête vers le public comme pour l'encourager, mais c'était une feinte bien trop évidente. Juste à ce moment, j'eus une vision, une fenêtre ouverte sur le futur tout proche. Grâce à quoi, lorsque Badder se retourna brusquement et fonça vers moi, j'avais déjà fait trois pas chassés pour l'esquiver et, alors qu'il se jetait sur moi les bras tendus prêt à me plaquer contre le mur de derrière je ne bougeai pas. J'attendis. Quiconque m'aurait observé aurait pu penser que j'allais me faire avoir, qu'il allait m'écraser comme une mouche. Oh que non.

Quand sa poitrine percuta la mienne, je passai un bras sous son épaule et je tirai vers le haut. Avec mon autre bras, je saisis son coude opposé que je tirai vers le bas. Sous l'effet du choc, je me pliai en arrière, mais mes pieds étaient bien ancrés dans le sol et au moment où on s'effondrait ensemble, je me tournai, j'arrondis le dos et je pivotai au niveau de la taille, de sorte que Badder passa par-dessus moi sans que je sente son poids. En lutte, on appelle ce mouvement la crêpe, parce que l'adversaire atterrit violemment à plat sur son dos. Si je n'avais réussi que ça avec Badder, ç'aurait déjà été très bien. Mais je fis mieux : j'avais suffisamment reculé pour que, au milieu de sa chute, son dos heurte le mur en parpaing. On se retrouva par terre tous les deux. Le haut de son crâne percuta le sol en béton. À la fin de notre chute, Badder gisait sur le dos et j'étais couché sur lui. Mon instinct de lutteur me souffla d'engager mon bras sous le sien pour lui faire une clef de tête et de pousser à fond pour que ses omoplates touchent le sol et que l'arbitre puisse constater un *tombé*. Mais dans cette arène, le seul arbitre c'était moi. Alors, je passai un bras autour de son cou et quand je commençai à serrer, je compris pourquoi ce mouvement était strictement interdit au lycée. Dans la pliure de mon bras, je sentais sa gorge charnue coincée entre mon biceps et l'os de mon avant-bras. Badder déglutit, les yeux exorbités. Il chercha à me frapper, ses bras s'agitaient en tous sens, me tapaient le dos, la tête, mais ses coups sans aucune force n'avaient rien de dissuasif. Je resserrai encore ma prise et je sentis sa volonté de lutter diminuer peu à peu. On aurait dit qu'il allait s'endormir. Je savais – j'en avais pleinement conscience – que j'étais en train de l'étrangler, qu'il ne s'agissait plus d'une simple prise d'étranglement mais de quelque chose qui pouvait effectivement le tuer. Ce sentiment de puissance montait en moi comme une vague, je savourais le ravissement de l'invincibilité.

Même après que Badder avait cessé de bouger, je maintins la pression encore quelques secondes. Je ne voulais pas le tuer, mais tous ceux qui nous regardaient savaient que je pouvais le faire et cette idée me plaisait. L'un de ces témoins se trouvait juste au-dessus de moi. Tout là-haut, les bras croisés sur le bord du mur, Grunt regardait vers moi, avec une expression dans laquelle je ne pouvais lire que de l'approbation, voire de l'admiration.

Je relâchai Badder. Il resta affalé par terre, respirant très difficilement à en juger par le mouvement à peine perceptible de sa poitrine. Je me relevai et tournai la tête vers les fans qui m'acclamaient. Les applaudissements étaient tonitruants, tellement puissants que j'eus l'impression qu'un phénomène physique se produisait dans l'air environnant, un tourbillon de gloire. Tournant sur moi-même, m'imprégnant de tout ça, j'avais l'étrange sentiment que quelque chose allait me soulever de terre, que mon corps allait s'envoler vers le ciel étoilé.

Une heure plus tard, je planais toujours, même si la sensation s'était un peu estompée. Blalock m'emmena dans un boui-boui au bord de la route 11, où je mangeai du steak et des œufs, tout en l'écoutant déblatérer sur l'avenir qui s'ouvrait devant moi, ce futur dont je n'étais pas sûr d'avoir très envie. Il me ramena ensuite chez Khadjee et me tendit une liasse de billets. Je n'en avais jamais eu autant entre les mains : dix mille dollars. Plus que ma mère n'en gagnait en trois mois avec son job de serveuse. L'équivalent de ce que j'avais planqué sous les coussins du canapé de Khadjee, c'est-à-dire ce que m'avaient rapporté mes matchs contre Dominic et Santana.

– M. Sunday a pensé que c'était le moment opportun pour t'octroyer une sorte de prime.

Ce fut la dernière chose que me dit Blalock avant de repartir.

J'étais tellement pris par l'excitation de tout ce qui se passait que je ne me demandai pas pourquoi il y avait de la lumière dans l'appartement, alors que Khadjee était censée être à l'hôpital ce soir-là. Je fus surpris que la porte d'entrée ne soit pas fermée à clef et, quand j'entrai, Rosie ne vint pas sauter autour de moi. Je me dirigeai vers la lueur d'une lampe, dans la chambre du fond. Khadjee se tenait debout devant un carton posé sur le lit. Des papiers et de vieilles photos étaient étalées tout autour. Rosie dormait roulée en boule sur les oreillers.

– Khadjee, annonçai-je fièrement, sans piger ce qui se passait, on a gagné ! Je suis champion.

Elle leva vers moi des yeux mornes, éteints.

La photo qu'elle tenait lui échappa et tomba sur le matelas. C'était un portrait de Than.

Dans le silence qui suivit, je compris. Je fis le tour du lit pour m'approcher d'elle, passai mes bras autour de ses épaules et l'attirai vers moi. Je ne savais pas quoi dire et quand finalement j'articulai « Je suis désolé », ces mots me parurent creux et stupides. Khadjee ne me serra pas à son tour, elle se laissa simplement aller contre moi. Et je la gardai tendrement dans mes bras, en attendant des sanglots qui n'arriveraient peut-être jamais.

17

À ma veillée funèbre, je veux que le funérarium soit plein à craquer. Et j'espère qu'ensuite l'église sera comble.

Quand j'avais treize ans, une des dames qui habitaient à la maison d'accueil de New Hope – maman préférait les appeler des « invitées » – s'était suicidée. Je ne sais pas si cette femme s'était ouvert les veines dans un bain chaud, ou si elle avait avalé une surdose de cachets avant de se coucher. Je n'avais pas posé la question. Ni même demandé si elle avait été abusée par un mari ou un petit ami, comme c'était si souvent le cas dans ces histoires. Ce que je voulais savoir – et je m'étais renseigné le matin même quand on se préparait pour aller aux obsèques de la dame – c'était si elle avait des enfants. Je m'imaginais toujours que toutes les personnes de ce centre d'accueil étaient comme maman et moi. Mais en l'occurrence, je me trompais. La femme en question était venue s'y réfugier seule et elle était morte seule.

Donc, le jour de l'enterrement, je n'aurais pas dû être surpris de voir les bancs de St. Sebastian quasiment vides. Oh bien sûr, le directeur de New Hope était là, devant, et trois vieilles paroissiennes se tenaient au fond, serrées les unes contre les autres. Elles baissaient la tête ensemble pour murmurer les prières et je me souviens qu'elles me faisaient penser à des sorcières, tout habillées en noir et coiffées de leurs napperons en dentelle. Tous les autres bancs poussiéreux étaient déserts. J'avais demandé à ma mère si on était arrivés en avance, mais elle m'avait répondu que non. Tout au bout de l'allée centrale, devant l'autel, le cercueil attendait.

Pendant la messe, il n'y avait pas eu de musique, ni chœur, ni piano, on n'avait donc pas chanté. Le prêtre, sinistre, visiblement pressé d'en finir, avait fait un prêche sur l'obéissance à Dieu et le caractère sacré de la vie. À la fin, je m'étais rendu compte qu'en fait il reprochait à la morte d'avoir mis fin à ses jours, péché mortel aux yeux de l'Église. D'après lui, si j'avais bien compris, il y avait de fortes chances pour que Dieu lui tourne le dos. Tout ça m'avait rendu profondément triste et je n'avais pas réussi à retenir mes larmes.

Ma mère m'avait pris par l'épaule et tapoté le dos. Elle se méprenait sur la cause de mon chagrin et je m'étais bien gardé de la lui expliquer. Plus tard, à la maison – elle était partie travailler chez Perkins –, j'avais arraché une page de mon classeur du collège pour faire la liste de toutes les personnes qui, d'après moi, seraient venues à mon enterrement si j'étais mort ce jour-là. J'imaginais que tous mes copains viendraient, ainsi que la plupart de mes camarades de classe, même par simple curiosité. Sur ma liste figuraient aussi plusieurs voisins et la sœur de maman qui habitait à Erie et qu'on ne voyait plus beaucoup, mais j'imaginais qu'elle viendrait sans mes cousins qui étaient tous des petits monstres. Je m'étais demandé, comme ça en passant, si on laisserait exceptionnellement sortir mon père avec une autorisation spéciale ou quelque chose comme ça, et s'il viendrait au cimetière dans son uniforme orange. En ajoutant quelques profs, j'arrivais à un total de quarante-cinq. Carrément minable. Si personne ne se souvient de vous après votre mort, c'est forcément que votre vie n'a pas beaucoup compté. Alors je m'étais dit qu'il y aurait aussi quelques paroissiens qui ne me connaissaient pas, comme les trois vieilles biques que j'avais vues ce jour-là, que mes camarades de classe ne pouvaient pas vraiment venir seuls, qu'ils seraient accompagnés au moins par un de leurs parents. J'avais donc refait mes calculs et j'arrivais à une centaine de personnes. Ce n'était pas énorme, mais tel que j'étais là seul à la maison, en train d'imaginer cette église pratiquement vide, une centaine, c'était déjà pas mal. Je m'en serais contenté.

Je repensais à tout ça deux jours après la mort de Than, le jour où Khadjee et moi allions à ses obsèques en taxi. Elle était à l'arrière avec moi, les mains croisées sur les genoux. Plus tôt, ce matin-là, elle m'avait dit qu'elle allait méditer un moment dans la chambre mais, peu après qu'elle avait fermé la porte, j'avais entendu des sanglots brefs et étouffés. Je trouvais bizarre d'aller à un enterrement vêtu d'un pantalon normal et d'une chemise, mais Khadjee m'avait assuré que je n'avais pas besoin d'aller acheter une cravate ou une veste habillée.

– Pour nous, ça n'a pas d'importance, avait-elle affirmé.

Dans le taxi, elle m'expliqua que, normalement, les funérailles thaïes traditionnelles n'ont lieu qu'une semaine après le décès pour laisser aux esprits le temps de se préparer. Mais elle estimait que Than avait attendu assez longtemps.

– Assez longtemps pour quoi ?

– Pour ce qu'il y a après la mort, répondit-elle en tournant la tête vers moi.

Le soleil lui éclairait le visage et je remarquai un truc absolument bluffant.

– Tes yeux, balbutiai-je. Qu'est-ce qui s'est passé ?

Khadjee me regarda, surprise.

– Ils étaient verts et maintenant ils sont marron, expliquai-je. Comment c'est possible ?

– Ils ont toujours été marron. Mais l'année dernière, le jour de la Saint-Patrick, j'ai mis des lentilles de contact vertes pour rigoler. Et une amie, une très bonne amie, a trouvé ça joli, alors je les ai gardées. Elles faisaient partie de mon nouveau look. Mais aujourd'hui, ça m'a paru déplacé.

– D'accord, je comprends.

C'est fou tout ce qu'on ignore des gens, même des plus proches.

Quand on est arrivés au funérarium, il y avait peu de voitures sur le parking, mais on était très en avance. J'ouvris la porte à Khadjee qui fut accueillie par la directrice des pompes funèbres, une grande femme aux cheveux gris qui nous dit :

– Les préparatifs sont presque achevés. Si vous voulez bien me suivre.

Elle nous précéda dans un large couloir tapissé de moquette, jusqu'à une pièce qui contenait quelques dizaines de chaises pliantes, toutes vides, toutes tournées vers le cercueil ouvert. Un homme en robe safran faisait des allées et venues entre les deux consoles encombrées d'objets qui encadraient le cercueil. En entendant la directrice se racler la gorge, il se retourna. C'était un moine au crâne rasé et à la mine sympathique.

– Très bien, dit-il en s'avançant vers nous.

On se rencontra dans l'allée qui séparait les rangées de chaises. Un petit fascicule blanc était posé sur chaque chaise. Devant le moine, Khadjee joignit les mains en s'inclinant légèrement, les yeux baissés. Puis, se tournant vers moi, elle annonça :

– Je vous présente Eddie, mon ami. Eddie, voici Arthur du centre bouddhiste.

Ne connaissant trop le protocole, j'allais m'incliner, mais il me tendit sa main à serrer. Sa paume était chaude. La directrice des pompes funèbres demanda à Arthur si on avait encore besoin de quelque chose, puis ils partirent tous les deux dans le couloir, nous laissant seuls, Khadjee et moi, avec Than.

Pendant quelques instants, elle resta debout près de moi, immobile, les yeux rivés sur le cercueil.

– Si on s'asseyait un peu, lui proposai-je. On n'est pas obligés de...

Mais je crois qu'elle n'entendait pas. Elle remonta lentement l'allée, comme une fiancée qui hésite encore. Il ne me vint pas à l'esprit que je pouvais la laisser y aller seule, aussi je restai près d'elle, mais à une certaine distance. Elle s'arrêta avant d'arriver au cercueil, serra les pieds l'un contre l'autre, joignit les mains et les plaça solennellement devant sa poitrine. D'un geste fluide elle les monta jusqu'à son front, puis elle se mit à genoux et alla poser sa tête sur le tapis. Lentement elle se redressa, se remit debout, puis elle répéta plusieurs fois le même enchaînement. On aurait dit une sorte d'exercice de gymnastique, mais je compris qu'il s'agissait d'une forme de prière. Ne sachant pas trop quoi faire, je l'observai sans rien dire.

Quand elle eut fini, elle avança timidement de quelques pas. Par-dessus son épaule, j'aperçus le corps de Than dans le cercueil. Il était vêtu normalement, pantalon beige et chemise habillée. Je fus surpris de voir qu'ils avaient bourré une des jambes du pantalon avec du tissu comme s'il n'avait pas été amputé. Il y avait même une chaussure posée verticalement. Je savais qu'elle était vide. Ses bras étaient pliés, ses mains croisées sur sa poitrine. Khadjee sortit de la poche de sa robe un peigne en plastique noir qu'elle approcha des cheveux fins et clairsemés de son oncle. Elle le passa plusieurs fois pour lui faire la raie au milieu puis se releva. Un silence total régnait dans la pièce.

– Il a l'air paisible, dis-je.

Khadjee remit le peigne dans sa poche et dit :

– Il n'est plus là.

Ce n'était pas un reproche mais une simple constatation.

Ensuite, elle se dirigea vers la console installée près du cercueil.

Il y avait là une dizaine de statuettes dorées. Des personnages assis en tailleur, torse nu. Certains avaient les doigts tordus pour former des signes complexes ; d'autres étaient vêtus de robes comme celle du moine. Devant les statuettes s'alignaient des verres remplis de pierres de couleur au milieu desquels trônait un bol plein de boutons de fleurs blanches. Khadjee en prit un et je l'imitai. Quand elle passa près du cercueil, elle déposa un bouton sur la poitrine de son oncle ; j'en fis autant.

À gauche du cercueil, il y avait une chaise à haut dossier dont l'assise rembourrée était recouverte d'un tissu rouge, et une deuxième table sur laquelle était posé un portrait de Than jeune, dans un cadre doré. Son sourire me rappela celui de Khadjee. Elle prit un seul bâton d'encens sur une petite pile près du portrait, approcha son extrémité de la flamme d'une bougie blanche et planta le bâton dans une coupelle remplie de sable. La fumée grise s'éleva en tourbillonnant et je sentis une odeur rappelant le bois de santal.

Tout au bout de la console étaient posées une bouteille d'eau et une coupe pleine de raisin. Étonnant. Je fus encore plus surpris quand Khadjee sortit de sa poche un paquet géant de Peppermint Patty. Elle le posa et jeta un coup d'œil vers Than avec un léger sourire. Sur la table je remarquai aussi un drapeau en papier blanc de la taille de ceux qu'on distribue dans les défilés le jour de la fête de l'Indépendance, avec un petit bâton en bois et tout. Sauf qu'à la place des étoiles et des rayures il y avait juste un R majuscule tracé avec un marqueur rouge.

On s'assit, Khadjee et moi, au bout de la première rangée de chaises, et je feuilletai un bon moment le fascicule blanc. Il contenait une série de prières qui ressemblaient à des poèmes. Sur la couverture, on pouvait lire :

L'accumulation finit en dispersion.
L'ascension finit en chute.
La rencontre finit en séparation.
La naissance finit en mort.

Dans la demi-heure qui suivit, une vingtaine de personnes entrèrent, seules ou par petits groupes. Entre autres d'anciens *brawlers*, facilement repérables à leurs jointures de doigts noueuses, leurs oreilles en chou-fleur et leurs fortes voix. D'autres gens du centre de méditation bouddhiste exécutèrent le même rituel que Khadjee devant le cercueil et certains déposèrent de la nourriture sur la table : un paquet de cacahuètes, un bocal de bonbons à la gelée. Quelqu'un, sans doute son fournisseur secret, déposa un paquet de cigarettes. Beaucoup prirent des boutons de fleurs dans le bol pour les poser sur le buste de Than et quelques-uns allumèrent des bâtons d'encens. Tous s'arrêtèrent devant Khadjee pour lui présenter leurs condoléances : le plus souvent ils hochaient simplement la tête et repartaient.

Elle se leva à l'arrivée d'un groupe d'adolescents, sûrement ses amis qui séchaient les cours. Par politesse je me levai aussi, pensant qu'elle allait peut-être me les présenter. Khadjee étreignit les cinq premiers et s'attarda dans les bras de la sixième, une fille toute menue avec un anneau dans le nez qui avait l'air particulièrement émue. Ses joues étaient baignées de larmes et elle pleurait sans pouvoir s'arrêter. Comme les autres détournaient les yeux, j'en conclus que c'était la fille à qui elle avait brisé le cœur l'été d'avant, celle qui avait trouvé Khadjee jolie avec les yeux verts, l'amie qui avait abandonné la pièce de théâtre du lycée par solidarité. C'était la souris numéro deux. Je décidai de les laisser seules.

Je m'excusai et filai aux toilettes où je fus surpris de trouver Badder penché au-dessus du lavabo pour se laver les mains. J'allais ressortir discrètement, préférant l'éviter, lorsqu'il ferma le robinet et leva la tête pour me regarder dans la glace. Et là, ce que je vis me stupéfia.

– Tes tatouages, balbutiai-je sans réfléchir, en regardant ses joues dépourvues d'ornement.

Il se retourna et haussa les épaules.

– Ouais, c'est Sunday qui m'oblige à faire cette connerie. Ça fait partie du show. Ma grande sœur est obligée de me les dessiner au marqueur pour que ça ne parte pas avec la sueur. Et ça fait super mal de les enlever.

Il passa près de moi et j'entendis quelqu'un utiliser le distributeur de papier toilette.

J'avais cru, évidemment, que ses tatouages étaient permanents. Badder se tourna pour s'essuyer les mains. Vu de près il avait une joue encore enflée à cause de notre combat. Puis il me dit, d'un ton calme que je ne lui connaissais pas :

– Mes condoléances, pour Than. Il était vraiment de la vieille école, lui.

Ne sachant pas quoi répondre, je dis simplement :

– Merci. Je ne le connaissais pas depuis longtemps.

– Les types comme lui, il n'y a pas besoin de les connaître depuis longtemps pour bien les connaître, pas vrai ?

J'acquiesçai en souriant. On se comprenait, c'était clair.

– Bon, dit Badder, je vais présenter mes hommages. Après je dois rentrer à la maison pour m'occuper de mon petit frère.

Je serrai la main qu'il me tendait, ne sachant pas trop comment parler au vrai Badder que j'avais devant moi, tellement différent de celui que j'affrontais sur le ring.

En se dirigeant vers la porte, il s'arrêta et se retourna.

– Ces tatouages sont sacrés pour les Maoris. J'ai honte de les utiliser pour faire tout ce cinéma, tu sais. Un jour je me les ferai tatouer pour de vrai.

Son aveu me sidéra.

– Ce serait top, dis-je.

– Ouais. (Il s'immobilisa une seconde, comme s'il prenait une décision.) L'autre soir, reprit-il, on a été bons.

– C'est sûr, répondis-je, toujours un peu hébété.

J'allais lui demander quelque chose, mais il tourna les talons et sortit.

Quand je retournai dans la salle, Blalock et Sunday se tenaient le long du mur du fond, près de la porte d'entrée, bras croisés. Je les rejoignis et Blalock approcha la tête de mon épaule pour me murmurer à l'oreille :

– En présence de la mort, on est obligé de regarder sa propre mortalité en face. Je préférerais être ailleurs.

Je reculai et Sunday me serra la main.

– Ravi de te voir, champion.

Il avait dit ça d'un ton que je n'aurais pas su qualifier. Blalock s'embarqua dans une interminable histoire à propos de la veillée mortuaire de la sœur de son ex-femme. Un enfant avait récité un poème à l'eau de rose, après quoi un neveu avait décidé de chanter leur chanson favorite.

– On se serait cru dans le plus médiocre des radio-crochets, commenta Blalock, assez fort pour que plusieurs personnes assises au dernier rang se retournent.

– Quoi ? lança-t-il. On n'a plus le droit de parler ?

Sunday hocha la tête et se pencha vers moi.

– Tu viens à la réception, après, hein ? J'ai tout organisé. Ce vieux Than mérite des adieux en grande pompe, non ?

Je savais par Khadjee que Sunday avait proposé de payer une petite réunion après la cérémonie, ce que j'interprétai comme une autre façon d'exercer son pouvoir.

– J'y serai, bien sûr, dis-je.

Il caressa la pointe de sa barbe blanche.

– Parfait. Il faut qu'on parle.

Parler de quoi ? voulais-je demander, mais à ce moment-là le moine revint en trottinant dans sa robe safran. Tout le monde se tut et se leva. Blalock et Sunday échangèrent un regard et sautèrent sur l'occasion pour s'éclipser. La cérémonie elle-même ne les intéressait manifestement pas. En partant, Blalock se pencha vers moi et murmura :

– Je me ferai un plaisir de vous emmener à la réception. Retrouvons-nous sur le parking après.

Debout devant le cercueil, le moine se prosterna comme l'avait fait Khadjee en touchant le sol avec son front et se relevant trois fois de suite. Ensuite, il alla chercher le mini-drapeau avec le R peint en rouge et l'approcha de la flamme de la bougie blanche. Une fois qu'il fut enflammé il le leva pour que tout le monde le voie. Le drapeau se consuma rapidement et il ne resta que le bâton tout noir au bout. Il fit un signe de tête et le mit dans la coupelle contenant le sable piqué de bâtons d'encens, puis il alla s'asseoir en tailleur sur la chaise rembourrée en rouge. L'assemblée s'assit et je trouvai une chaise vide à proximité. Je me tordis le cou pour voir Khadjee. La fille au piercing était assise près d'elle, ce qui me réjouit.

Le moine parla d'une voix claire, assez fort pour capter l'attention de tous.

– Pour les bouddhistes, la mort n'existe pas. Il n'y a pas de fin. Uniquement des transformations. Si nous sommes réunis aujourd'hui, ce n'est pas pour pleurer la disparition d'Aawut Thanasukolwit mais pour aider sa conscience à quitter cette forme de vie afin d'en adopter une autre. Nous prions pour lui insuffler de l'énergie positive, pour que sa conscience puisse accéder à un niveau plus élevé, en rapport avec le mérite qu'il a accumulé toute sa vie.

Là-dessus, il ouvrit un des livrets de prières et se mit à psalmodier. Il ne chantait pas, ne fredonnait pas non plus vraiment, il émettait un son guttural très grave qui venait des profondeurs de sa gorge et même de sa poitrine. Je pris un livret et suivis de mon mieux.

À la fin de la cérémonie, quelques invités s'attardèrent aux côtés de Khadjee, posant une main sur son épaule ou lui présentant leur paume en passant. La majorité regagnèrent le hall. Khadjee serra dans ses bras la fille qui partit ensuite avec les autres jeunes. Voyant que j'attendais, Khadjee vint vers moi et, pour sortir du funérarium, elle s'appuya lourdement sur mon bras. Elle traversa le parking, les jambes tremblantes et la tête baissée. Nous étions devant le SUV de Blalock. Il ouvrit la portière arrière. Khadjee s'était retenue jusque-là, mais dès qu'elle se retrouva avec moi, protégée des regards des gens par les vitres teintées, elle craqua. Ses larmes coulaient à flot, à présent, et les sanglots secouaient son corps menu. Elle marmonnait des phrases en thaï auxquelles je ne comprenais rien, bien sûr. Je ne pouvais que la serrer dans mes bras et lui caresser le dos pour essayer de la réconforter. Le problème c'est que, dans ces moments-là, on n'arrive pas à dire autre chose que des banalités. Parfois les mots font plus de mal que de bien.

Blalock assis au volant demanda ce qu'il pouvait faire pour l'aider.

– Ça va aller, répondis-je. Laissons-lui quelques minutes et on pourra partir.

– Non, protesta Khadjee d'une voix étranglée. Je n'y vais pas. Ramenez-moi à la maison.

Blalock accrocha mon regard dans le rétroviseur.

– M. Sunday ne va pas être content. Refuser d'y aller, ça pourrait être interprété comme une insulte.

– Je crois que là, tout de suite, son avis n'a pas tellement d'importance, rétorquai-je. Elle n'est pas du tout en état.

– L'avis de M. Sunday a toujours de l'importance. Il a fait un effort considérable pour aménager la salle de réception et tout organiser. Et il vient de me faire part de son désir de converser avec toi, Edward, seul à seul. Il est temps de parler de ce qui va se passer maintenant.

À ce moment-là, Khadjee était allongée sur le siège arrière, sa petite tête posée sur mes genoux. Elle ne pleurait plus mais son corps, roulé en boule, tremblait encore.

– Très bien, dis-je à Blalock. J'irai lui parler. Mais d'abord on va déposer Khadjee chez elle. Ensuite on ira ensemble à la réception. Je me charge de Sunday.

Blalock haussa les épaules et fit une marche arrière pour sortir du parking.

– À ta guise, tant pis pour toi, dit-il avec une grimace, en appuyant sur le frein.

Mais je crois que Khadjee n'entendit pas.

18

D'après ce que j'avais compris au cours de mes nuits avec Grunt, Sunday avait des billes dans une douzaine d'affaires légales, un distributeur de bières à LeMoyne, une salle de billard au centre de Harrisburg, une station de lavage, et un bowling. Je ne fus donc pas surpris de découvrir un restaurant-grill, le Santa Lucia, situé à trois cents mètres du Capitole. J'imaginais que sénateurs et lobbyistes s'y retrouvaient devant de grosses entrecôtes pour conclure des marchés.

Quand on y arriva, Blalock me précéda dans la grande salle, slalomant entre les tables des habitués et évitant un serveur les bras chargés d'assiettes. Au fond de la salle, en haut d'une volée de marches, s'ouvrait une pièce grande comme un gymnase, assez vaste en tout cas pour accueillir un petit mariage. Très haute de plafond, elle était éclairée par quatre lustres hideux et par les baies vitrées du fond qui auraient mérité un sérieux lavage. Une douzaine de tables recouvertes de nappes blanches y étaient disposées. Quelques personnes assises sur des chaises pliantes tournèrent la tête en nous voyant entrer. Si certains remarquèrent l'absence de Khadjee, personne ne fit de commentaire.

– Je meurs de faim, déclara Blalock en se dirigeant vers le buffet dressé le long d'un mur.

Pour ma part, je n'étais pas vraiment affamé mais je le suivis, histoire de m'occuper. Il remplit son assiette d'asperges et de purée de pommes de terre et se fit découper un morceau de jambon et une tranche de rosbif. Je me contentai d'un petit pain et d'une fine tranche de dinde. Il lorgna mon assiette d'un air désapprobateur.

– Chacun voit midi à sa porte, me lança-t-il.

Il restait des places à une table où étaient installés d'autres *brawlers*, dont Maddox et Dominic, chacun avec, devant soi, une assiette copieusement remplie.

– Trop bizarre, la cérémonie, commenta Maddox.

Dominic serra les lèvres, se cala sur le dossier de sa chaise, prit un air sinistre et se lança dans une très mauvaise imitation du chant du moine bouddhiste. Il avait une auréole de sang rouge vif dans un œil, sans doute une hémorragie qui remontait à notre combat. Et il avait coupé ses dreads pour éliminer les pointes brûlées. Je cherchai des yeux Santana qui devait avoir une oreille bandée, mais il n'était pas là. On racontait qu'il lui avait fallu six points de suture.

Je fus surpris de voir Grunt apparaître derrière Dominic et lui donner une claque derrière la tête. Dominic se leva d'un bond, prêt à affronter son attaquant, et s'arrêta net quand il vit de qui il s'agissait. Avec sa tenue habituelle, pantalon noir, chemise noire, cravate noire, veste noire, Grunt était tout à fait à sa place à un enterrement. Après avoir obligé Dominic à baisser les yeux, il me désigna de son gros index et tourna les talons.

– Bonne chance, me glissa Blalock.

Je me levai pour suivre Grunt quand j'entendis le commentaire de Maddox.

– Vous croyez qu'il va revenir manger son sandwich ?

Sans se retourner une seule fois, Grunt descendit un escalier étroit, tout au fond de la salle, puis passa une porte battante percée d'un hublot en verre. La cuisine était une ruche bruyante : sous leur toque blanche, les cuisiniers s'affairaient devant les fourneaux et les grils qui crachaient des flammes. Personne ne se retourna pour nous regarder. Les serveuses et les marmitons s'écartaient à droite ou à gauche pour laisser passer le colosse, et je marchais dans son sillage. Il s'arrêta devant une porte en bois sur laquelle une série de schémas expliquaient quoi faire si quelqu'un s'étouffait. Je restai planté devant un bon moment, le regard vide, et au moment où j'allais frapper, Grunt tourna la poignée et ouvrit la porte. J'entrai.

Sunday était assis derrière un bureau tout au fond de cette pièce sans fenêtres dont les murs étaient tapissés de bibliothèques. Quand il me vit, il était au téléphone, un vieux machin avec un cordon en spirale, mais d'un haussement de sourcils il m'invita à entrer. Je fermai la porte, ce qui amortit le vacarme de la cuisine. En traversant la pièce, je jetai un œil aux titres des livres. Il y en avait un sur le jardinage, un autre sur l'art de la guerre, un troisième sur l'histoire de l'architecture des ponts. L'idée m'effleura que Sunday n'en avait probablement jamais lu un seul ; il avait dû les acheter en lots pour faire joli sur les étagères.

Près des chaises qui faisaient face à son bureau, une cage à oiseaux géante était posée sur une table. Je regardai à l'intérieur. Elle était vide. Le journal qui tapissait le fond était propre mais datait de quelques années.

Son bureau était envahi par des tas de papiers, une pile de classeurs à anneaux et un vieil ordinateur avec un énorme écran. Dans le seul espace dégagé, juste devant lui, était posée une assiette contenant une côte de bœuf encore intacte. Il coinça le combiné entre son épaule et son oreille, m'adressa un signe de tête, me désigna du doigt une des chaises. Je m'y assis. Soit elle n'était pas très haute, soit son coussin s'enfonçait trop, je ne sais pas, mais je me retrouvais tellement bas que j'étais obligé de lever la tête pour avoir les yeux au niveau du bureau.

– D'accord, d'accord, dit-il à son interlocuteur. Je ne veux pas connaître ta tambouille. Débrouille-toi pour faire ce que je t'ai demandé et préviens-moi quand c'est réglé.

Là-dessus, il raccrocha brutalement et se tourna vers moi, le sourire aux lèvres.

– Pourquoi est-ce que les gens ne tiennent pas leurs engagements ? C'est vraiment trop demander ?

Il attrapa un verre de vin rouge, en but une bonne gorgée puis il empoigna ses couverts et attaqua son morceau de viande. Elle était saignante. Une mare de jus rouge se répandit sur l'assiette blanche. Il approcha sa fourchette de sa bouche ouverte, interrompit son geste et me demanda :

– Tu as mangé au buffet ou pas ?

J'acquiesçai.

– Tu veux autre chose ? Je peux demander à Kendall de t'en préparer une vite fait. Ça prendra dix minutes.

– Non, ça va, dis-je.

Sunday sembla tout à coup plongé dans ses pensées, et pendant quelques minutes je le regardai manger, un peu gêné. Il bouffait des morceaux de viande qu'il piquait avec sa fourchette, prenait une bouchée de pommes de terre au four, oubliait la salade. Plusieurs fois il jeta un coup d'œil à l'écran de l'ordinateur en faisant la grimace. Son repas terminé, il attrapa le téléphone, composa rageusement un numéro et dit :

– J'ai réfléchi. Vendredi matin ça n'ira pas pour moi. Jeudi soir. Dernier carat.

Il raccrocha cette fois calmement. Il semblait plus serein, et c'est avec un petit air satisfait qu'il grignota les dernières miettes de viande tendre attachées à l'os. Il prit une serviette rouge sur ses genoux, tamponna sa barbe blanche et se tourna vers moi comme s'il se souvenait brusquement de ma présence.

– Bon. Comment ça se passe là-haut ?

– Là-haut ? Très bien.

Il leva son verre de vin mais ne but pas.

– Comment va la fille ?

– Khadjee est bouleversée, dis-je.

– Il y a de quoi. Moi, quand mon père est mort, j'ai perdu la boule. J'étais tellement saoul le jour de l'enterrement que je me suis battu avec le flic qui faisait la circulation au cimetière. Tu le crois, ça ?

– On fait des choses bizarres quand on a une montée de stress.

Il me lança un regard approbateur en pointant vers moi sa fourchette garnie d'un gros morceau de viande dégoulinante de jus.

– Tu sais, petit, tu peux être très diplomate quand tu veux. C'est un talent rare. La question, maintenant, c'est : peux-tu être pragmatique ?

– Je ne suis pas sûr de vous comprendre.

Il mâcha, sans prendre la peine de fermer la bouche. Après avoir avalé, il continua :

– Je veux dire qu'il est temps pour toi de jouer le jeu. J'organise un deuxième match entre Badder et toi. Et cette fois, c'est un combat que tu vas perdre.

D'après son ton, ce n'était pas une prédiction mais une injonction. Je répondis tout de même :

– Je l'ai déjà battu et je recommencerai.

– Eh bien en fait, non. Je veux dire non, tu ne l'as pas battu. Il s'est laissé vaincre parce que je le lui avais ordonné en lui promettant qu'il pourrait remporter son titre de champion d'ici une semaine.

Je sentis une vague de chaleur monter le long de ma nuque. Ça paraissait impossible. Pourtant je repensai à plusieurs choses qui m'avaient troublé et qui trouvaient soudain leur place, comme les pièces d'un puzzle. Le regard étrange que Badder avait échangé avec le gamin, la façon dont il m'avait subitement lâché pendant le match, la réflexion qu'il avait faite en sortant des toilettes, au funérarium. Tous ces détails prenaient maintenant tout leur sens.

– Pourquoi ? demandai-je.

Sunday posa ses couverts, s'essuya de nouveau la bouche avec sa serviette qu'il jeta ensuite sur son bureau.

– Pour trois raisons : l'argent, l'argent et l'argent. Si on s'y prend bien, on peut exploiter quelque temps la rivalité entre Badder et toi. Tu ne vas pas me faire la morale, maintenant, petit ? Je ne sais pas exactement quel est ton but dans la vie, mais je suis prêt à parier que l'argent peut sérieusement t'aider. Je me trompe ?

Je pensai à tout ce que je pourrais faire si j'avais de l'argent, continuer mes études, acheter à ma mère une maison digne de ce nom, lui offrir une vie meilleure. Je voulais toujours toutes ces choses, mais elles me paraissaient plus inaccessibles que jamais.

– C'est pour l'argent que tu t'es lancé là-dedans et c'est pour l'argent et rien d'autre qu'on fait ça. Perdre peut rapporter gros, c'est la vie qui vous apprend ça.

Comme je ne disais rien, Sunday continua.

– Je doublerai ta paye. Ça t'est déjà arrivé de gagner vingt mille dollars en une soirée ? Et là, ce serait du net, déduction faite de la part de Ray. Je te paierai même la moitié d'avance pour prouver ma bonne foi. Et puis, je sais où tu habites.

Je me levai en pensant à Khadjee et au mauvais karma.

– Non. Je veux pas tremper là-dedans. J'arrête.

Et je me dirigeai d'un pas décidé vers la porte.

J'entendis Sunday se lever en faisant crisser les pieds de sa chaise.

– Tu arrêtes ? C'est intéressant. Et dis-moi ce qui m'empêcherait, quand nous ne serons plus amis, de passer un coup de fil anonyme à la police ? Ou de lui envoyer une copie de la vidéo de toi en train de tabasser ce malheureux Leonard, dans le wagon de marchandises ?

Je me retournai. Sunday contourna son bureau, s'approcha de moi, posa une main sur mon épaule. Puis il aspira quelque chose qui était coincé entre ses dents, un morceau de viande sans doute, et il dit :

– Explique-moi clairement ce qui te fait croire que tu ne risques rien en me trahissant maintenant. Que Grunt ne va pas tout simplement te remettre les idées en place à sa manière. Ou que ta chère vieille maman ne pourrait avoir un horrible accident ?

Je chassai son bras de mon épaule.

– Je vous interdis de menacer ma mère.

– Tout de suite les grands mots ! dit-il en faisant signe à Grunt de me barrer la sortie. Mais de la parole à l'acte il y a un long chemin, petit. Enfin, ne parlons pas des représailles et de leurs conséquences, c'est tellement désagréable. Parlons plutôt de cadeaux et de récompenses. Et si je t'offrais quelque chose de plus que de l'argent, pour t'inciter à accepter ?

Il eut un sourire sournois.

– Où voulez-vous en venir ? demandai-je.

– Il n'y a pas longtemps, dans une caravane, je t'ai laissé entrevoir la possibilité d'une rencontre avec ton père. Je me suis arrangé pour qu'elle puisse avoir lieu. Je n'attends que ton feu vert.

Une bouffée de chaleur fit perler de la sueur sur mon front. Mes doigts se fermèrent, je serrai les poings. Je sentis l'odeur de naphtaline, j'entendis ma mère crier. Je repensai à tous les fantasmes qui m'avaient traversé l'esprit dans mes moments de solitude, pendant presque dix ans : frapper mon père, lui rendre au centuple la douleur qu'il m'avait fait subir. Pourtant, maintenant que l'occasion m'en était donnée, je ne le sentais pas. J'avais l'impression qu'il s'agissait de la revanche de quelqu'un d'autre, que j'étais au bord d'un précipice et qu'il fallait que je recule.

Mais Sunday me tendait la main pour sceller notre arrangement en me regardant droit dans les yeux.

– Le loup ou le mouton, petit. Il est temps de choisir.

J'étais comme hypnotisé, incapable de trouver en moi la force de refuser. Je vis ma main avancer vers celle de Sunday, la serrer une fois et je m'entendis lui dire :

– Marché conclu.

19

Je n'aurais jamais dû en parler à Khadjee.

Le lendemain des obsèques de son oncle, elle m'invita à aller faire un jogging en disant qu'elle avait besoin de s'aérer la tête. On partit donc en petite foulée sur le chemin de Camp Hill jusqu'à l'autre côté du pont. Avec ma barbe et ma capuche rabattue sur la tête, je me sentais à peu près tranquille, mais je guettais quand même d'un œil les voitures de flics. On traversa le Seibert Park pour prendre ensuite le sentier de la forêt. Arrivé au pied du mur d'escalade, je repris haleine, les mains en appui sur les genoux.

– On va voir si tu mérites enfin d'apprendre le secret de la Griffe du Tigre.

C'était la première fois, depuis des jours et des jours, que j'entendais un sourire dans sa voix.

– Laisse-moi reprendre mon souffle.

– Non, coupa-t-elle, soudain très sérieuse. C'est justement maintenant qu'il faut y aller, pendant que ton corps se croit à bout de forces. Tu dois apprendre que tu possèdes des réserves dans lesquelles tu n'as pas encore puisé.

Je savais pourquoi elle prenait son ton de coach : elle voulait se plonger dans ce rôle pour ne plus être une nièce en deuil. Mais moi, je n'étais pas prêt à jouer ce scénario. J'avais la tête ailleurs.

– Bon, dis-je en me redressant. J'ai quelque chose à t'annoncer, et ça ne va pas te plaire.

Elle m'écouta sans rien dire, sans réagir, lorsque je lui parlai du marché que j'avais passé avec Sunday. J'expliquai calmement le coup du combat truqué contre Badder. J'en arrivai enfin à la contrepartie que Sunday m'avait proposée : la raclée que j'envisageais d'infliger à mon père. Les yeux de Khadjee – ses yeux qui n'étaient plus verts mais avaient retrouvé leur couleur marron naturelle, pareils à ceux d'une biche – s'agrandirent. Cette dernière partie de mon explication sonnait comme une confession, surtout que j'hésitais encore entre le regret d'avoir accepté ce marché et la hâte d'affronter mon père. Quand je me tus, Khadjee secoua la tête, s'éloigna de quelques pas et me dit :

– La vengeance, c'est pas bon du tout. Ce n'est pas ton genre de faire ça.

Je repensai à tout ce que les journalistes sportifs avaient écrit sur moi. *Violent. Méchant.* Le *Brute Boy.*

– Justement, si, c'est peut-être mon genre. Peut-être que je suis comme ça depuis toujours.

– Mac, dit-elle en me regardant bien en face. Le genre

d'individu qu'on est, ce n'est pas gravé dans le marbre. Ça ne tombe pas du ciel. Il faut le vouloir.

On marcha l'un vers l'autre et il y eut une drôle de vibration dans l'air, comme si nous étions deux *brawlers* qui se mettent en garde et préparent une ouverture. Je vis qu'elle faisait un effort pour cacher sa déception. Arrivé tout près d'elle, je dis :

– De toute façon, ma décision est prise.

Elle hocha la tête et regarda le mur, derrière moi.

– Toute décision a des conséquences, Mac. Tu ferais bien d'y réfléchir sérieusement. Je vais rentrer à la maison et essayer de me remettre dans le bain, de retourner en cours. J'ai besoin de prendre un nouveau départ et de comprendre certaines choses.

Khadjee avait toujours un meilleur plan que moi. Je voyais bien à la façon dont elle l'avait dit qu'elle s'imaginait rentrer en courant, mais seule.

– Bonne idée, lâchai-je. Vas-y, moi je vais faire ce que j'ai à faire.

– Ne fais pas ça, Mac, dit-elle avec une grimace. Arrête de te raconter que tu n'as pas le choix. C'est faux. Bon, j'y vais.

Sur ce, elle remonta le sentier. Je la suivis des yeux jusqu'à ce qu'elle disparaisse dans le virage.

Je partis à pas lents dans la direction opposée, en suivant le ruisseau vers la rivière Conodoguinet. Une fois au bord, je ramassai une poignée de pierres plates et je passai un moment à les jeter à l'eau, comme quand j'étais gosse, pour regarder les ondulations se disperser en ridant la surface avant de disparaître. Un souvenir heureux se dessina dans ma mémoire : mon père et moi, pas très loin d'ici, en train d'attraper des écrevisses pour rigoler. Moi, j'avais dû prendre deux gobelets en carton, alors que lui les attrapait à la main en les pinçant. Je laissai passer ces images et tous les sentiments qu'elles faisaient naître en moi. Et pendant un temps, j'essayai de ne penser à rien.

Au début, j'eus la même impression qu'à l'église quand on se taisait et qu'on devait entendre la voix du Saint-Esprit. Mais au bout d'un moment, je n'entendis plus que le bourdonnement de la circulation sur le pont, au-dessus de ma tête. Apparemment, j'étais aussi peu doué pour la méditation que pour la prière et tout ce que je faisais finalement, c'était tuer le temps en balançant des cailloux dans l'eau.

Et ce soir-là, de la même façon que la conscience de Than avait entrepris son voyage vers son devenir, je fis moi aussi un voyage, mais avec une destination bien connue : le centre pénitentiaire de Fort Indiantown Gap. J'étais assis à l'avant de la fourgonnette de Grunt qui avait parcouru tout le chemin de Camp Hill jusque-là sans émettre le moindre son. Ça me rendait fou, alors j'inventai un petit jeu. Je dis à Grunt : « Combien ça fait six cent huit moins six cent huit ? » et comme il gardait le silence, je disais : « Zéro ! Exact. » Et juste pour le fun, je lui demandai aussi : « Aquaman, il vaut quoi, sur un ring ? » « Qu'est-ce qu'on entend, dans l'espace ? » et « Quel est le sens de la vie ? »

Impossible de le faire réagir, alors je me rabattis sur mon lecteur MP3. Un petit album d'Aerosmith, ça fait toujours passer le temps.

On arriva enfin sur le parking où, sept ans plus tôt, j'avais refusé de sortir de la Subaru toute déglinguée de ma mère. Je vis le haut grillage auquel mon père s'était accroché de tous ses doigts en regardant dans ma direction. Aujourd'hui comme alors, le grillage était surmonté de barbelés. Grunt nous conduisit jusqu'à une guérite et deux tours de garde en haut desquelles des projecteurs balayaient la cour de leur faisceau lumineux. On imaginait facilement des hommes entraînés à tirer à vue, postés là-haut, fusils chargés.

La femme en uniforme dans la guérite semblait nous attendre. En voyant la voiture arriver au ralenti, elle se tourna vers un écran d'ordinateur. Pendant que la barrière devant nous pivotait pour libérer l'entrée, elle pointa le doigt dans une direction en disant :

– Les livraisons c'est tout droit, puis à gauche au panneau T. Vous verrez l'incinérateur et au-dessous une grande porte rouge. C'est là.

Grunt suivit ses instructions. J'essayais d'imaginer ma mère dans l'enceinte de cette prison. Un an après son incarcération, peu après que sa peine avait été prolongée pour cause de bagarres, mon père avait commencé à lui écrire. Elle avait rejoint un groupe d'entraide, arrêté de boire et faisait du bénévolat à New Hope. Finalement elle accepta de lui rendre visite, accompagnée du prêtre de notre paroisse. Au bout de cinq ou six visites, elle réussit à me convaincre d'y aller, disant que ce serait bien pour nous trois. « Le pardon ça peut t'aider, toi, mais aussi la personne qui t'a fait du mal, Eddie. Ça n'a pas de sens de nourrir toute cette colère. » Mais une fois là-bas, j'avais regardé ces barbelés et je m'étais rappelé mon père le soir où il avait pété un câble à propos de la guerre de Sécession. Je ne me souviens plus de ce que je lui avais donné comme raison pour refuser de sortir de la voiture, mais la vérité c'est que j'avais peur, tout simplement.

Alors que ce soir-là, je n'avais pas peur. J'étais résigné. Je refusais de me voir comme Sunday me voyait, comme un loup. Mais je ne pouvais pas passer à côté de la chance qu'il m'offrait d'affronter mon père. Aussi, avant même que Grunt ne vienne me chercher, j'avais décidé que je lui balancerais quelques claques, juste pour qu'il ait une petite idée de ce qu'il m'avait fait subir autrefois, et puis je m'en irais.

Grunt gara la voiture près d'un sinistre bâtiment en briques surmonté d'une immense cheminée qui s'élançait vers le ciel. Même dans cette nuit noire, je voyais de la fumée gris clair s'en échapper. Je me demandais quel genre de machine génératrice d'énergie se cachait dans ce bâtiment.

Une fois sortis de la fourgonnette, on se dirigea vers la porte rouge et quand je la tirai, je sursautai en voyant Blalock juste derrière.

– Bonsoir, Edward. C'est toujours un plaisir.

Il nous précéda dans un couloir exigu dont le plafond était parcouru de tuyaux et de fils électriques. On tourna à droite, puis à gauche, on traversa une pièce sans lumière où j'imagine que l'ampoule était morte. J'avais l'étrange impression de descendre dans les entrailles d'un immense organisme mécanique. À un moment, on franchit une passerelle branlante. Dans la vaste salle qui s'étendait sous nos pieds, d'énormes fourneaux ronronnaient. Des tapis roulants amenaient des matériaux dans ces grandes bouches béantes où s'agitaient des flammes et, même de là-haut, je sentais les vagues de chaleur caresser mes joues et les paumes de mes mains. À chaque inspiration, de l'air brûlant envahissait mes narines. En bas, s'affairaient quelques hommes torse nu coiffés de casques de chantier. Je me demandais comment ils pouvaient tenir. Je ne les voyais pas comme des ouvriers mais plutôt comme des pécheurs condamnés à une insupportable pénitence.

Arrivés à l'extrémité de la passerelle, on longea un autre couloir qui débouchait dans une pièce immense. Elle était occupée par deux gigantesques œufs en métal d'au moins six mètres de large, couverts de cadrans et de manettes, qui émettaient un grondement sourd et furieux. J'en déduisis qu'il s'agissait de chaudières installées au-dessus des fourneaux.

Dans l'espace séparant les deux chaudières se tenait un groupe d'hommes qui faisaient cercle autour de quelques chaises pliantes. Je reconnus Sunday mais pas les trois autres. L'un d'eux était en costume-cravate, les autres en uniforme de gardiens de prison.

Blalock me dit :

– Tu peux être reconnaissant à M. Sunday de t'offrir cette chance. Il a dû obtenir de nombreux passe-droits pour cela. Mais il est convaincu que tu en vaux la peine. Cela représente une importante allocation de ressources.

– Parfait, dis-je avant tout pour le faire taire.

Me voyant approcher, Sunday s'écarta du groupe pour venir à ma rencontre, la main tendue. Je la lui serrai et il annonça :

– Eh bien voici la vedette de notre show.

Je me retournai pour voir si les autres voulaient me serrer la main, mais ils restèrent les bras ballants. Un des surveillants, un homme trapu, croisa ses bras musclés et me fixa avec dureté.

Je balayai la pièce du regard.

– Alors, il est où ?

– Patience, temporisa Sunday. La vie finira par t'apprendre la politesse.

Je me foutais pas mal de l'impression que je donnais, mais ça n'aurait servi à rien de le dire.

Sunday glissa la main dans mon dos et m'agrippa la nuque, pour montrer aux autres le pouvoir qu'il avait sur moi.

– Une petite mise au point, avant de commencer. J'ai promis de t'offrir une chance de régler tes comptes avec ton père et je suis un homme de parole. Personne ici n'interviendra, à moins que tu ne sois clairement en difficulté.

– C'est peu probable, lança le plus gros des surveillants.

Juste avant, je l'avais vu scruter mon visage à la recherche d'une ressemblance. Je me demandais ce qu'il savait d'autre pour faire un tel commentaire.

– Quoi qu'il en soit, poursuivit Sunday, légèrement agacé, il ne faut pas que tu l'esquintes au point qu'on doive l'emmener aux urgences. C'est important. Tu peux tabasser ton paternel à ta guise. Lui mettre la figure en sang. Le rouer de coups de pied. Tout ce que tu veux, du moment que l'infirmerie de la prison peut le prendre en charge, voire le recoudre, au besoin. Mais s'il faut une ambulance, ça devient nettement plus compliqué. Compris ?

Je fis signe que oui. Ils n'avaient pas à le savoir, mais tout ça collait parfaitement avec mon plan.

Sunday reprit :

– C'est important. Je tiens à ce que tu le formules.

– Oui, oui et oui, fis-je, agacé qu'il insiste. Je ne suis pas là pour le tuer. Ce sera juste une sympathique petite réunion familiale. Je pensais d'ailleurs qu'il y aurait du gâteau et de la crème glacée.

Sunday rit jaune.

– Le sarcasme est le langage des ignorants, petit. Tu ne devrais pas te sous-estimer à ce point.

Après ces paroles d'encouragement, il y eut un long moment d'attente. Sunday et le type en costume s'étaient assis et discutaient à voix basse. Grunt s'était posté près de la porte. Blalock consultait son téléphone dont l'écran illuminait son visage dans le noir. Moi, je faisais les cent pas près d'une des chaudières dont je sentais la chaleur rayonnante. Le gardien trapu me surveillait d'un œil en faisant craquer ses doigts.

Quand la porte de la passerelle s'ouvrit brusquement, tout le monde se retourna d'un seul élan vers les deux silhouettes qui entraient. Avec la lumière du couloir derrière, les deux hommes se découpaient comme des ombres chinoises, et ce n'est que lorsqu'ils avancèrent que je les vis mieux. Celui qui fermait la marche, un surveillant en uniforme, tenait une matraque à deux mains. Celui de devant, des claquettes aux pieds, portait la combinaison orange à manches courtes des prisonniers, et des menottes aux poignets. Mais quelque chose clochait.

– Ce n'est pas mon père, annonçai-je, un peu trop vite.

L'homme se figea sur place, à trois mètres de moi, et marmonna :

– Eddie ?

Sur un signe de Sunday, le surveillant le poussa vers moi. Je fis quelques pas dans sa direction et on se retrouva face à face. Il garda le silence, tandis que je le détaillais de la tête aux pieds. Cet homme avait la quarantaine, vingt-cinq kilos de moins que mon père, et à vue de nez quelques centimètres de moins, aussi. Les cheveux clairsemés, les joues creuses, les yeux éteints. En plus, il portait des lunettes à montures métalliques.

Mais quand il se mit à parler, quand il se lécha les lèvres et me dévisagea, quand il me sourit un peu et dit : « Eddie, qu'est-ce que tu fais ici ? » je reconnus sa voix avec une absolue certitude. Sauf qu'elle n'allait pas avec ce corps, comme dans les films de science-fiction, quand deux personnages échangent leurs cerveaux, par exemple.

Il se pencha en avant et je crois qu'il aurait essayé de me prendre dans ses bras s'il n'avait pas eu de menottes. Je reculai.

– Tu te trompes de scénario, lançai-je.

Mon père passa en revue les autres personnes présentes dans la pièce. Son regard s'arrêta sur l'une d'elles et il prononça son nom sur un ton qui ne cachait pas son mépris.

– Sunday. (Mais aussitôt, il se tourna de nouveau vers moi.) Il paraît que tu es en cavale.

Je fus surpris qu'il sache où j'en étais, qu'il ait des nouvelles de moi, mais je ne voulais pas le montrer.

– Je suis pas allé bien loin.

Sunday avança jusqu'à mon père et posa une main sur son épaule.

– Ne t'en fais pas, Victor. On l'a pris avec nous, on veille sur lui. Il fait partie de la famille.

Soudain le visage de mon père, déformé par la colère, me redevint familier.

– J'en prends Dieu à témoin, Sunday, si tu…

Sunday répondit par un geste de mépris et alla se placer devant Grunt.

– Tu m'excuseras mais je n'ai pas de temps à perdre avec des menaces en l'air. (Puis, s'adressant au surveillant :) Enlevez-lui les menottes.

Le gardien de prison vint se placer entre mon père et moi, tira brutalement sur la chaîne qui reliait ses menottes et attrapa un trousseau de clefs à sa ceinture. Je vis le surveillant trapu qui m'avait à l'œil porter la main à l'étui de son révolver. D'un pouce il détacha le bouton pression du rabat.

Mon père se frotta les poignets. Ses avant-bras étaient couverts de tatouages d'un noir délavé. L'un représentait une grande croix légèrement de travers et l'autre proclamait « Christ vit en moi ! » Il me vit les regarder. Je dis :

– C'est une putain de blague, non ? Tu vas me faire croire que tu as trouvé Jésus ici ?

Mon père sourit en secouant la tête.

– Disons plutôt que c'est Lui qui m'a trouvé.

– Il était perdu et il est retrouvé, ironisai-je. Bénissons le Seigneur et passe-moi le beurre.

– Pas de blasphème, jeune homme.

La remarque venait du vieux en costume, qui était toujours assis. Puis, se tournant vers Sunday :

– Pouvons-nous commencer ? Je n'ai pas payé pour entendre du bavardage.

Mon père fronça les sourcils, perplexe, et regarda autour de lui comme pour y trouver une réponse. Blalock vit la même chose que moi et dit :

– Permettez-moi de mettre des mots sur vos interrogations, Victor, dans un jargon qui vous est familier : votre fils est ici pour égaliser les scores.

Mon père me regarda en plissant les yeux pour que je confirme, et j'acquiesçai. Et là, je me ressaisis. J'avais accepté cette idée : physiquement, mon père n'était plus le même, c'était clair. Je m'attendais à ce que nous soyons sur un pied d'égalité, mais de toute évidence, il était plus petit. Mais il était quand même plus grand que je ne l'étais à huit ans, le jour où on regardait un match de basket, le jour où il avait attrapé une rallonge accrochée au mur pour me fouetter avec, tout ça parce que les Raiders avaient raté un tir et que j'avais osé lâcher « Pas de bol ! » Il était plus grand que le soir où j'avais vidé son verre d'alcool dans l'évier, un acte de rébellion qui m'avait valu d'être frappé avec une putain de spatule en métal : je m'étais enfui en chaussettes dans les feuilles mortes, derrière la maison jaune, et il m'avait poursuivi. Le fait d'être plus grand que moi ne l'avait jamais arrêté. Le fait d'être plus grand que lui, aujourd'hui, n'allait pas davantage me dissuader.

Sunday dit :

– Alors on peut commencer ?

Tout le monde recula pour nous laisser seuls au centre d'un cercle mal défini. Mon père me regarda enlever mon sweat-shirt à capuche et le jeter dans un coin.

– Je ne comprends pas, Eddie. Écoute, je ne sais pas dans quoi ce cinglé t'a embarqué, mais il ne faut pas lui faire confiance.

Un rire métallique m'échappa.

– Ah bon ? Le type dont je dois me méfier ici, c'est lui ? C'est ce que tu essaies de me dire ?

– Assez parlé, maintenant, s'écria Sunday d'un ton de plus en plus impatient. Eddie, si tu ne peux pas assumer ce que nous avions prévu, j'envoie Grunt le faire à la place.

Je me tournai vers le molosse planté devant la passerelle, bras croisés, aussi immobile qu'une statue. Puis je dis à Sunday :

– Non. Je ne laisse jamais personne se battre à ma place.

– Se battre ? répéta mon père. Hors de question que je me batte avec toi, Eddie.

Je m'attendais à cette réaction depuis l'instant où je l'avais vu, pourtant, en l'entendant dire ça, je serrai instinctivement les poings. Une seconde après je m'élançai pour le frapper sur le côté de la mâchoire. Sa tête se tordit vers la droite avec un craquement sec. Il recula d'un pas, se ressaisit et s'exclama, stupéfié :

– La vache, quel crochet !

Je me mis tout naturellement en position de combat. Mon sang commença à s'échauffer, comme à chaque fois.

– J'ai encore mieux en réserve.

Mais mon père ne bougea pas.

– Écoute, Francis, dit-il à Sunday. Je ne sais pas à quoi tu t'attendais, mais si tu t'imagines que je vais me battre contre mon fils pour satisfaire tes instincts pervers, c'est que tu es complètement dingue.

– C'est moi qui voulais, lui dis-je. C'était mon idée.

Mon père me dévisagea, bouche bée.

– Et je vais te dire, poursuivis-je, cette scène m'a tenu compagnie pendant je ne sais combien de nuits blanches.

L'adrénaline commençait à s'emparer de moi. L'excitation suscitée par ces fantasmes de violence montait comme une fièvre.

Mon père me regardait toujours fixement, et quelque chose changea dans son regard.

– Je comprends, maintenant, dit-il enfin.

Il s'agenouilla sur le sol en béton, les mains derrière le dos, et il leva la tête.

– J'étais un ivrogne, une loque, une épave, j'étais plein de haine et de mépris. Ta mère et toi méritiez bien mieux que ça. Heureusement qu'on m'a mis en prison, ça a été bénéfique pour nous tous. J'ai imploré le pardon pour tous mes péchés, j'ai prié pendant des milliers de nuits pour être absous, par ta mère et par Dieu. Ils m'ont donné leur réponse, et je crois que maintenant, c'est à toi de me donner les tiennes.

L'homme qui était avec Sunday se tamponna le front avec un mouchoir et dit :

– Qu'est-ce que c'est que ces pleurnicheries à la con ?

Je me penchai pour saisir à deux mains le col orange de mon père puis, retournant mes poings, je le soulevai pour le remettre debout.

– Sois un homme, lui ordonnai-je.

C'est ce qu'il me disait toujours.

Les jambes flageolantes, il resta debout devant moi, en gardant les bras derrière le dos.

– Je ne te frapperai pas, mon fils.

Tout en le maintenant debout de la main gauche, j'armai mon bras droit, comme on bande un arc. Je cherchais une phrase percutante – du genre : *Tu as mal choisi ton jour pour être pacifiste* ou *Je ne suis pas ton fils* – quand mon poing partit comme une flèche, s'abattit sur son nez, et envoya violemment sa tête en arrière. C'est parce que je le tenais par le col qu'il ne s'effondra pas, et j'avoue que j'eus un certain plaisir à voir ses yeux rouler dans leurs orbites. Mais je voulais une preuve de sa souffrance, un filet de sang, une dent cassée, alors j'armai de nouveau mon bras.

– Eddie, articula-t-il, avant que mon coup de poing le réduise au silence.

Je le sentais devenir plus lourd à mesure que ses jambes s'amollissaient. Je le lâchai. Il tomba sur le béton comme une poupée de chiffon.

– Allez, défends-toi, au moins ! hurlai-je.

– Non, murmura-t-il, les coudes sur les genoux, la tête dans les mains.

Quand il se retourna pour me regarder, je lui balançai le pied droit dans le ventre. J'entendis un craquement jouissif. Je lui avais peut-être cassé une ou deux côtes et je me foutais pas mal des règles édictées par Sunday. Mon père se plia en deux et roula sur lui-même. À côté de moi, l'homme qui accompagnait Sunday marmonna quelque chose comme « pas très fair-play », mais ça m'était complètement égal. Mes plans avaient changé : il n'était plus question d'un simple passage à tabac. Je me jetai sur le corps fragile étalé devant moi, m'agenouillai au-dessus de lui et le rouai de coups avec une fureur inouïe, sans pitié, sans merci.

Malgré les cris affreux qu'il poussait, le frapper ne me procurait plus aucune satisfaction. Je continuais plus par obligation que par plaisir. Je pris le temps de souffler un peu et, pendant cette pause, j'eus une révélation : le fond de mon cœur n'était pas submergé par la soif de vengeance ou de justice comme je m'y attendais. Le fond de mon cœur était sec.

Son visage, pensai-je. Il suffit que je voie son visage. Alors je le saisis par les épaules et je le retournai sans ménagement, dans l'intention de monter sur lui et de recommencer à le châtier. Seulement, quand la lumière au-dessus de nous éclaira sa figure, il ne pleurait pas, comme je l'avais imaginé. Il n'avait pas l'air choqué ou effrayé comme je l'avais espéré. Ses yeux étaient vides, sans expression. Je vis la barbe de trois jours qui couvrait ses joues creuses. Mon père semblait résigné à son destin, quel qu'il fût.

Je ne connaissais que trop bien ce regard. Le même que celui du type dans le wagon de marchandises. Le même que celui de ma mère. C'était sans doute le même regard que j'avais dans le cagibi qui empestait la naphtaline. Je me relevai et m'éloignai.

Autour de nous, les encouragements cessèrent d'un seul coup, et alors seulement je pris conscience que les autres avaient applaudi.

J'enjambai le corps de mon père pour aller ramasser rageusement mon sweat-shirt à capuche que j'avais jeté dans un coin. J'entendis murmurer derrière moi et en me retournant je vis le type amené par Sunday se pencher à son oreille en regardant dans ma direction. Sunday acquiesça et dit :

– Eddie, tu n'auras plus jamais cette chance. Tu devrais le finir.

Je regardais mon père maintenant assis par terre, les bras autour des genoux. Je secouai la tête.

– Il n'y a rien à finir. Il est HS.

Puis j'allai tout droit vers la passerelle. Grunt, solidement campé sur ses jambes, élargit les épaules pour me barrer la route. Mais j'étais remonté à bloc. J'avançai quand même.

Sunday me suivit et m'attrapa par le bras. Il me força à me retourner pour que je me retrouve face à mon père qui s'était relevé tant bien que mal et se tenait debout sur ses jambes branlantes.

– Tu vas le laisser s'en tirer comme ça ? C'est le type qui a battu ta mère, qui l'a défigurée à vie. Il est à ta merci.

Légèrement penché en avant, mon père fit quelques pas dans notre direction et Sunday me poussa vers lui. Nous étions face à face, maintenant, et Sunday continuait à m'aiguillonner.

– Il mérite plus que ça. Est-ce qu'il y allait mollo avec toi ?

Je regardai mon père droit dans les yeux. Son visage n'exprimait rien, on aurait dit qu'il portait un masque. Puis je le vis s'adoucir, s'attendrir et esquisser un pâle sourire.

– Vas-y, fiston. Fais ce que tu as à faire. Je comprendrai. Il a raison de dire que je le mérite. Plus tard, sache seulement que je suis désolé et que je t'aimerai toujours, parce que…

Ma main le saisit brusquement à la gorge pour lui couper la chique. Et je le poussai en arrière avec force et tellement vite que ses pieds avaient du mal à suivre. On passa devant le vieil homme amené par Sunday, devant le surveillant armé de sa matraque. C'est le mur qui arrêta notre course, le mur contre lequel je lui claquai la tête. Je le clouai à ces grosses briques, sans lâcher sa gorge.

– Tu ne peux rien dire qui m'intéresse. Tu ne peux rien faire pour te racheter. Je ne te pardonne pas. Je n'ai pas pitié de toi. Je ne te hais pas.

Je le lâchai. Il prit une grande goulée d'air. J'ajoutai alors :

– Tu n'es rien pour moi.

Je tournai les talons, passai devant les autres, remontai la fermeture de mon sweat, rabattis la capuche sur ma tête et avançai jusqu'à Grunt qui me bloquait toujours le passage. Il me fusillait du regard et moi, je me sentais prêt à faire n'importe quoi. Mais Sunday leva la main en disant :

– Le spectacle est terminé.

20

En me battant contre mon père, ou plutôt en lui filant cette correction, j'avais fait au moins une erreur stupide. Je n'avais pas mis de gants, ni même protégé mes mains avec de la bande adhésive. Le lendemain matin, chez Khadjee, je me retrouvai avec des jointures tout enflées. Une douleur lancinante me réveilla avant l'aube. Je me levai en chancelant pour aller à la cuisine. Après avoir passé quelques minutes à essayer de bricoler des poches de glace avec des sacs en plastique, je finis par remplir deux bols de glaçons et j'y plongeai les mains. Le froid me piqua, comme toujours, mais au-delà de cette sensation de brûlure, une sorte d'engourdissement atténua la douleur. Assis dans le noir à la table de la cuisine, fatigué, je me laissai aller à me demander où mon père battu et couvert de bleus pouvait être à cet instant. Dans sa cellule ? Sur un lit de camp, à l'infirmerie de la prison ? Pensait-il à moi comme je pensais à lui ?

Quelque part, j'aurais voulu que ma mère assiste à la scène et voie que je l'avais vengée. En fait, je crois qu'elle aurait été horrifiée. Si j'avais pu retourner là-bas et rejouer cette rencontre avec mon père, j'aurais sans doute agi différemment. Comment, je l'ignore, mais je n'aurais pas fait la même chose.

Tout à coup, je sentis la tête de Rosie se poser lourdement sur mes genoux. C'était bon. Elle était sortie de la chambre, et la porte était restée ouverte derrière elle. Mes efforts pour ne pas faire de bruit avaient donc échoué. La grande chienne me reniflait et agitait son museau pour quémander des caresses. Dans la faible lueur que donnait le poêle, je voyais les cicatrices, là où son oreille avait été mutilée, et je décidai de sortir une main de la glace, mais quand je la posai sur sa tête pour la flatter, Rosie la trouva trop froide. Elle recula et se dirigea vers la porte d'entrée qu'elle se mit à gratter d'une patte.

Je n'eus pas le temps de me lever que Khadjee apparaissait déjà dans le couloir en nouant sa robe de chambre. Sans un mot elle laissa sortir Rosie pour qu'elle fasse son petit pipi du matin puis elle piocha un bol de nourriture pour chien dans le sac rangé sous l'évier.

– Salut, me dit-elle d'une voix endormie, en attrapant le café.

Rosie rentra, alla directement à sa gamelle et quelques minutes après, Khadjee vint s'asseoir près de moi avec un mug fumant.

– Tu te fais une manucure ? me demanda-t-elle.

Je sortis un poing pour qu'elle examine la chair boursouflée. Elle le regarda et déclara :

– Tu en as pour deux jours.

– Ça laisse juste le temps, alors.

Enveloppant le mug de ses deux mains, elle le porta à ses lèvres et but à petites gorgées.

– Donc, tu penses toujours que c'est un bon plan ?

– J'ai conclu un marché, répondis-je. Et sincèrement, je n'ai pas tellement le choix.

Lentement, elle avala une deuxième gorgée.

– Et au fait, tu as eu ce que tu voulais, hier soir ? Avec ton père ?

Je retournai mes mains dans la glace. La douleur palpitait un peu moins.

– On peut dire ça, oui.

– Tu n'as pas l'air convaincu.

– Si, si, affirmai-je. Absolument. À cent pour cent.

– Bon, si tu le dis. Tu seras là quand je rentrerai du lycée ?

Je la regardai.

– Je peux être là, oui.

– OK, dit-elle en se levant. Alors, écoute, j'ai un truc à faire et je n'ai pas vraiment envie de le faire seule.

– Tout ce que tu voudras, dis-je.

Ma mère disait souvent : il y a deux sortes d'amis et pour les distinguer, il suffit de les appeler à minuit en leur disant que tu as besoin d'eux. Les premiers te demanderont : « Pour quoi faire ? » Les autres te répondront : « J'arrive tout de suite. »

Khadjee finit son café, se doucha en silence et partit pour le lycée sans plus d'explications. Vu l'état de mes mains, impossible d'aller soulever de la fonte. J'aurais pu aller courir, mais je n'avais pas le courage. Alors j'emmenai Rosie faire une longue promenade le long de la rivière, en suivant la piste cyclable jusqu'à la réserve naturelle. Je retrouvai le passage souterrain où Khadjee et moi nous étions entraînés il n'y avait pas si longtemps. J'avais l'impression qu'il s'était écoulé une année entière. Sur les chemins qui coupaient la forêt, je m'arrêtai à chaque bifurcation, ne sachant quelle direction prendre. Quand je me retournais sur mon passé récent, je n'arrivais pas à m'enlever de l'idée que j'avais enchaîné des décisions franchement foireuses, j'avais merdé sur toute la ligne. Chacune d'entre elles m'avait éloigné de la vie que j'aurais dû vivre et embarqué dans autre chose. Et à présent, je voyais mon futur combat contre Badder comme une erreur de plus.

Le pire, peut-être, était que j'étais sur le point de m'impliquer encore plus envers Sunday. Sur le parking de la prison, adossé à la camionnette de Grunt, il m'avait dit qu'il était content que j'aie fait à mon père ce qu'il méritait.

– Bienvenue au club, avait-il ajouté en grimaçant un sourire. Tiens, justement, Grunt doit faire un saut à Washington la semaine prochaine. On a appris l'arrivée là-bas d'un ancien associé qui a besoin d'une leçon d'un genre particulier. Tu seras l'instructeur en chef.

Clairement, ce n'était pas une proposition. C'était un ordre.

Je sentais ma vie foncer dans un cul-de-sac. Il fallait que je trouve un moyen de corriger tout ce qui déconnait.

De retour à l'appartement, je remis mes mains dans la glace et passai une heure ou deux à regarder des vidéos de combat, en m'efforçant de ne pas voir le fauteuil vide de Than. Il me manquait. Je me remémorais ses imitations des concurrents de jeux télévisés et des mauvais joueurs de poker. Je m'imaginais lui racontant mon combat avec mon père, et le deal que j'avais passé avec Sunday. Je l'entendais me dire de son inoubliable voix de fausset : « Pas bon, ça. »

J'avalai mon déjeuner devant un film idiot : dans un institut de recherche scientifique un stagiaire met en route, par inadvertance, une machine à remonter le temps. Il n'arrête pas de sauter d'une période historique à une autre – de la guerre d'Indépendance des États-Unis à l'an 2176, en passant par l'ère des dinosaures – et il essaie désespérément de revenir dans son époque. Et plus il essaie, plus il se perd.

Peu emballé par ce scénario de science-fiction, je fus envahi malgré moi par des images de la vraie vie : ma mère seule, éplorée, les tatouages délavés de mon père, le campus vallonné de l'université où je n'avais plus aucune chance d'aller. Je pensai à l'avenir, à mon combat contre Badder, à mes nuits avec Grunt, à ce qu'on allait m'obliger à faire à Washington. J'avais l'impression de me battre contre un adversaire qui dictait le rythme du match et bloquait tous mes mouvements. Il me vint plusieurs idées cinglées, des plans pour m'en sortir, tous plus tirés par les cheveux que l'intrigue totalement nulle du film.

Au moment où le stagiaire réussit à retourner dans son époque avec l'aide d'un homme des cavernes devenu son allié, je décidai de céder à l'envie qui m'avait taraudé toute la journée : j'éteignis les lumières, je tirai les doubles rideaux, je me couchai en chien de fusil sur le canapé avec *Led Zeppelin III* dans les oreilles. J'entendis « Immigrant Song » et « Friends », mais je sombrai au milieu de « Celebration Day ».

Ma sieste fut tourmentée par des cauchemars. Dans l'un d'eux, le bâtiment du snack Perkins était en feu et, depuis le parking, je regardais les pompiers armés de leurs lances essayer vainement d'éteindre les flammes. Une voix s'éleva : « Il reste une femme à l'intérieur. Elle est en train de brûler ! » Dans un autre rêve, j'allais au centre commercial avec mon père. J'étais tout petit. Il y avait beaucoup de monde, les gens se bousculaient, et il me tenait par la main pour ne pas me perdre. Des haut-parleurs diffusaient des chants de Noël et tous les gens me paraissaient très grands. Pour laisser passer une femme en fauteuil roulant, je lâchai la main de mon père. Je fus aussitôt percuté par un sac de cadeaux qui se balançait au bras de quelqu'un, percuté tellement fort que je fis un tour sur moi-même et que je perdis mon père de vue. Je restai immobile quelques minutes puis je me mis à courir dans cette forêt de jambes. Je pensais aller dans la bonne direction, mais je n'en étais pas tout à fait sûr.

Pris de panique je commençai à courir à l'aveuglette, me cognant aux gens qui faisaient leurs courses et qui baissaient les yeux vers moi, agacés et furieux. Un homme au chapeau noir voulut m'attraper par le poignet, mais je me débattis pour lui échapper. Je continuais à courir, secoué maintenant par les sanglots, épouvanté. Je ne le retrouverais peut-être jamais. Je resterais seul au monde.

Je fus réveillé par Khadjee qui ouvrait la porte d'entrée et par les aboiements de Rosie qui s'était levée pour l'accueillir. Khadjee lui caressa la tête.

– Salut, ma fifille.

Puis, me voyant sur le canapé :

– Ah, j'ai réveillé le Bel au Bois dormant. Désolée. Il est quinze heures trente.

Je promenai mon regard dans la pièce, tout heureux de ne pas être un enfant perdu, et j'essuyai la sueur qui collait à mon front et ma nuque. Je lui demandai si ça avait été, au lycée, elle répondit que oui. Elle posa son sac à dos près de la télé et, à côté, un sac en tissu blanc. On aurait dit une taie d'oreiller avec des nœuds aux quatre coins, une sorte de balluchon.

– Comment vont tes mains ? demanda-t-elle en allant dans la salle de bains.

Je me redressai en me massant la nuque, et frottai mes yeux encore pleins de sommeil. Ces rêves m'avaient semblé tellement réels. Je me demandais si celui du centre commercial était vraiment sorti de mon imagination ou si ce n'était pas plutôt un vieux souvenir qui avait refait surface. Je jetai un coup d'œil à mes jointures : elles étaient toujours enflées mais moins raides.

– Elles vont mieux.

Rosie était intriguée par cette drôle de taie d'oreiller. Elle se pencha pour la renifler au moment où Khadjee sortait de la salle de bains.

– Non, Rosie, non ! s'écria-t-elle.

Elle ramassa le balluchon d'un coup sec et la chienne s'éloigna, la queue entre les pattes. Khadjee serra contre elle le sac en tissu blanc et je m'aperçus alors qu'elle avait les yeux gonflés, comme si elle avait pleuré.

– C'est quoi, ce sac ?

– Mon oncle, répondit-elle brusquement. C'est tout ce qu'il reste de lui.

– Merde. (Je regrettai aussitôt d'avoir dit ça.) Pardon, ajoutai-je, je ne m'attendais pas à cette réponse.

Khadjee posa délicatement le balluchon sur la table de la cuisine puis le glissa dans la grande poche de son sac à dos après en avoir sorti les livres et elle referma le sac. Je me levai et m'approchai d'elle. J'hésitais entre poser ma main sur son épaule pour la réconforter et la laisser tranquille.

Elle se retourna et me dit :

– Bon, à propos du service que je t'ai demandé.

– Oui, bien sûr. Dis-moi. Je suis prêt à t'aider.

Elle baissa la tête, visiblement gênée.

– Tu sais, je n'ai jamais appris à nager. Et j'ai peur de l'eau.

J'imaginai Khadjee, petite, avec son gilet de sauvetage, ballottée par les vagues de l'Atlantique. Mais je ne voyais toujours pas le rapport avec les cendres de Than, ni ce que je pouvais faire pour l'aider. Je n'allais pas tarder à comprendre.

Pendant le long trajet jusqu'à City Island, on ne se dit pas grand-chose. Je me gardai bien de lui demander ce qu'on allait faire là-bas, mais je commençais à en avoir une idée. Alors qu'on attendait au feu, pour traverser le Harvey Taylor Bridge, Khadjee ajusta les bretelles de son sac à dos.

– Donne, je vais te le prendre, lui dis-je.

Elle secoua la tête.

– C'est à moi de le porter.

Elle traversa dans le flot de voitures, sans attendre que le feu soit passé au vert pour les piétons. Je la suivis entre les voitures qui klaxonnaient. Manifestement, elle ne les entendait pas.

City Island est une île au milieu du fleuve Susquehanna. Elle est occupée par le stade de baseball où les Senators disputent leurs matchs semi-pro. Et, autour du stade, il y a toutes sortes d'attractions touristiques : un mini-golf, un petit train, un bateau à vapeur, une salle d'arcade à l'ancienne. Le long de la rive ouest, on peut louer des canoës et des kayaks. C'est là-bas que Khadjee m'emmena, en traversant un parking encombré de voitures à la queue leu leu, celles des gens qui repartaient de l'île pour rentrer chez eux.

Elle s'approcha d'un stand où un jeune type était rivé à son téléphone. Il parut surpris de nous voir. Khadjee étudia les prix affichés au-dessus de sa tête.

– Un kayak deux places, ça ira ? me demanda-t-elle.

Je confirmai et le jeune garçon nous passa deux gilets de sauvetage.

– C'est le règlement, expliqua-t-il.

Il fallait aussi signer une décharge dans laquelle on reconnaissait que le kayak était une activité dangereuse et que franchir des rapides pouvait présenter des risques.

J'étais mal à l'aise en regardant Khadjee enfiler son gilet de sauvetage, car je savais très bien à quels souvenirs ça la ramenait. De mon côté, je galérai pendant un bon moment pour régler les lanières de mon gilet XL qui était tout juste adapté à ma carrure. Quand j'y fus enfin parvenu, on descendit vers la berge où une demi-douzaine de kayaks de couleurs vives attendaient, comme des baleines échouées. Nous prîmes chacun par un bout celui qui avait deux places pour le tirer jusqu'à l'eau. Khadjee sortit le balluchon blanc de son sac à dos qu'elle posa par terre au fond du kayak. Une fois assise sur le siège avant, elle l'installa sur ses genoux et l'entoura de ses bras comme un chargement précieux. Je lui passai une des deux pagaies doubles, poussai le kayak dans l'eau, et sautai dedans tout en attrapant ma pagaie posée sur l'embarcadère. On était partis.

Sur notre droite, des gens se baladaient sur une passerelle en métal qui s'arrêtait deux cents mètres plus loin. Juste en face, sur la rive ouest, s'avançait une structure métallique identique. Je m'étais toujours imaginé que la partie centrale de cette passerelle avait été arrachée accidentellement. On aurait dit un petit pont à bascule sans milieu, deux culs-de-sac déconnectés.

– De quel côté on part ? lui demandai-je en commençant à pagayer.

– On va s'éloigner des gens. Il nous faut un peu d'intimité.

Sur la rive opposée s'alignaient trois restaurants dont les terrasses commençaient à se remplir de clients.

– Vers le sud, donc, dis-je.

Chacun à sa pagaie, on s'éloigna du pont brisé en naviguant au milieu du courant. Comme on suivait le cours naturel de la rivière, je n'utilisais ma pagaie que pour qu'on aille droit, et presque tout de suite, Khadjee posa la sienne en travers du kayak. Malgré mes mains gonflées et douloureuses, j'arrivai à serrer suffisamment ma pagaie.

Nous passâmes sous le Market Street Bridge, réservé aux lignes électriques et aux trains. Juste avant de passer sous Capital Beltway, le périphérique, il fallait franchir un petit rapide. Il y avait juste assez d'eau vive pour secouer un peu le kayak. Khadjee s'agrippa à son siège.

– Ça va ? lui demandai-je.

– Très bien, répondit-elle d'un ton tellement crispé que je ne la crus pas.

Après ça, pendant au moins cinq minutes, Khadjee ne dit plus un mot. De temps en temps, je l'entendais renifler, mais je la laissai tranquille.

Au sud du périphérique, la rivière s'élargit un peu et des îlots couverts de forêts broussailleuses s'étalent à la surface de l'eau. Quand j'étais petit, le bruit courait que ces forêts abritaient des loups qui, toutes les nuits, gagnaient la berge à la nage pour aller rôder dans les rues de la ville.

Je menai le kayak jusqu'à un large bras d'eau entre deux bandes de terre qui nous mettaient à l'abri des regards. À huit cents mètres derrière nous, on entendait la circulation de l'autoroute 83 et, au sud, on voyait s'élever dans le ciel les panaches de fumée de la centrale de Three Mile Island.

– Tu crois que ça ira, ici ? lui demandai-je.

Pas de réponse. Khadjee serrait contre elle son balluchon blanc. Elle finit par poser une question :

– Cette rivière, elle se jette dans la mer ?

– Oui. Le Susquehanna se jette dans la baie de Chesapeake qui s'ouvre sur l'Atlantique. Donc, oui, je pense.

Comme Khadjee ne répondait pas, je lui demandai :

– C'est un truc bouddhiste ?

Elle se retourna, le visage baigné de larmes.

– « *Loi angkarn* » est une tradition du bouddhisme thaï. Ça veut dire « faire flotter les cendres ».

Le kayak tourna légèrement. Khadjee ménagea une place à côté d'elle sur son siège pour y poser le balluchon. L'ayant dénoué elle en sortit un sac en plastique dans lequel elle plongea la main. Elle tenait maintenant une poignée de pétales de fleurs blancs qu'elle jeta dans le balluchon ouvert. Puis elle se mit à parler tout bas, en thaï. Je ne savais pas si elle communiait avec son oncle ou si elle récitait une prière. Je fus surpris de l'entendre soudain jurer, en secouant la tête :

– Zut, j'ai oublié l'encens.

Là-dessus, elle poussa un profond soupir, renoua le balluchon, le souleva délicatement par-dessus le bord du kayak et l'approcha de l'eau. Le courant le bouscula et, pendant une seconde, je me demandai si elle n'allait pas changer d'avis et garder les cendres. Mais au même moment elle ouvrit la main. Le balluchon partit et se mit à danser à la surface, en prenant l'eau petit à petit. Elle secoua le sac en plastique. Le reste des pétales voletèrent dans l'air comme de minuscules papillons. Ils se posèrent sur la surface ondulante et voguèrent au rythme des restes de Than. Au bout de trente mètres, je ne voyais plus ni les pétales ni le balluchon, mais je ne savais pas s'il avait sombré ou s'il se confondait avec les crêtes blanches des vaguelettes.

– Normalement, il faut de l'encens, répéta Khadjee d'un ton coupable. Enfin, je crois.

– Ça ne fait rien, dis-je. Tu as fait ça très bien.

Pendant toute la cérémonie, j'avais constamment pagayé en arrière pour nous maintenir sur place. Je laissai le silence planer un instant avant de demander :

– Qu'est-ce qu'on fait, maintenant ?

– On rentre, dit Khadjee en reprenant sa pagaie.

Mais avant de la plonger dans l'eau, sans me regarder, elle ajouta :

– Mac. Ces dernières semaines, et aujourd'hui… je ne sais pas si j'aurais pu faire tout ça toute seule. Je te dois beaucoup.

– C'est réciproque, dis-je.

Et je le pensais vraiment.

Ensemble on remit le kayak en direction du nord. Il fallut ramer à contre-courant, ce qui n'était pas si évident, puis couper les rapides en diagonale et ensuite creuser les flots en tirant fort sur la pagaie pour avancer. Mais ça me changeait les idées de me concentrer sur une tâche à laquelle j'étais apte. Quand nous n'étions plus très loin de la berge, dans un passage plus facile, Khadjee commença à fredonner une chanson à la fois douce et grave.

À City Island, on rendit le matériel au jeune qui tenait le stand après avoir repris le sac à dos vide de Khadjee. On avait à peine entamé le chemin du retour qu'elle s'assit sur un banc.

– Ça ne t'embête pas si on fait une petite pause ?

– Bien sûr que non. Pas de problème.

Une calèche sans voyageurs passa devant nous. Les sabots du cheval claquaient sur le sol. Le conducteur portait un chapeau haut de forme noir.

– Ça va ? demandai-je à Khadjee.

Elle poussa un grand soupir.

– Je m'en veux de m'être mise en colère après Than.

– En colère ?

Elle acquiesça.

– Oui, pour les choix stupides qu'il a faits. Pour tout l'argent qu'il a perdu. Pour ne pas avoir pris soin de lui. Il n'aurait pas dû mourir comme ça, pas maintenant. Je suis à la fois triste et furieuse après lui, c'est tordu, non ?

– C'est pas tordu, dis-je. C'est humain.

– Je savais depuis longtemps qu'il était malade, reprit-elle. Mais je n'ai jamais pris le temps d'imaginer ma vie sans lui, de réfléchir à ce que je ferais. Je voulais mettre toute mon énergie à prendre soin de lui comme il avait toujours pris soin de moi.

– Tu as été une bonne nièce, déclarai-je. Tu étais comme sa fille, vraiment. Personne n'aurait fait mieux que toi, surtout vu son caractère.

Khadjee hocha la tête.

– Il était volontaire, ça c'est sûr.

– Obstiné, avançai-je.

– Entêté.

Je réfléchis une seconde.

– Intransigeant.

– Inflexible.

Je levai les deux mains.

– Je me rends, dis-je. Je m'incline devant tes connaissances de future universitaire.

Ça me fit du bien de la voir esquisser un sourire, mais cette jolie expression s'arrêta là. Khadjee se leva brusquement pour repartir et je la suivis. On emprunta le pont piéton où s'étirait une file de joggeurs et de gens avec des poussettes, comme souvent en fin d'après-midi. Un trottoir en béton borde un côté du pont mais la structure elle-même est faite de grilles métalliques très serrées, et quand on marche dessus, on voit l'eau couler sous ses pieds. Le courant qui filait vers le sud charriait des branches mortes et formait des tourbillons autour des piles du pont.

Arrivée au milieu, Khadjee s'arrêta, saisit la rambarde et regarda le fleuve couler vers l'aval. J'aurais parié qu'elle pensait au balluchon de cendres, à l'esprit de Than, à ce qu'il avait été, à ce qu'il allait devenir.

– Tout va bien, Khadjee ?

– Je me sens bizarre.

– Bizarre, dans quel sens ?

– C'est difficile à expliquer. Je pensais que je me sentirais différente, une fois le rituel accompli. Plus en paix, tu vois, moins stressée ?

On observa ensemble l'eau tourbillonner au-dessous de nous. Sans me regarder, Khadjee me dit :

– Tu ne m'as pas parlé de la prison. Tout ce que je sais, c'est que tu as les mains enflées.

– Qu'est-ce que tu veux savoir ?

– Si tu as vraiment eu ce que tu voulais.

– Non. Pas vraiment. Pas du tout. (Je revis mon père à genoux, m'exhortant à le punir.) Je crois que je ressens un peu la même chose que toi en ce moment. J'attendais une espèce de grand soulagement. Je croyais arriver à la fin de quelque chose.

Tout ça me rappela le cours de Mme DJ, où elle nous expliquait qu'à la fin des livres qu'elle nous faisait lire, il y avait toujours une morale, une leçon que le personnage principal avait apprise. Moi, il me semblait que mon histoire prenait forme, mais je ne voyais pas ce qu'elle allait m'apprendre.

Khadjee gardait le silence, mais j'étais certain qu'elle avait compris. Un bateau de pêche passa nonchalamment sous le pont avec un seul homme, à la barre.

– Il n'y a pas de fin, dit-elle. Uniquement des transformations. Des changements.

Je me souvins des paroles du moine. Pendant un instant, mes pensées qui tourbillonnaient se rangèrent en une ligne bien droite – quelques-uns de mes improbables projets fusionnèrent étroitement – et je vis ce qui allait arriver prochainement.

– Des changements, oui, dis-je. C'est ça la solution.

Khadjee se tourna vers moi.

– Qu'est-ce que tu veux dire ?

– Tu as ton téléphone sur toi ?

– Mon téléphone ? Non, je l'ai laissé à l'appartement.

– Allons-y, alors, lançai-je en lâchant la rambarde et en reprenant la traversée du pont. J'ai plusieurs coups de fil à passer.

21

Le même jour, après la dispersion des cendres de Than dans les eaux du fleuve, je passai trois coups de téléphone de chez Khadjee. Le premier à Shrimp. Dès qu'il entendit ma voix, il me mitrailla de questions et j'eus bien du mal à le faire taire pour l'obliger à m'écouter. La promesse d'un Happy Meal gratuit suffit à le convaincre de me retrouver au McDo de Camp Hill le soir même. Ça faisait un bout de temps qu'il s'était teint les cheveux de ce blond électrique : on voyait ses racines brunes. On commanda et on s'assit à une table, comme si on s'était vus la veille. Sur le banc, entre nous, je posai une boîte à chaussures contenant trente-cinq mille dollars en cash, soit l'ensemble de mes gains, l'avance pour mon deuxième match contre Badder, et le bonus que m'avait donné Sunday pour mon « travail d'appoint ». À voix basse, j'expliquai très précisément à Shrimp ce que j'attendais de lui et il arrêta de tremper ses nuggets dans la sauce barbecue. La bouche à moitié pleine, il lâcha :

– Trop risqué. (Puis, une fois sa bouchée avalée, il ajouta :) Même pour toi, Mac. Il y a trop de trucs qui peuvent foirer.

– Rien ne va foirer, lui assurai-je en me levant pour partir. Tout est sous contrôle.

Shrimp accepta, parce que c'est un gars sympa et loyal, mais à vrai dire, mon plan était bien plus risqué qu'il ne l'imaginait. Je ne lui avais pas parlé de Grunt qui, j'en étais sûr, n'hésiterait pas à sortir son flingue et à s'en servir en cas d'embrouille. Et ce qui était certain, c'est que je courais au-devant des pires embrouilles.

Le deuxième coup de fil fut pour ma mère. J'appelai à une heure où je savais qu'elle ne serait pas à la maison, pour pouvoir simplement laisser un message : ce serait plus facile pour tout le monde. Comment s'excuser auprès de quelqu'un qu'on aime de lui faire vivre un enfer ? Je lui dis combien j'avais apprécié tout ce qu'elle avait fait pour moi, et le fait qu'elle ait cru en moi, même les fois où je ne le méritais pas. Je lui dis aussi de ne pas s'inquiéter. Que j'avais trouvé le moyen d'arranger les choses.

Comme avec Shrimp, j'essayai de mettre dans ma voix plus d'assurance que je n'en avais réellement. Il y avait trop d'inconnues, ce que Khadjee me fit remarquer dès que je lui exposai mon plan en lui demandant, à elle aussi, de l'aide. Elle mesurait les risques mais, tout comme moi, elle ne put résister car le jeu en valait vraiment la chandelle.

Avec le troisième appel, je mis en marche une succession d'évènements impossible à stopper. Comme quand on lance une action sur un tapis de lutte : dès qu'on a pris la décision, il faut foncer. Dans un match, si on fait les choses à moitié, on se fait écraser. Dans le plan que j'étais en train d'échafauder, on risquait carrément de se faire tuer.

Le lendemain, Blalock arriva pile à l'heure pour nous emmener, Khadjee et moi, au match retour contre Badder. Le soleil se couchait. Khadjee prit place à l'arrière et moi devant.

– Alors, on va où ? demandai-je, désinvolte, espérant avoir une info.

– Vers le sud, répondit Blalock, évasif comme toujours.

Je jetai un coup d'œil dans le rétroviseur pour essayer de croiser le regard de Khadjee. On avait tous les deux conscience de l'importance de son rôle dans tout ça, et je savais que je pouvais compter sur elle.

Une fois à sa vitesse de croisière sur l'autoroute 81, Blalock passa en revue une série d'investissements possibles pour moi. Entre autres, une boutique de cigarettes électroniques à Mechanicsburg et une sorte de startup de surveillance sur Internet. Manifestement, il me croyait plein aux as et dépourvu de projets.

– Le seul moyen d'assurer ton avenir est d'investir avec sagesse. Pour récolter des fruits, il faut bien semer la graine.

– Vous parlez comme un prédicateur qui cherche une tente pour prêcher, commentai-je. Je réfléchirai à votre proposition.

La vérité, c'était que tout mon argent était immobilisé pour autre chose.

Le trajet était plus long que d'habitude, presque une heure, et ça m'inquiétait par rapport au timing de l'opération que je tentais d'orchestrer. À l'arrière, Khadjee restait muette.

On sortit enfin au nord de Chambersburg pour se diriger vers un immense centre commercial datant des années 1980. Le parking, aussi grand qu'un terrain de golf, était entouré d'une demi-douzaine de grandes surfaces dont les enseignes avaient été partiellement arrachées. L'asphalte était plein de craquelures entre lesquelles poussait de l'herbe.

Blalock gara la voiture près d'une entrée de service, à côté d'une douzaine d'autres véhicules qui attendaient. Il arrêta le moteur.

– Alors, on y est, hein ? dis-je.

Peut-être remarqua-t-il le ton insistant que j'avais mis dans ma voix, à l'intention de Khadjee. Il se tourna vers moi.

– Tu m'as l'air bien agité. Tu devrais te relaxer avant que nous y allions.

J'ouvris ma portière.

– Je suis chaud, là.

Nous entrâmes tous les trois dans un ancien grand magasin. L'intérieur, complètement à l'abandon, était plongé dans la pénombre. Tous les six ou sept mètres une lanterne de camping à piles posée par terre projetait une lumière glauque sur les portants, les étagères oubliées et les mannequins nus figés dans leur pose. C'était carrément flippant. À un moment, quelque chose bougea dans l'ombre.

– Regardez, dit Khadjee.

Blalock et moi tournâmes la tête : un renard aux pattes longues et fines sortait calmement de derrière un comptoir. Il disparut dans le noir sans un regard pour nous.

– La nature a horreur du vide, déclara Blalock.

En sortant du grand magasin, on se retrouva dans une immense allée bordée, sur deux niveaux, de boutiques plus petites. Au-dessus de nous, le plafond de verre laissait entrer, diffuse, la lumière de la lune qui teintait de gris-bleu ce monde étrange. Plusieurs panneaux de verre étaient cassés et on entendit des battements d'ailes dans l'espace obscur au-dessus de nos têtes : des oiseaux ou des chauves-souris, allez savoir.

Devant nous, au carrefour des différentes allées qui partaient en étoile, il y avait une oasis de lumière vive. C'est vers elle que nous nous dirigions. Certaines des devantures devant lesquelles nous défilions étaient fermées par des barreaux, d'autres non. Sur plusieurs vitrines s'étalaient des graffitis. Nous passâmes aussi près d'une vis de six mètres de haut plantée au milieu de l'allée et flanquée de bancs. Dix mètres plus loin se dressait un mégot de cigarette géant.

– C'est censé être de l'art ? demanda Khadjee.

– S'ils ont voulu faire de la merde, c'est très réussi, commentai-je.

– Le sens de l'esthétique des foules demeure un grand mystère, conclut Blalock.

On arriva enfin au pied d'un large escalier en colimaçon qui s'enroulait autour de ce qui avait sans doute été une fontaine. Il n'en restait à présent qu'un rond en béton asséché qui faisait à peu près la taille d'un tapis de lutte. Une rangée de chaises était disposée sur le pourtour de la fontaine, mais un groupe de gros parieurs étaient montés au balcon pour avoir un meilleur point de vue. Penchés sur la balustrade à six mètres de haut, ils attendaient le spectacle.

À cette même balustrade étaient accrochés de puissants projecteurs dont les gros câbles couraient au sol vers un lointain bourdonnement provenant de la zone plongée dans le noir. J'imaginais un générateur thermique, mais ce n'était qu'une supposition.

Quand on arriva dans la partie éclairée, Grunt sortit de l'ombre pour nous barrer la route, les mains croisées sur le ventre, comme ces agents chargés de faire traverser la rue aux enfants, mais version colosse. Après nous avoir reluqués un par un il signifia, d'un hochement de tête, qu'il nous reconnaissait et qu'on pouvait passer.

Sunday vint à notre rencontre, tout sourire, sans aucune gêne.

– Les chiffres sont démesurés ! On a déjà doublé les précédents records de spectateurs.

– Formidable, commenta Blalock.

Sunday me regarda fixement en passant la main sur sa barbe blanche.

– Et toi ? Prêt à jouer ton rôle ?

Je fis signe que oui et je répondis :

– Je vous promets un spectacle bluffant.

Khadjee me donna un coup de coude dans les côtes et je réprimai un sourire satisfait.

– Mais je me demandais comment se passent les paris. Quelles sont mes chances, d'après les parieurs ?

– La majorité pensent que ta dernière victoire était un coup de chance et que Badder va prendre sa revanche. Presque tout le monde parie sur lui et il reste le favori, à deux contre trois. Mais ne t'affole pas. À trois contre un, tu n'es pas vraiment donné perdant.

Ce qui voulait dire que pour chaque dollar parié sur moi, un joueur en empocherait trois si je gagnais. Je fis un rapide calcul. Si Shrimp arrivait une fois encore à mettre la main sur la carte de crédit de son grand frère et s'il faisait ce que je lui avais dit, on remporterait plus de cent mille dollars. Je repensais aux dimanches après-midi où je visitais des maisons avec ma mère et à la façon dont les agents immobiliers nous toisaient, elle et moi, comme si nous n'avions rien à faire là. Je l'imaginais s'approcher d'une de ces maisons, entrer dans la cuisine flambant neuve et dire : « Je la prends. »

Sunday passa un bras autour de mon épaule, m'entraîna à l'écart, colla presque sa tête contre la mienne et me dit :

– Écoute. Ce qui marche, ce sont les trilogies, tu vois ? Ce soir, je vais observer le déroulement des paris. Et dans une semaine, selon l'évolution des évènements, Badder, toi et moi on réfléchira à la façon dont tu pourras prendre ta revanche. Et on fera un carton. Mais le rebondissement de ce soir ne peut donner de bons résultats que si tu vas à terre rapidement. Disons même au bout de trente secondes. Tu me suis ? (Là, pour appuyer son propos, il me saisit la nuque et cette fois encore, je fus stupéfait par la force de ce vieil homme.) Tu vas être gentil, tu vas tomber, petit, c'est compris ?

Sachant ce que j'avais manigancé, il m'était difficile de rester de marbre, mais j'essayai quand même de garder une expression neutre et je dis :

– Vous pouvez compter sur moi, monsieur Sunday.

Après cette petite mise en garde, Sunday alla vaquer à d'autres occupations. Les derniers gros parieurs arrivaient. Il leur servit des boissons qu'il sortait de je ne sais où, tapota des dos, serra des mains. Blalock resta près de Khadjee et moi, si bien que je ne fus jamais seul avec elle. Elle me lança plusieurs fois des regards appuyés, mais je n'étais pas sûr de comprendre ce qu'elle voulait me dire. Avait-elle envoyé le texto, comme convenu ? Est-ce que nos sauveurs étaient en route ? Nous étions très loin de Camp Hill mais s'ils arrivaient trop tôt, mon match n'aurait jamais lieu et on pouvait faire une croix sur nos gains.

Les deux premiers matchs étaient de toute évidence orchestrés pour plaire au public. Maddox, qui devait avoir encore quelques fans, se vit offrir un agneau sacrificiel de Virginie. Il le balada pendant quelques minutes, avant de le faire tomber avec un bel uppercut. Je vis le type s'écraser au sol. En regardant ses yeux, clairs et brillants, je compris qu'il aurait très bien pu se relever s'il avait voulu. Mais il suivait, lui aussi, le scénario dicté par Sunday et, comme moi, il devait perdre. Il resta donc à terre.

Khadjee m'enfila mes gants. Mes mains restaient endolories à cause de la raclée que j'avais infligée à mon père, mais j'avais encore assez de force de saisie. Khadjee serra bien les sangles.

– Comme le Tiger King, dit-elle.

Et je répétai :

– Comme le Tiger King.

Le deuxième match offrait à Santana – la tête enveloppée d'une couronne de gaze pour protéger son oreille – l'occasion d'écraser un mastodonte new-yorkais. Le type, hyper musclé, eut l'air de dominer pendant les cinq ou six premières minutes, mais – inutile de chercher à comprendre – Santana, ce saint homme, s'assura une victoire spectaculaire d'un simple coup de pied retourné qui envoya l'ogre valdinguer par-dessus le rebord en béton de la fontaine. Il acheva sa pirouette au pied d'une caméra fixe. Je pouvais me tromper mais maintenant, je voyais bien que tout ça était bidon. Les écailles m'étaient tombées des yeux.

Une fois la caméra remise d'aplomb, le mastodonte fut ramassé par son équipe et emmené hors de la zone de combat. La foule acclamait Santana. Il y avait de l'électricité dans l'air. Je sentais l'impatience crépitante des fans qui faisaient cercle autour de l'arène et de tous ceux qui regardaient de chez eux. J'étais au bord de la fontaine, entre Khadjee et Blalock.

– C'est comme au Colisée, me dit celui-ci. Tu fais un gladiateur très digne.

Je ne m'étais pas senti particulièrement digne, ces derniers temps, mais j'y travaillais.

Sunday apparut au balcon, six mètres au-dessus de nous, et le cadreur qui pilotait la caméra se positionna au centre de la fontaine pour le filmer sous un meilleur angle. Vu d'en bas avec les projecteurs derrière lui, Sunday devait apparaître comme un dieu.

– Chers amis et amateurs de combat, le temps de la récompense a sonné. C'est l'heure de la revanche !

À ces mots, juste en face de moi, Badder surgit du noir, comme s'il naissait de l'obscurité même. Il courut autour du cameraman, agitant les coudes et levant les mains sous les acclamations de la foule. Les tatouages étaient réapparus sur son visage, et j'eus très envie de lui dire que sa grande sœur s'était super bien appliquée pour le grand spectacle. Contrairement à d'habitude, il ne fit pas sa grimace guerrière, ce qui ne lui donna que plus de crédibilité. Sous son maquillage et ses clowneries, Badder avait sa fierté : perdre contre moi, même si c'était un ordre, ça avait dû lui foutre la rage. Ce soir, il espérait avoir la monnaie de sa pièce. En plus le public, sentant qu'il était à fond, hurlait son approbation.

Khadjee vint se planter devant moi pour mettre en place mon protège-dents. J'attendis ses ultimes recommandations et ses sages conseils.

– Mets-lui une branlée, dit-elle.

Du haut de son balcon, Sunday me désigna d'un geste ample de la main que la caméra suivit pour se poser sur moi.

– À moins que ce ne soit un match de validation ? Sommes-nous à l'aube de l'ère des nouveaux *brawlers* ? J'appelle Wild Child !

La foule s'enflamma quand j'avançai dans la lumière, et je me surpris à sourire, amusé par mon interprétation personnelle des propos de Sunday. Il sonna le gong et, pendant qu'on se tournait autour, Badder et moi, au centre de la fontaine, les gens surexcités hurlèrent : « Pas de pitié ! Prêts ? À l'attaque ! »

Lors de notre précédent match, Badder s'était montré hésitant. Là il se rua sur moi dès le coup de sifflet. Je ne m'y attendais pas. Il s'apprêtait à me faire un *double leg*, mais en fait c'est moi qui l'amenai au sol avec un *sprawl* que j'exécutai instinctivement. Puis je coinçai son visage effrayant avec un *crossface*. Seulement, comme il tenait toujours fermement mon genou droit, il réussit à me faire basculer sur le béton de la fontaine. Puis dans le même élan, il bascula sur moi. Voilà que quelques secondes après le début de ce match que je devais gagner, je me retrouvai à plat dos, à regarder le plafond. Au-dessus de moi, à travers le colimaçon que formait la rampe de l'escalier, je remarquai pour la première fois qu'un dôme de verre couronnait ce grand espace ouvert. J'imaginai une équipe du SWAT[1] descendre en rappel d'un hélicoptère mais c'était du pur fantasme, je le savais.

Badder se mit à genoux sur mon ventre et s'appliqua à me matraquer la tête avec une série de coups de poing marteau. Mais je réussis à les esquiver, parce qu'il était lent et faisait ça n'importe comment. Il était de plus en plus frustré, et ça se voyait. Il se mit finalement à plat ventre en posant sa grosse bedaine en travers de mon visage et en rentrant la tête au maximum. Comme ça, personne ne pouvait voir qu'il me parlait.

– Allez, on expédie ça vite fait, siffla-t-il. C'est mon tour, ce soir, n'oublie pas.

Comme je n'obtempérai pas instantanément, il me balança une volée de coups de poing sur le côté du crâne puis il ajouta :

– Te fie pas au dernier match, Baby Blue. Te fais pas d'illusions, t'as aucune chance de me battre.

Toujours sur le dos, je soulevai un peu le torse, jusqu'à ce que nous soyons tête contre tête, et je répondis tout bas :

– C'est ce qu'on va voir.

Le regard de Badder se figea. Je lui claquai une bise sur la joue, en sachant très bien qu'il allait voir rouge. Et,

---

1. Special Weapons and Tactics : l'équivalent du RAID en France (équipe d'intervention d'urgence).

effectivement, il se redressa d'un seul coup. Plutôt que d'essayer d'esquiver, je fis l'effort de me relever à mon tour pour m'approcher de sa tête et passer mon coude droit autour de son cou. Puis en dégageant brusquement en arrière, je lui claquai le visage contre le sol en béton. Pendant une seconde il ne bougea pas. Je nous fis rouler sur le côté pour qu'il se retrouve sur le dos. Sans relâcher ma prise, je me cambrai et j'enfonçai encore plus mon avant-bras dans son œsophage. Il s'agitait sous moi, incapable de se dégager. Je maintins fermement ma prise et j'attendis – soit de voir sa main frapper le sol, soit de sentir le poids mort de son corps m'indiquant qu'il était tombé dans les pommes.

À ce moment-là, j'eus le souffle coupé par une violente douleur à l'aine. Je vis même des éclairs. Badder avait dû me balancer un coup de genou entre les jambes, violant la règle que tous les garçons apprennent sur n'importe quel terrain de jeu. J'étais sonné par le choc et la douleur. Badder échappa alors à mon emprise et se releva pour reprendre haleine. J'entendis la foule huer. Pendant ce temps je rassemblai toutes mes forces pour me mettre à quatre pattes, même si je savais que je serais très vulnérable dans cette position.

Badder ne laissa pas passer sa chance. Il m'envoya un coup de pied en pleine face, aucune technique, rien d'original, juste un bête coup de pied à m'arracher la tête. J'eus le temps d'apercevoir son sourire avant qu'il recule d'un bond. Groggy, j'avançai mollement la main pour lui choper une jambe ou un pied, il fallait à tout prix que je l'attrape et que je nous ramène tous les deux au sol. Mais mes doigts se refermèrent sur du vide.

Soudain, mes quatre membres tremblèrent sous un poids énorme. Badder était à cheval sur mon dos. En un clin d'œil, il enroula ses jambes épaisses autour des miennes, accrochant ses pieds derrière mes tibias. Ça, c'était très mauvais. Surtout que, sonné comme j'étais, je pouvais difficilement l'empêcher de me faire une clef d'étranglement forcément redoutable, vu sa position montée. Même quand il prit mon cou en étau entre ses deux bras, je bloquai mes coudes et stabilisai mes jambes pour consolider ma posture, sachant ce qui allait suivre. En faisant cette prise à califourchon sur mon dos, Badder était dans une position dominante. S'il nous faisait basculer tous les deux sur le côté et se glissait sous moi, il ne tirerait plus vers le haut pour m'étrangler mais vers le bas, et là ce serait la fin.

Alors on s'engagea dans une sorte de guerre de tranchées, un tir à la corde avec nos deux corps tout entiers. Lui, en haut, tirait tant et plus pour essayer de nous faire basculer ou de vaincre ma résistance ; moi, en bas, je tenais ferme, les jambes solides comme le roc, les bras aussi rigides que des colonnes romaines. Badder me serrait vraiment fort mais Khadjee m'avait déjà fait des prises d'étranglement plus serrées que ça, et j'avais résisté un certain temps en contractant les épaules pour soulever mes deltoïdes et raffermir mon cou.

Au fond, Badder dépensait plus d'énergie que moi. Mais je commençais à voir flou sur les bords et je n'étais pas sûr de pouvoir tenir encore très longtemps. Je n'avais pas d'autre choix que de tenter quelque chose de dingue, un truc qui frisait carrément l'impossible, même dans les conditions les plus favorables.

Je reculai légèrement, pas trop pour ne pas lui donner d'élan mais assez pour pouvoir avancer mon pied droit et le planter dans le sol. Là je m'agenouillai, avec Badder sur le dos. Je commençai à mesurer ce que représentait un fardeau de cent cinquante kilos. Maintenant que mes bras supportaient un peu moins de poids, je réussis à en dégager un pour saisir son avant-bras et l'écarter de quelques centimètres de mon gosier, histoire de faire rentrer un peu d'oxygène. Le peu d'air que je pris me donna l'impression d'avoir respiré à fond.

Quelques spectateurs devinèrent mon plan. J'en entendis un crier : « Non, non, non. Pas ça, putain ! » Je me foutais pas mal de ce vote de censure.

Badder avait toujours ses jambes entre les miennes et se concentrait sur sa prise d'étranglement, si bien qu'il ne mesura pas à quel point il serait vulnérable si je réussissais mon coup. En me penchant sur mon pied droit posé à plat, j'avançai très lentement en sollicitant tous mes muscles lombaires, et je me soulevai juste assez pour glisser mon pied gauche vers l'avant. Maintenant j'étais plus ou moins accroupi, avec mon adversaire sur le dos. Badder me tira en arrière, je vacillai, résistai, vacillai de nouveau. C'est à ce moment précis, à ce point d'équilibre précaire que tout allait se décider.

Ma première tentative de me mettre debout échoua. Je forçai à mort pour essayer de me soulever, mais le poids m'écrasait et je calai, comme un moteur. Badder ricana dans mon oreille et renforça la pression sur ma gorge. Le voile noir qui entourait mon champ de vision se mit à pulser et à se diffuser vers le centre. Bientôt je serais dans le noir complet. J'avais encore assez de jus pour faire une dernière tentative mais j'étais épuisé, et ma vieille obsession d'être un raté me plombait. Mais si mon moral flanchait, mon corps, lui, restait fort. Mes muscles se souvenaient de toutes ces heures d'entraînement, les flexions des cuisses avec une barre à disques sur les épaules, l'odeur de la sueur, le bruit métallique des poids, la contraction des mâchoires, les veines du front que je voyais gonfler dans le miroir crasseux.

Quand j'entendis ce son, au début, je ne reconnus pas ma propre voix. Il sortait pourtant de moi, entre hurlement et grognement, un cri de guerre surgi des tréfonds de mon âme. La seule chose à laquelle je puisse le comparer est le cri poussé par les femmes qui accouchent, dans les films, et c'est assez juste, car ce soir-là, quelque chose prenait vie. Tout en tenant l'avant-bras de Badder, je me redressai lentement. Les genoux flageolants, les cuisses tremblantes, je me levai. Dans ma tête, la pression était telle qu'elle menaçait d'expulser mes yeux de leurs orbites, mais je me levai.

Est-ce que la foule se déchaîna ? Je ne sais pas. Je n'entendais rien. Je vis simplement le petit visage de Khadjee, dix mètres au-dessus de moi. Elle avait les yeux écarquillés, mais paraissait calme. Connaissant mes intentions, elle approuva d'un signe de tête, un seul.

Dans un match de lutte normal, dès que je me serais retrouvé debout, l'arbitre aurait sifflé et tapé l'arrière de son crâne, geste qui signifie « mise en danger ». Et il y a une putain de bonne raison à ça, comme Badder allait bientôt s'en rendre compte. Il aurait peut-être pu se sauver en essayant simplement de poser un pied par terre, mais j'avais misé sur le fait qu'il n'abandonnerait pas sa prise d'étranglement et, vu comme mes jambes tremblaient, il y avait gros à parier que j'allais m'écrouler d'une seconde à l'autre.

Pourtant, au lieu de m'écrouler, je me penchai en avant et me concentrai un maximum. Puis, saisissant à deux mains l'avant-bras avec lequel il me serrait le cou, je fis un bond en arrière en levant très haut les pieds pendant que nous tombions tous les deux. Imaginez quelqu'un qui fait une pirouette arrière du haut d'un grand plongeoir.

Nos deux corps percutèrent le béton avec un bruit sourd, mais c'est surtout Badder qui prit l'impact d'une bombe de deux cent cinquante kilos. Il émit un bruit étouffé, puis un grognement, le public poussa un cri avant de retomber dans un silence de mort. Les bras de Badder devinrent instantanément inertes et je roulai sur moi-même pour faire face à mon adversaire qui, j'en étais sûr, avait perdu connaissance. Et là, le choc : il me regardait, sonné mais encore assez éveillé pour faire une dernière fois sa grimace, en ouvrant grand les yeux et en agitant la langue.

– C'est pas aujourd'hui que tu vas me bouffer, lui dis-je, avant de lui envoyer une droite qui fit partir sa tête de côté. Ses yeux se révulsèrent complètement et la foule hurla.

Je me relevai en titubant et le cameraman qui portait sa caméra à l'épaule accourut pour avoir un gros plan. J'avais l'impression que le volume sonore des applaudissements autour de moi était amplifié. Je dus faire un effort pour lever les bras, tellement j'étais épuisé, mais je parvins à les brandir en l'air pour mieux m'imprégner de la gloire que me valait mon exploit. Je pris quelques secondes pour savourer l'adoration dont j'étais l'objet, tout en reprenant mon souffle et en promenant mon regard sur la foule des fans. Je vis Blalock qui plissait les yeux derrière ses verres en cul de bouteille, déconcerté. Maddox, Santana et même Dominic applaudissaient à contrecœur en souriant bizarrement. Grunt regardait Sunday, ne sachant visiblement pas comment réagir, mais Sunday ne regardait que moi, des poignards dans les yeux.

C'est alors que les lumières s'éteignirent.

Enfin, pas toutes les lumières. La caméra qui se trouvait juste devant moi devait fonctionner sur batterie, parce que ses deux lampes jumelles étaient restées allumées et perçaient l'obscurité de leur faisceau. Mais tous les autres projecteurs accrochés au-dessus de nous sur la rampe étaient éteints. Pendant un instant, j'eus l'impression de flotter dans une sphère lumineuse.

– C'est quoi, ce délire ? demanda quelqu'un.

C'était la confusion générale, tout le monde parlait en même temps. Jusqu'à ce qu'une voix claire et distincte se fasse entendre dans un mégaphone, interrompant la cacophonie.

– Police ! Restez où vous êtes !

Cette injonction venait de la caverne plongée dans le noir, vers où serpentaient les câbles électriques. Il ne fallait pas être bien malin pour deviner que c'étaient les flics qui avaient coupé le jus. Maintenant ils arrivaient vers nous au pas de charge : on voyait une vingtaine de faisceaux de lampes-torches sautiller dans le noir d'encre. Évidemment – c'est un grand classique de la police – quand on leur ordonne de ne pas bouger, à tous les coups, les gens paniquent. C'est exactement ce que fit notre groupe.

Fans et *brawlers*, tout le monde prit la fuite dans tous les sens. Grâce aux lampes de la caméra, je voyais les gens partir en courant d'un côté, revenir, se bousculer. Khadjee se fraya un chemin jusqu'à moi et me cria :

– On fait quoi, maintenant ?

Les flics se précipitaient vers nous et je les imaginais lourdement armés, flingue au poing. Quelque part dans cette escouade, il y avait Harrow. Mon troisième coup de téléphone avait été pour elle. Mais bien sûr, je ne pouvais pas la voir. « Tout le monde à terre ! Tout le monde à terre ! » ordonna le mégaphone.

Le cameraman se mit à genoux et ses lumières s'éteignirent. Et moi aussi j'étais sur le point d'obéir, épuisé, prêt à me soumettre pour en finir avec tout ça. Mais certains – sans doute quelques gros parieurs, ou leurs gardes du corps – ne l'entendaient pas de cette oreille. Depuis l'escalier en spirale ils tirèrent plusieurs coups de feu qui résonnèrent dans le hall central. La police répliqua. Khadjee s'accroupit le plus possible dans la fontaine et j'en fis autant. Mais soudain elle me prit la main et me dit :

– Mac, regarde !

Dans le couloir par lequel nous étions arrivés, une lumière, une seule, dansait dans l'obscurité. Quelqu'un avait piqué une des lanternes de camping et s'enfuyait par le chemin à peine éclairé pour rejoindre le parking. Khadjee dit ce que je pensais :

– Sunday.

Et, d'un même élan, on s'élança tous les deux à sa poursuite.

Avec pour repères les lanternes posées par terre, nous poursuivions la lumière qui fuyait devant nous en passant devant les mêmes boutiques que précédemment, puis devant le gigantesque mégot. Mais alors qu'on approchait du grand magasin abandonné à son armée de mannequins, la lanterne qu'on pourchassait s'arrêta brusquement à trente mètres de nous. Au-delà, on voyait clignoter des gyrophares rouges et bleus. Pas difficile d'imaginer les voitures de police garées sur le parking. La lanterne changea soudain de direction : elle venait droit vers nous.

– Vite, on se cache dans le noir ! murmura Khadjee.

Nous quittâmes l'allée aux jalons lumineux pour nous accroupir derrière un banc, mais juste avant d'arriver à notre hauteur, la lanterne disparut. Je me demandais si Sunday l'avait simplement éteinte, mais Khadjee ramassa par terre une autre lanterne allumée et m'entraîna à toute allure vers l'endroit où on avait vu Sunday s'éclipser. Elle repéra une porte qu'elle éclaira. On pouvait y lire : « Interdit au public ».

– C'est un couloir réservé au personnel d'entretien, dit-elle. Il longe toutes les boutiques par derrière. Il doit y avoir une sortie. Viens.

On se mit à courir dans un couloir en béton à peine éclairé qui aboutit rapidement à une intersection. On avait l'impression d'être dans un labyrinthe, menacés par un Minotaure.

– On va par où ? demandai-je.

Elle me fit taire. Dans le silence, au fond de la zone obscure, à notre droite, on entendait marmonner.

Le plus silencieusement possible, on se dirigea vers cette voix. Il y eut un énorme fracas, puis des jurons étouffés. Après avoir pris à gauche au croisement suivant, nous vîmes une lueur, un peu plus loin, au détour d'un autre couloir. Khadjee me pressa la main, puis la relâcha et posa un doigt sur ses lèvres. Elle éteignit notre lanterne ce qui me parut une très bonne idée.

Nous avançâmes sans un bruit jusqu'au coin du couloir. À une dizaine de mètres de nous, dans la lueur de la lanterne, nous vîmes non seulement Sunday mais Grunt qui donnait de grands coups d'épaule dans une porte fermée à clef. Ils étaient concentrés là-dessus, ce qui nous permit d'avancer vers eux sur la pointe des pieds. Grunt avait beau s'échiner, la porte ne bougeait pas d'un millimètre.

– Arrête, lui dit Sunday. Essaie plutôt de tirer dans ce putain de verrou.

Ils reculèrent tous les deux. Grunt sortit de sa ceinture un révolver qu'il pointa vers la porte. Il y eut une détonation aiguë, une salve d'éclairs blancs puis un *boum* assourdissant qui résonna en écho jusqu'au bout du couloir. Khadjee poussa un cri étouffé. Dans le silence qui suivit, Sunday dit :

– Tu as entendu ?

Il se tourna vers nous, qui n'étions qu'à cinq ou six mètres, et leva sa lanterne. L'angle du prochain couloir où on aurait pu se réfugier était six mètres derrière nous, mais il valait mieux éviter de courir pour ne pas se faire repérer dans le noir.

Grunt grogna dans sa barbe, haussa les épaules et pointa mollement son flingue dans notre direction.

– Non, lui dit Sunday. Les flics se seraient annoncés. Si ça se trouve, c'est un de nos clients. Bouge pas.

Sur ce, il éteignit sa lanterne, nous plongeant tous dans un noir complet.

Dans l'interminable laps de temps qui suivit, je me retrouvai dans l'angoissante obscurité, le cauchemar de mon enfance, et j'attendis la peur panique qui ne manquait jamais de me saisir. La terreur qui allait m'avaler et murmurer à mon oreille :

Tu es petit.

Tu es faible.

Tu ne peux rien faire.

Mais cette voix ne vint pas. À sa place surgit une vision telle que je n'en avais jamais eu, une vision folle. Un flash prémonitoire qui sembla arrêter le temps. Et quand je repris mes esprits, je savais ce que je devais faire.

Sans un bruit, je poussai doucement Khadjee contre un mur, je lui pris des mains la lanterne éteinte et j'allai me coller contre le mur opposé, juste en face d'elle. À six mètres de nous, Sunday déclara :

– Nous savons que vous êtes là. Je suppose que vous voulez sortir d'ici, comme nous. Parlez !

Khadjee et moi restâmes muets, et j'entendis juste la voix de Sunday chuchoter quelque chose à Grunt. Quelques fractions de seconde après, un autre coup de feu déchira le silence en même temps qu'un flash blanc zébrait l'obscurité. Cette minuscule lueur me servit de cible lorsque je fonçai en avant en tenant la lanterne devant moi comme une arme et en criant à Khadjee :

– Va chercher de l'aide, vite !

J'avais dû bien viser, car un objet métallique tomba par terre et glissa sur le béton à mes pieds. À l'aveugle, je me mis à courir en brandissant mon arme devant moi, comme un attaquant au foot, je baissai les épaules et priai pour ne pas percuter cette porte la tête la première. Ce soir-là, mes prières furent exaucées.

Quand je percutai Grunt, il ne s'y attendait pas du tout. Il en eut le souffle coupé. Nos deux corps tamponnèrent la porte fermée, avant de s'effondrer ensemble. À terre, Grunt me balança une série de coups de poing dans le dos, tandis que j'envoyai un uppercut là où j'imaginais qu'était son visage. Je frappai effectivement quelque chose, son épais menton ou sa tempe. Une de ses grosses pattes trouva mon crâne, saisit une touffe de cheveux et balança ma tête contre le mur. Ce fut mon profil qui prit. Au moment où il me tirait de nouveau par les cheveux pour recommencer, je plantai mon coude dans quelque chose de mou, sans doute son ventre. Il poussa un cri étouffé et lâcha mes cheveux.

Je me relevai en vitesse et soudain la lumière fut. Sunday leva sa lanterne qui éclaira son visage stupéfait.

– C'est toi, petit ? balbutia-t-il.

Près de lui, Grunt était sur un genou, pétrifié et bouche bée, lui aussi. Était-ce la surprise qui le paralysa pendant une seconde ou bien essayait-il simplement de reprendre haleine, en tout cas, ce n'était pas moi qu'il regardait. Ses yeux, écarquillés, essayaient de se fixer sur quelque chose, par-dessus mon épaule.

Je me retournai. Khadjee tenait à deux mains le révolver et le pointait carrément sur Grunt. À ma stupéfaction, ce dernier lui dit, d'une voix râpeuse comme du verre pilé :

– Tu es bien sûre de savoir t'en servir, fillette ?

Sans se démonter, Khadjee avança d'un pas et pencha la tête, pour mieux viser.

– Je sais de quel côté sortent les balles, répondit-elle. Et la gâchette n'a pas de secret pour moi.

Toujours en appui sur un genou, Grunt avait l'air de réfléchir à toutes les solutions qui se présentaient à lui. Je décidai de mettre fin à ses hésitations. Pivotant au niveau de la taille je reculai un peu la jambe, lançai le pied en avant et lui plantai le talon dans la mâchoire. Ça me fit un mal de chien, mais j'entendis un craquement dans sa figure. Le géant vacilla un peu, chancela puis s'effondra d'un bloc.

Je me tournai alors vers Sunday, les poings levés, prêt à en découdre. Mais il posa calmement la lanterne, secoua la tête et leva docilement les mains en l'air.

Khadjee me dit :

– Bon. Finalement je me suis peut-être trompée à propos de ton coup de pied avant.

J'abandonnai ma position de combat pour lui demander :

– Alors, est-ce que je suis digne de connaître le secret de la Griffe du Tigre, maintenant ?

Elle sourit. Je n'en demandais pas plus.

Derrière Khadjee, à l'autre extrémité du réseau de couloirs de service, des voix crièrent : « Police ! » On vit des torches avancer vers nous au rythme des bruits de bottes. J'imaginai Harrow et son équipe. Probablement attirés par les coups de feu, ils venaient nous sauver, sans savoir que Khadjee et moi nous étions déjà sauvés nous-mêmes.

ÉPILOGUE

Finalement, la vision de dingue qui me vint dans ce couloir mal éclairé fut la dernière. Après, je perdis définitivement ce don. Et d'ailleurs, cette ultime vision ne me révéla pas vraiment l'avenir. Elle ne me montra pas le lien qui allait se nouer entre Khadjee et ma mère, ni ce qui allait se passer pendant mon séjour au centre pénitentiaire de Fort Indiantown Gap que Quinlan avait organisé, comme Harrow et moi en étions convenus lors de mon troisième coup de téléphone. À dire vrai, ce don de prophétie ne me manque pas. Tout comme on ne peut pas réécrire le passé, on n'est pas censé lire l'avenir. On est plutôt censé le bâtir, dans l'instant présent, une pierre après l'autre.

Ce qui m'est apparu lorsque Khadjee et moi étions pris au piège dans ce labyrinthe – et ce souvenir me revient de temps en temps quand je perds espoir – c'est ceci : je sens la présence de l'homme que je vais devenir, un Eddie plus âgé, qui a remonté le temps pour arriver jusqu'à moi, à cet instant précis. Son visage est marqué par les années. En souriant il pose sa grosse main calleuse sur ma poitrine et il me dit : « T'inquiète. Tu gères. » Puis il disparaît. Alors je prends une profonde inspiration, puis une autre et dans ce couloir obscur je ne suis pas paralysé comme je l'ai toujours été, par la peur que mon père me trouve, par l'angoisse de n'être jamais rien d'autre qu'un raté qui se lamente sur son sort. Non, je vois bien que je ne suis ni un mouton ni un loup. Ni Brute Boy, ni Wild Child. Je ne suis pas non plus mon père. Je suis moi, Eddie MacIntyre. Et ça, ça me va. C'est un sentiment génial.

GLOSSAIRE

Ankle pick : l'attaquant saisit la cheville de son adversaire et soulève sa jambe pour le déséquilibrer.

Balayage : technique de déséquilibre exécutée avec le pied, sur la cheville d'appui de l'adversaire. Mouvement de petite amplitude (contrairement au « faire charge » plus large et plus puissant).

Brawler : *to brawl* signifie se battre. Un *brawler* engage des combats violents, souvent des combats de rue. La plupart du temps il n'a pas de technique, n'a jamais pratiqué d'arts martiaux, ne respecte aucune règle. C'est un combattant qui ne compte que sur sa force physique et sa brutalité pour briser son adversaire. Les *brawlers* dont il est question dans ce roman participent à des combats clandestins pour de l'argent.

Coquille : le combattant passe un bras autour du cou de l'adversaire, l'autre autour de sa jambe et il croise solidement les mains.

Crossface : consiste, lorsque l'adversaire est au sol à plat ventre, à coincer un bras entre ses jambes, à placer ses mains sur son visage ou sous son menton et à tirer en arrière.

Enfourchement : l'attaquant se penche en avant et tire son adversaire par-dessus son épaule pour lui claquer le dos au sol.

Full Nelson : double clef de tête.

Ground and pound : littéralement « combattre au sol et marteler ». Action d'amener l'adversaire au sol et de le frapper avec les poings.

Jab : terme de boxe. Coup de poing direct ou série de coups de poing directs et rapides envoyés à hauteur du visage de l'adversaire pour le déstabiliser.

Kata : dans les arts martiaux japonais, enchaînement de techniques simulant un combat stylisé contre des adversaires imaginaires.

Nelson / simple Nelson : clef de tête simple.

Période : dans la lutte gréco-romaine, le combat se déroule sur deux « périodes » de trois minutes.

Single leg takedown ou double leg takedown : action d'amener l'adversaire au sol en attrapant, à deux bras, une de ses jambes ou les deux.

Sprawl : technique de défense. Au moment où l'adversaire attaque, on plaque les deux mains sur l'arrière de sa tête et on pousse vers le bas pour l'amener au sol.

Stick and move : technique du boxeur qui avance pour donner des coups puis recule, puis avance de nouveau, grâce à un jeu de pieds subtil.

Striker : combattant utilisant principalement des techniques de percussion (coups de poing, de pied, de genou, de coude).

Tombé : mouvement qui consiste à maintenir les épaules de l'adversaire contre le tapis. Cette action arrête le match et donne la victoire.

REMERCIEMENTS

Je souhaite remercier mon ancienne éditrice, Cheryl Klein, qui, il y a des années, m'a soufflé l'idée de ce personnage, un jeune lycéen perturbé champion de lutte, et qui m'a laissé le loisir de me l'approprier. Je craignais que nul ne puisse remplacer Cheryl dans la mise en œuvre de ce projet de livre, mais lorsqu'il a été confié à Nick Thomas, l'indéféctible optimisme de ce dernier, sa perspicacité et sa solide intransigeance concernant les aspects esthétiques essentiels de l'histoire se sont avérés inestimables. Il a donné du punch à cet ouvrage.

Je suis infiniment redevable aussi à Natnaree Junboonta, Michael Jerryson et Dan Fethke qui m'ont éclairé dans la découverte de la culture thaïe et de la tradition bouddhiste, ainsi qu'à Julie Francisco du centre bouddhique Kalpa Bhadra Kadampa de Harrisburg pour sa sagesse, sa sagacité et le temps qu'elle m'a si généreusement consacré. Pour leur aide dans la compréhension des techniques de méditation, je remercie Toru Sato et Tomoko Grabosky.

Je me suis inspiré des diverses personnes que j'ai rencontrées dans mes activités liées à la lutte et au judo, entre autres Dave Holmes, Hachiro Oishi, mes neveux Jerrod et Brian ainsi que mon frère John. Un clin d'œil particulier à Keegan, dont la férocité sur le tapis et l'infinie gentillesse en dehors de l'arène de lutte me sont apparues, il y a très longtemps, comme l'essence même du personnage intéressant.

Si ce livre a pu voir le jour, c'est en grande partie grâce au congé sabbatique qui m'a été accordé sans que je perde mon poste d'enseignant à la Shippensburg University. Que la commission scolaire et l'administration en soient remerciées. Je tiens à mentionner également le soutien de mes collègues, notamment Kim, Nicole, Rich, Shari et Sharon.

Je dois aussi exprimer ma reconnaissance à Chris Naddeo, mon lecteur de toujours, qui m'a déraisonnablement encouragé dans mon travail d'écriture et a su imperturbablement défendre mon *tai otoshi*.

Enfin, je n'ai pas assez de mots pour exprimer ma gratitude à Beth et à nos garçons qui sont, encore et toujours, ma meilleure raison d'écrire.

Cet ouvrage a été mis en pages
par DV Arts Graphiques à La Rochelle

Impression réalisée par
GRAFICA VENETA
en février 2021
pour le compte des Éditions Bayard

Imprimé en Italie